ROBERT B. PARKER

APPALOOSA

Die amerikanische Originalausgabe erschien unter dem Titel
Appaloosa bei G. P. Putnam's Sons, New York 2005
Deutsche Erstausgabe

Lektorat: Eike Birck, Lisbeth Körbelin
Umschlaggestaltung: Christine Paxmann text • konzept • grafik, München
Umschlagbild: © Roberto A Sanchez – iStockphoto
Satz: Christine Paxmann text • konzept • grafik, München
Druck und Bindung: Aalexx Buchproduktion GmbH, Großburgwedel
ISBN: 978-3-905811-60-5

ROBERT B. PARKER

APPALOOSA

Übersetzt aus dem Amerikanischen
von Emanuel Bergmann

PROLOG

Der Saloon des Boston House Hotels war der beste in Appaloosa. Er hatte einen langen Tresen aus Teakholz, dahinter hing ein großer, goldgerahmter Spiegel. Abends wurde der Raum von Öllampen erleuchtet. In der Mitte hing ein riesiger Kronleuchter, den man nach Bedarf hochziehen oder senken konnte. Es war spät am Nachmittag. Der Saloon war leer, außer dem Barkeeper und drei Arbeitern der nahe gelegenen Kupfermine, die gerade keine Schicht hatten. Sie tranken Bier. Der Barkeeper hieß Willis McDonough. Er war ein fetter Mann, der immer weiße Hemden trug, die in einer chinesischen Reinigung regelmäßig frisch gewaschen wurden. Er bewegte sich flink und mit einer gewissen Eleganz hinter dem Tresen hin und her. Er polierte gerade mit einem sauberen Tuch die gespülten Gläser, als zwei Männer den Saloon betraten und zwei Whiskeys bestellten.

Einer der Männer, der kleinere, hatte ein schmales Gesicht mit einem schmalen Mund, aus dem seine Zähne hervortraten. Er versuchte das mit einem großen, buschigen Schnurrbart zu verdecken. In einem billigen Halfter steckte eine Waffe, die er mit der rechten Hand ziehen konnte. Er war kein Minenarbeiter und er war kein Cowboy. Der andere Mann war größer. Er war stämmig und hatte langes, schwarzes Haar, das ölig glänzte. Auch er hatte eine Pistole. Sie steckte in seiner rechten Tasche und man sah nur den Griff aus Walnussholz.

Zusammen tranken sie eine Flasche Whiskey. Sie unterhielten sich miteinander, aber sie sprachen mit keinem anderen. Sie schenkten weder McDonough noch den drei Bergleuten Beachtung. Als die Whiskeyflasche leer war, drehten sie sich um und wollten gehen.

«Das macht dann drei Dollar», sagte McDonough.

Beide Männer drehten sich um und starrten ihn einen Moment lang schweigend an. McDonough erwiderte ihren Blick, aber er hatte Angst. Sie waren bewaffnet. Ihm wurde klar – fast so, als hätten sie es ihm gesagt –, dass sie ihn erschießen würden, wenn er weiter auf dem Geld beharrte. Für drei Dollar lohnte es sich nicht zu sterben. Er zuckte mit den Achseln.

«Geht aufs Haus, Herrschaften.»

Keiner der beiden reagierte. Sie drehten sich um und verließen den Saloon. McDonoughs Herz raste in seiner Brust.

Sie hatten sich gerade eine Diavorführung über Venedig angeschaut. Jetzt schlenderten sie die Second Street entlang, die hauptsächlich vom Mond erhellt wurde und von dem bisschen Licht, das aus den Häusern drang. Sie hakte ihren Arm bei ihm ein. Sie konnte fühlen, wie stark er war. Sie würde so gerne mit ihm nach Venedig reisen. Oder sonst wohin. Solange sie nur zusammen waren. Auf dem Bohlenweg am Straßenrand kamen drei Männer auf sie zu. Sie waren betrunken, das konnte man an der Art sehen, wie sie torkelten. Sie wollte die Straßenseite wechseln, aber er sagte Nein. Er wechselte für niemanden die Straßenseite. Vor der Pferdestation trafen sie aufeinander. Einer der Männer fragte, wohin sie gingen. Er war groß gewachsen, daran erinnerte sie sich später noch. Er hatte schmale Schultern und ein Glasauge. Er hatte einen zotteligen Bart, der wohl nicht richtig wachsen wollte.

«Wir sind auf dem Heimweg», entgegnete ihr Mann. «Wenn die Herrschaften uns gütigerweise vorbeilassen würden.»

«Geiles Weib hast du da», sagte der Mann mit dem Glasauge.

«Meine Gattin», erwiderte er, und sie konnte in seiner Stimme einen drohenden Unterton hören.

«Fickt die auch so geil, wie sie aussieht?», fragte der Mann mit dem Glasauge.

Ihr Ehemann schlug hart zu und der Kerl mit dem Glasauge taumelte nach hinten. Einer seiner Kumpel, ein kleinwüchsiger, stämmiger Mann ohne Hut, zog seine Pistole und schoss ihrem Mann genau in die Brust. Sie schrie. Ihr Mann brach zusammen. Der Hagere mit dem Glasauge hatte sein Gleichgewicht wieder erlangt und zerrte sie in den

Stall der Pferdestation. Die beiden anderen folgten ihm. Sie warfen sie auf den Boden, dann rissen sie ihr die Kleider vom Leib. Sie wehrte sich, so sehr sie nur konnte. Doch dann war sie nackt und einer der Männer lag auf ihr. Es kam ihr vor, als wäre sie von einer riesigen Leere umgeben, in der ihre Schreie ungehört verhallten. Dann schloss sie ihre Augen, biss die Zähne zusammen und wartete.

Jack Bell hatte schon in vielen toughen Städten gearbeitet. Er war in Städten wie Tombstone oder Silver City Marshal gewesen. Städte, die entweder vom Viehhandel oder den Silberminen lebten. Er war Späher für die Army gewesen und bewaffneter Aufpasser bei der Postkutschengesellschaft Wells Fargo. Er hatte mal John Wesley Hardin verhaftet. Als Clayton Johanssons Witwe die Männer beschrieb, die ihren Mann erschossen und sie selbst vergewaltigt hatten, war Bell sich ziemlich sicher, wen sie meinte. Zusammen mit zwei Deputys ritt er zur RB-Ranch, um mit dem Besitzer, Randall Bragg, zu reden. Denn die Tatverdächtigen arbeiteten allesamt für ihn. Sie trafen auf der harten Erde zwischen dem Haupthaus der Ranch und den Ställen aufeinander. Bragg war von seinen Farmarbeitern umringt. Die meisten waren bewaffnet.

«Randall», sagte Bell, «ich muss leider drei deiner Jungs in die Stadt mitnehmen.»

Bragg war ein hagerer Mann mit einem schwarzen Staubmantel und einem hochgewölbten, schwarzen Hut. In seiner Hand hielt er eine Winchester. Bell konnte sehen, dass der Hahn gespannt war.

«Ich brauch sie, Jack», sagte er.

Er hatte eine tiefe Stimme, aber die Worte klangen hart, als hätte er sie ausgespien.

«Ist 'ne ernste Sache, Randall. Gesetz ist Gesetz. Ich muss sie verhaften.»

«Nein.»

Bell starrte Bragg an. Dessen Cowboys versammelten sich hinter ihm. Er schaute über seine Schulter zu seinen beiden Deputys. Mit einem Kopfnicken deutete er auf einen Mann mit einem Glasauge, der mit seinen beiden Gefährten am Rand der Gruppe stand.

«Nehmt die drei mit», befahl er.

Der Deputy warf ihm einen verunsicherten Blick zu. Bells Hand ruhte gelassen auf dem Griff seiner Pistole im Halfter.

«Befehl ist Befehl», sagte Bell.

Der Deputy wollte gerade sein Pferd wenden, als er plötzlich seitwärts auf den Boden taumelte, es fiel ein Schuss aus Richtung des Stalls. Bell wusste, dass es eine Winchester gewesen war. Er hatte sie schon oft genug gehört. Er drehte sein Pferd in die Richtung, aus der der Schuss gekommen war. Er zog seine Waffe, und in diesem Moment traf ihn eine Kugel mitten ins Gesicht und er fiel rückwärts aus dem Sattel. Der zweite Deputy blieb wie versteinert in seinem Sattel sitzen. Er starrte auf den toten Deputy und auf Bell, die beide im Staub lagen. Er schaute zum Stall und zu Bragg. Bragg hielt noch immer seine Winchester in der Hand. Er lächelte gönnerhaft.

«Jetzt werden wir ja sehen, aus welchem Holz du geschnitzt bist», sagte er. «Nicht wahr?»

Der Deputy riss sein Pferd hart herum und galoppierte los. Niemand in Appaloosa hatte die geringste Ahnung, wohin er verschwand.

1

Es ist nun schon lange her und es sollten noch zahllose weitere Schießereien folgen, aber trotzdem hat sich dieses Bild in mein Gedächtnis eingebrannt wie vielleicht kein anderes. Es war das erste Mal, dass ich sah, wie Virgil Cole seinen Revolver abfeuerte. Es war, als stünde die Zeit für ihn still. Er wirkte beinah würdevoll, wenn er schoss. Er war stets ruhig, niemals gehetzt, aber dennoch war er jedes Mal schneller als der, gegen den er antrat.

Ich war, wie zuvor schon mein Vater, zur Militärakademie von West Point gegangen, und so beherrschte ich das Kriegshandwerk recht gut. Doch beim Kriegshandwerk bleibt wenig Raum für die Seele des Menschen. Also trat ich, nachdem ich fünf Jahre in den Indianerkriegen gedient hatte, aus der Army aus und ritt davon, auf der Suche nach meiner Seele. Und weil ich bei dieser Suche nicht verhungern wollte, musste ich arbeiten. Unter anderem ging ich für die großen Eisenbahngesellschaften auf Büffeljagd oder fuhr im Auftrag von Wells Fargo mit einer großkalibrigen Schrotflinte im Schoß auf dem Kutschbock mit oder verdingte mich ab und an als Späher für die Army. In einem Saloon in Durango, am Rand der Rocky Mountains, saß ich mit meiner Schrotflinte neben dem Eingang auf einem Barhocker und achtete darauf, dass niemand Ärger machte. In einem Bordell in Canyon City arbeitete ich als Rausschmeißer. In einer Kleinstadt in New Mexico – sie hieß Tres Piedras – tötete ich einen Mann und musste schnell das Weite suchen. In den Bergen von Colorado suchte ich nach Gold. Da ich keines fand, ging ich bei San Juan wieder ins Tiefland und suchte nach etwas anderem, doch ich wusste nicht so recht nach was. Unterwegs las ich viele Bücher und schlief mit vielen Frauen, von denen mir jede am Herzen lag. Jetzt hatte ich dreißig Dollar in Gold in der Tasche und ritt auf einem Wallach namens «Sugar», den ich bei einem Pokerspiel in Esmeralda gewonnen hatte, an einem Sommernachmittag in Trinidad ein und die warme Sonne schien mir auf den Rücken.

Viel zu bieten hatte Trinidad damals nicht. Es gab zwei Straßen, die von Norden nach Süden führten, und drei Straßen von Osten nach Westen. Mehr als zwölf Ecken gab es nicht. Es war kein Ort, an dem man gerne freiwillig blieb. Zu den Durchreisenden zählten Cowboys, die ihre Viehherden von den Steppen im Osten Colorados zum Umschlagplatz trieben, oder Soldaten auf dem Weg nach Fort Carson. Dazu kamen viele Jäger auf der Suche nach Tierfellen, Tagelöhner und Grubenarbeiter, die hier ihre Vorräte kauften. Einige Farmer gab es auch. Und natürlich Leute wie mich, die sich von einem Städtchen ins nächste treiben ließen und nichts Rechtes mit sich anzufangen wussten.

Als ich linker Hand am Rattlesnake Saloon vorbeikam, schwangen die Saloontüren auf und ein gewaltiger Kerl in einem Wildlederhemd kam heraus. Es ging schneller, als er sich wünschte. Er taumelte über die Bohlen, die auf die Straße führten, und versuchte, sein Gleichgewicht wiederzuerlangen. Dann fiel er vornüber auf die Straße. Seitlich an seinem Gesicht klebte Blut. Mein Pferd scheute und ich zog die Zügel an. Der Mann auf der Straße richtete sich auf allen vieren auf, da gingen erneut die Saloontüren auf, diesmal jedoch etwas sanfter. Ein groß gewachsener Mann in einem schwarzen Anzug kam heraus. Mit der rechten Hand schob er das Jackett seines Anzugs ein wenig nach hinten. So kam ein großer Colt zum Vorschein, dessen Griff aus Knochen geschnitzt war. Der Mann trug einen fünfeckigen Stern an seinem strahlend weißen Hemd. Er trat mit würdevollen, bedächtigen Schritten von den Holzbohlen vorm Saloon auf die Straße und hielt etwa zwei Meter von dem Mann mit dem Wildlederhemd entfernt an. Er wartete. Fünf oder sechs weitere Männer drängelten sich aus dem Saloon ins Freie und stellten sich auf dem Bohlenweg auf. Der Mann machte nicht den Eindruck, als ob er sie gesehen hätte, aber mir fiel auf, dass er sich ein wenig drehte, sodass er den Kerl auf der Straße und die Männer auf dem Bohlenweg gleichermaßen im Blick hatte.

Der Kerl auf der Straße war jetzt auf den Füßen. Er war kräftig gebaut. Er war fett, aber er hatte Muskeln. Er trug einen schwarzen Bart und langes Haar. Sein Wildlederhemd sah aus, als hätte er es von dem Tag an, als der Bock gehäutet wurde, ununterbrochen getragen. An seinem Gürtel hing ein langes Jagdmesser und ein Armeerevolver in einem Halfter. Er stank wie ein Büffelgerber. Der Staub der Straße verkrustete das Blut in seinem Gesicht. Er wandte sich dem Mann in dem schwarzen Anzug zu.

«Verdammt, Cole», sagte er. «Du hast nicht das Recht, mich zu schlagen.»

«Du kommst besser mit, Bear», sagte Cole. «Bis du dich abgeregt hast.»

Seine Stimme war überraschend leicht und sanft.

«Ich geh mit keinem mit», sagte Bear. «Ich habe drei ganze Dollar für die Stunde gezahlt. Und sie hat mich nur einmal gefickt und dann gesagt, das war's.»

«Bear», sagte Cole. «Mehr hast du sowieso nicht zu bieten.»

«Spar dir deine Witzchen, Cole. Wenn ich die Sau das nächste Mal sehe, dann weide ich sie aus.»

«Nein.»

Coles Stimme war immer noch sanft, aber die Art, wie er das Wort aussprach, erinnerte mich an einen Blitz im Sommerhimmel. Bear wankte einen Moment. Dann richtete er sich auf und sein Blick wanderte zu den Männern, die auf dem Bohlenweg standen.

Jemand sagte: «Wir sind hier, Bear.»

Und jemand anderes sagte: «Lass dich von dem nicht fertigmachen.»

Bear wandte seinen Blick wieder Cole zu.

«Ich komm nicht mit», sagte Bear.

Cole rührte sich nicht. Niemand sagte etwas. Ein sanfter Wind, den ich schon in den Bergen gespürt hatte, wehte durch die Straßen und trieb kleine Wirbel aus Staub, Heu und trockenem Dung auf. Es lag eine Kraft in dieser reglosen Stille, die sich nur schwer in Worte fassen ließ. Aber mir war klar, dass Bear sie auch spürte. Die Männer auf den Holzbohlen teilten sich auf. Sie waren allesamt Gerber. Wahrscheinlich waren sie gemeinsam mit Bear angekommen. Sie hatten mit ihm ein Lager geteilt, im Staub geschlafen und Büffel gehäutet, hatten schlechtes Essen gegessen und noch schlechteren Whiskey mit ihm getrunken. Sie konnten ihm jetzt nicht den Rücken kehren. Einer der Männer entsicherte seinen Colt. Ich hob die Schrotflinte, die auf meinem rechten Bein ruhte, leicht an. Cole hatte das gesehen, das wusste ich. Schon damals fiel mir auf, dass ihm nie etwas entging. Falls er dachte, dass ich zu den Gerbern gehörte und seine Gegner in der Überzahl waren, schien ihn das in keinster Weise zu stören. Ich hatte keinen Einsatz bei diesem Kampf, es gab für mich nichts zu gewinnen. Aber mir missfiel die Drohung, Frauen auszuweiden, egal ob sie Huren waren oder nicht. Und ich fand, ein Mann sollte nicht allein gegen sieben antreten.

«Marshal», sagte ich, «stets zu Diensten.»

Ich sprach leise, aber es war so still, dass die Worte beinah ein Echo warfen. Cole schaute noch immer zu Bear. Er nickte, aber die Geste war kaum wahrnehmbar. Bear starrte Cole an. Beim Klang meiner Stimme schauten die Männer auch zu mir und nahmen daraufhin ihre Positionen ein. Ich spannte den Hahn meiner Schrotflinte an, entsicherte beide Läufe. Ich ließ die Flinte mit dem Griff auf meinem rechten Bein ruhen. Ich gab Sugar sachte die Sporen und ritt näher an Cole heran. Die Stille, die über uns lag, wurde nur von dem fernen Heulen eines unruhigen Windes gebrochen.

Bear sagte: «Fahr zum Teufel, Marshal.» Dann griff er nach seiner Pistole.

Ich hob die Schrotflinte an meine Schulter. Cole schien es nicht eilig zu haben. Er zog gelassen seinen Colt, ließ den Hahn zurückgleiten, zielte genau auf Bears gewaltigen Körper und schoss ihm mitten in die Brust. Dann drehte er sich um und zog den Hahn erneut durch. Jetzt war der Colt mit dem Knochengriff auf Bears Freunde gerichtet. Bear sackte zusammen und fiel kopfüber zu Boden. Seine Waffe steckte noch halb im Halfter.

Sugar störte sich nicht an den Schüssen. Eine schnelle Bewegung konnte meinen Wallach unter Umständen nervös machen, aber Lärm hatte auf ihn keinerlei Effekt. Das Pferd war so ruhig wie ein Fels in der Brandung. Und genauso ruhig richtete ich meine Schrotflinte auf die Männer vor dem Saloon.

«Herrschaften», sagte Cole. «Ich schlage vor, dass Sie sich jetzt um Ihre Angelegenheiten kümmern.»

Niemand rührte sich.

«Das ist meine letzte Warnung», fügte Cole hinzu.

Am rechten Rand der Gruppe zuckte ein Mann unbewusst mit der Schulter. Er hatte das Halfter seines Colts bereits geöffnet. Doch dann verharrte er. Eine Bewegung ging durch die Gruppe. Der Mann wandte sich ab und ging von dannen. Der Rest der Gruppe folgte ihm. Cole ließ den Hahn seines Colts vorsichtig wieder nach vorne gleiten. Er öffnete die Trommel, nahm die leere Hülse heraus und schob eine neue Patrone ein. Er trug einen Patronengurt an der Hüfte. Er ließ die Trommel einschnappen und schob den Colt vorsichtig in das Halfter zurück. Dann blickte er zu mir auf und nickte.

«Kommen Sie in mein Büro», sagte er nur.

Und ohne einen Blick auf die Leiche zu werfen, drehte er sich um und ging. Ich blieb zurück und schaute zu, wie immer mehr Leute auf die Straße traten und sich den Toten ansahen. Schließlich kam ein Mann mit einem weißen Kittel auf einer Kutsche angefahren. Ich und drei andere hoben den jüngst Verblichenen auf die Kutsche herauf und diese fuhr mit ihrer Ladung davon. Ich band Sugar an einem Pfahl an, griff nach meiner Schrotflinte und ging hinein. Im Rattlesnake Saloon gönnte ich mir ein paar Whiskeys und einen Teller Bohnen mit Speck. Die Leute starrten mich an, aber niemand sprach auch nur ein Wort. So ging ich gestärkt zum Gefängnis und setzte mich in das Vorderzimmer, das Cole als Büro diente. Wir unterhielten uns. Er fragte mich, wie ich heiße, und ich sagte es ihm.

«Everett Hitch», wiederholte er, als würde er meinen Namen auf der Zunge schmecken.

Er fragte mich, ob ich schon oft als Pistolero gearbeitet hätte. Ich bejahte seine Frage, sagte aber auch, dass ich noch nie auf der Seite eines Marshals gestanden hätte. Er fragte mich, was ich so alles im Leben getrieben hätte, und ich stand ihm Rede und Antwort.

«West Point», meinte Cole nachdenklich. Er schien keineswegs beeindruckt. Er nahm die Information lediglich zur Kenntnis. Als würde er eine Akte ins Regal stellen.

«Hat es Ihnen nicht zugesagt, das Soldatenleben?», fragte er.

Ich sagte Cole, dass mir einiges daran durchaus gefallen hätte. Ich mochte die Männer, die berittene Patrouille, die offene Welt des Westens, so weit das Auge reicht, und die schier endlosen Möglichkeiten, die sich vor uns aufgetan hatten. Doch, so sagte ich, war das meiste an diesem Leben durchaus beengend.

«Nichts kann einen einengen», sagte Cole. «Wenn man es nicht zulässt.»

Damit, so meinte ich zu ihm, habe er sicherlich recht, und dies sei auch der Grund gewesen, warum ich der Army den Rücken gekehrt hatte und in den Westen geritten war. Ich wollte sehen, was es dort draußen noch an Möglichkeiten geben mochte. Er nickte. Ich wusste nicht, ob er den Sinn meiner Rede verstanden hatte, ob er mit dem Nicken seine Zustimmung ausdrücken wollte oder ob er lediglich meine Worte zur Kenntnis genommen hatte. Eine weitere Akte in seinem Regal.

«Können Sie mit einem Colt umgehen?», fragte Cole.

Ich sagte, dass ich durchaus mit so etwas schießen könne, aber dass meine Spezialität die Schrotflinte mit zwei Läufen und acht Bohnen war. Cole musste lächeln.

«Wenn meine Oma kein Rheuma in den Händen hätte», so meinte er, «könnte sie auch mit so einer Flinte umgehen.»

Ich stimmte ihm zu. Mit einer doppelläufigen Schrotflinte traf man immer ins Schwarze.

«Haben Sie je von mir gehört?», fragte Cole.

Das hatte ich. Cole nahm eine Flasche anständigen Whiskeys heraus und schenkte uns beiden einen Drink ein. Den tranken wir, und dann noch ein paar mehr.

«Ich brauche jemanden, der mir zur Seite steht», sagte Cole. «Wie wär's? Wollen Sie und Ihre Flinte den Job haben?»

«Klar», sagte ich.

Und so begab es sich, dass ich vor fünfzehn Jahren zum Deputy von Virgil Cole ernannt wurde. Und so kam es, dass ich noch immer an seiner Seite ritt und noch immer meine doppelläufige Schrotflinte mit mir trug und warum ich jetzt die Pferde einen abschüssigen Abhang hinabführte, auf ein kleines Dorf namens Appaloosa zu.

2

«Die zerfleischen uns wie die Kojoten einen Büffel.»

«Büffel», sagte Cole, «haben gutes Fleisch.»

Wir saßen an einem runden Tisch im Saloon des Boston House Hotels in Appaloosa. Cole lehnte sich zurück, aus dem Licht heraus, und sein Gesicht war in Schatten gehüllt.

«Sie kaufen in Olsons Laden Proviant ein, aber zahlen tun sie nicht. Sie nehmen sich jede Frau, auf die sie gerade Lust haben. Sie holen sich Pferde aus der Station und bringen sie nicht zurück. Sie essen, sie trinken Whiskey und sie hauen ab, ohne zu zahlen.»

Der Mann, der diese Worte sprach, war Abner Raines. Er hatte weißes Haar und hellblaue Augen.

«Haben Sie hier das Sagen?», fragte Cole.

«Wir drei», sagte Raines. «Wir sind die Stadträte hier.»

Mit einem Kopfnicken deutete er in Richtung der beiden anderen Männer, die bei ihm waren.

«Mir gehört das Hotel hier. Olson gehört der Laden und die Pferdestation. Und unser Freund Earl kann ein paar Saloons sein Eigen nennen.»

Phil Olson war um einiges jünger als Raines. Er war untersetzt und hatte zarte, rosafarbene Haut und blondes Haar. Earl May war glatzköpfig und übergewichtig und er trug eine Brille.

«Und wir haben hier kein Gesetz», sagte Raines. «Der Marshal und sein Deputy sind tot. Der andere Deputy hat das Weite gesucht.»

«Die Leute, die Ihnen Kopfzerbrechen bereiten», fragte ich, «sind das Rinderzüchter? Ich habe nämlich nicht den Eindruck, dass es hier viel gutes Weideland gibt.»

«Gibt es auch nicht», sagte Raines. «Das Geld in Appaloosa kommt aus der Kupfermine.»

«Also, was machen diese Kerle?», fragte ich.

«Bragg hat oben auf seiner Ranch Wasser, aber sie züchten kaum Vieh. Die wenigen Kühe, die sie haben, sind gestohlen. Alles andere auch.»

«Wie viele Männer?», fragte Cole.

«Bragg mitgerechnet? Fünfzehn, vielleicht zwanzig.»

«Und wie viele Pistoleros?»

«Pistolen haben sie alle», sagte May.

«Aber können sie damit auch umgehen?», fragte Cole. «Eine Waffe tragen kann jeder.»

«Die müssen damit nicht umgehen können», sagte Raines. «Wir sind hier alle nur Grubenarbeiter und Geschäftsleute.»

«Wir nicht», sagte Cole.

«Stimmt allerdings», sagte Olson. «Ich habe gehört, dass Sie und Hitch in dem Örtchen Gin Springs letzten Sommer für Ordnung gesorgt haben und dass da jetzt die Kleinkinder auf der Straße spielen können.»

«Deswegen haben wir um Ihre Hilfe gebeten», fügte Raines hinzu. «Wir sind bereit, Ihren Preis zu zahlen.»

Cole blickte zu mir.

«Was meinst du?», fragte er.

Ich hob die Schultern.

«Ist nun mal unser Job», erwiderte ich.

Ein Lächeln huschte über sein Gesicht, so schnell wie ein Funke.

«Ist es wohl», sagte er. «Nicht wahr?»

Das Lächeln war wieder verschwunden und Cole wandte sein ernstes, in Schatten gehülltes Gesicht den drei Stadträten zu.

«Der Preis stimmt», sagte Cole.

«Dann tun Sie's also?»

«Klar.»

Aus der Küche drang der Duft von Essen in die Gaststube. Es mischte sich noch anderes dazu, Zigarettenrauch und der Geruch der Öllampen, die die Stube erhellten. Es waren viele Leute hier. Die Geräusche von Messer und Gabel und das Gewirr der leisen Stimmen klangen nach Zivilisation, nach Normalität.

«Was müssen wir tun?», fragte May.

«Erzähl du's ihm, Hitch.»

«Wer macht in dieser Stadt die Gesetze?», fragte ich.

«Die Gesetze?», sagte Raines erstaunt. «Das sind wohl wir, nehme ich an. Ich und Earl und, äh, Phil. Zwei Mal im Jahr versammeln sich alle in der Stadt, aber zwischendurch zählt unser Wort.»

«Cole und ich, wir arbeiten mit der Waffe», sagte ich. «Wir werden diese Stadt so eng zuschnüren wie eine Nonne im Korsett. Sie müssen Gesetze erlassen und wir setzen die dann durch.»

«Wir haben doch Gesetze», sagte Raines.

«Sie brauchen mehr. Wir brauchen haufenweise Gesetze, damit alles hübsch rechtens ist.»

«Na dann», sagte Raines. «Am besten sagen Sie uns, was Sie brauchen. Wenn es uns vernünftig erscheint, dann nehmen wir es in die Stadtverordnung auf.»

Cole sagte: «Nein.»

«Wie? Nein?», fragte Raines verblüfft.

«Nein», sagte Cole. «Sie tun, was wir sagen. Oder wir ziehen weiter und Sie können Ihr Problem auf eigene Faust lösen.»

«Allmächtiger Herrgott», sagte May. «Das würde ja bedeuten, dass Sie die Stadt in der Hand haben.»

«Würde es», sagte Cole.

«Kommt nicht infrage», sagte May.

Cole schwieg.

«Sie verlangen von uns», fügte Raines hinzu, «dass wir Ihnen unsere Stadt überlassen.»

Cole sagte nichts.

«Wie mir scheint», sagte ich, «überlassen Sie die Stadt ohnehin jemandem, nämlich Bragg.»

«Aber was ist, wenn Sie Gesetze wollen, die wir nicht richtig finden?», warf May ein.

Cole regte sich nicht.

Dann sagte er: «Wir geben Ihnen eine Liste.»

«Eine Liste?»

«Eine Liste mit Regeln», sagte Cole. «Wenn Sie zustimmen, dann haben wir einen Deal. Wenn nicht, ziehen wir eben weiter.»

Sie alle dachten darüber nach. Die Tür der Hotellobby wurde geöffnet und ein Luftzug ging durch die Gaststube. Die Flammen in den Öllampen flackerten im Wind. Dann ging die Tür wieder zu und die Flammen und die Schatten beruhigten sich.

«Klingt in Ordnung», sagte Raines nach einer Weile, als ob ihm nichts anderes dazu einfiel.

«Wir bringen Ihnen die Liste morgen früh», sagte Cole.

«Ich bin immer hier», erwiderte Raines.

3

Wir hatten schon in den vorherigen fünf Dörfern unsere Liste dabei gehabt, die wir in einer Druckerei hatten anfertigen lassen. Am Morgen ging Cole damit zu Raines' Büro im Hotel und gab sie ihm. Die Gesetze waren drakonisch. Auf dem Papier standen haufenweise Ausdrücke wie «oben aufgeführt» und «hiermit», aber der Kern der Sache war, dass allein Coles Wort von nun an das Gesetz war. Raines' Gesicht verfinsterte sich beim Lesen und er befeuchtete seine Lippen. Dann las er ein zweites Mal. Er schaute zu Cole. Und dann wieder auf das Papier. Plötzlich ging Raines' Bürotür auf und eine kleinwüchsige Kellnerin mit einem runden, roten Gesicht kam herein.

«Mr. Raines», sagte sie.

Sie hatte einen fremdländischen Akzent. Möglicherweise schwedisch. Sie schien außer Atem zu sein.

«Jetzt nicht, Tilda», sagte Raines.

«Ärger im Saloon.»

«Kann das nicht Willis übernehmen?»

«Die Männer von Mr. Bragg sind da.»

«Allmächtiger», sagte Raines.

Er schaute zu uns.

«Unten ist eine Zeile frei für Ihre Unterschrift», sagte Cole. «In der rechten Ecke.»

Raines schaute erst zu uns, dann auf das Papier. Cole rührte sich nicht.

«Sie sind zu viert», sagte Tilda. «Sie sind bewaffnet.»

Raines' Lippen zuckten kaum wahrnehmbar. Zuerst dachte ich, er wolle etwas sagen. Stattdessen spannten sich seine Kiefermuskeln an.

Er griff nach einem Stift und unterschrieb das Blatt. Cole nahm es in die Hand, wedelte es kurz herum, damit die Tinte trocknen konnte, dann faltete er es zusammen und schob es in seine Hemdtasche. Ohne dass sich sein Gesichtsausdruck änderte, nickte er in Richtung Tür. Ich stand auf und ging hinaus. Der Saloon war rechts vom Foyer. Man konnte ihn durch das Hotel betreten, aber die meisten nahmen den Eingang, der zur Straße führte. So etwas fiel mir im Laufe der Zeit auf, ohne dass ich mir dessen bewusst war. *Du musst immer wissen, wo du bist*, pflegte Cole zu sagen.

Ich ging durch das Foyer auf die Straße hinaus, bog rechts ab und ging zur Ecke. Dann betrat ich den Saloon durch die Mahagonischwingtüren. Im Licht der Nachmittagssonne, das in hellen Streifen durch die Fensterläden fiel, wirkte die verrauchte Luft im Saloon bläulich. Ich ließ die Türen hinter mir zuschwingen, dann trat ich nach links, neben den Eingang, bis sich meine Augen an das Dunkel gewöhnt hatten.

In der Mitte des Raums waren keine Leute mehr. Jemand hatte die Tische umgestoßen. Das Gros der Leute im Saloon presste sich an die Wände. Vier Männer, jeder von ihnen bewaffnet, lehnten gegen den Tresen und tranken Whiskey. Hinter dem Tresen stand der wuchtige, rotgesichtige Barkeeper wie angewurzelt da. Er rührte sich nicht. Sein Blick ging ins Leere. In der Mitte des leeren Raums stand ein großer Spucknapf aus Messing, in den zwei der Männer vom Tresen aus reinzupissen versuchten. Keiner von beiden traf sein Ziel. Cole kam durch die Foyertür in den Saloon und schaute ihnen einen Moment zu.

«Macht die Hose zu», sagte er mit seiner hellen, leichten Stimme.

Einem der Männer ging bei diesen Worten der Saft aus und er starrte zu Cole.

«Wer zum Teufel bist du denn?», fragte er.

«Virgil Cole.»

«Virgil Cole? Kein Scheiß? Hey, Chalk», sagte er zu seinem Pisspartner. «Virgil Cole will, dass wir die Hose zumachen.»

Chalk wandte sich Virgil zu. Seine Mannespracht hing ihm noch immer aus der Hose, genau wie bei seinem Partner.

«Komm doch ein bisschen näher, Virgil Cole», sagte er, «dann piss ich dir in die Tasche.»

Chalk war ein dürres, kleines Kerlchen mit einem kleinen, harten Schmerbauch, der über seinen Waffengürtel hervortrat. Er hatte einen kargen, ärmlichen Bart und es sah so aus, als müsste er sich mal wieder die Fingernägel schneiden. Sein Kumpel war groß und stämmig und hatte langes Haar, genau wie Wild Bill Hickok, nur dass der sich ab und zu die Haare wusch.

«Ich bin der neue Marshal in der Stadt», sagte Cole. «Pack deinen Pimmel ein, sonst schieße ich ihn dir ab.»

«Hey, Bronc», sagte Chalk. «Die haben 'nen neuen Marshal.»

Die beiden anderen Männer, die sich bislang an den Tresen gelehnt hatten, nahmen etwas mehr Abstand zueinander ein.

«Hatten die vor 'ner Weile nicht schon mal einen Marshal?», fragte Bronc.

«Hatten sie.»

«Die haben 'nen ganz schönen Verschleiß, was?», sagte Bronc.

«So 'n Marshal ist eh zu nichts zu gebrauchen», meinte Chalk.

Cole schien das Gerede nichts auszumachen. Er wirkte völlig entspannt, ja fast liebenswürdig, wie er so in der Tür zum Foyer stand.

«Jetzt steckt diese hässlichen kleinen Dinger weg», sagte er. «Ich bringe euch gleich ins Gefängnis und ich will die Pferde nicht erschrecken.»

Keiner bewegte sich. Es war wie ein Sommertag auf den Hochebenen. Es war heiß und still. Ich konnte spüren, dass sich ein Sturm zusammenbraute, konnte die Spannung fühlen, noch bevor sie sich entlud. Beide Männer knöpften ihre Hosen zu. Man wirkt viel bedrohlicher, wenn das Glied nicht lose rumbaumelt.

«Du bringst uns nirgendwohin, Virgil Cole», sagte Bronc.

Er war gedrungen und muskulös. Er hatte einen kleinen, kurzkrempigen Hut auf. Er trug seine Waffe mit dem Griff nach vorne an der linken Seite, fast in der Mitte seines Körpers. Der Griff war aus Walnussholz. Er sah abgenutzt aus. Chalk trat ein paar Schritte von Bronc weg und lockerte die Schultern. Sein Colt hing in einem niedrigen Halfter, der an seinem Oberschenkel festgeschnallt war. Die Waffe glänzte silbern. Sie war poliert. Am Griff waren Verschnörkelungen eingraviert. Chalk hielt sich offenkundig für einen echten Revolverhelden.

«Wenn auch nur einer von euch die Waffe zieht», sagte Cole, «erschieße ich euch beide.»

Auf der anderen Seite des Saloons, hinter Cole, zog ein hagerer, glatt rasierter Kerl mit verwelkt wirkendem, dunklem Haar einen kurzen Revolver und hielt ihn in der Hand, über der Tischplatte.

Chalk und Bronc starrten Cole an. Dann lachte Chalk.

«Blödsinn», sagte er und ließ die Hand in Richtung Halfter vorschnellen.

Noch bevor seine Finger den Griff berühren konnten, erschoss Cole ihn. Er wirkte fast nachdenklich dabei. Der Mann krümmte sich bereits, als der Kerl am Tisch seinen Revolver anhob. Ich knallte ihn ab. Bronc hatte seine Knarre gerade aus dem Halfter gehievt, da schoss Cole ein zweites Mal. Der Schuss traf ihn mitten im Gesicht. Er fiel rückwärts gegen den Tresen und rutschte neben Chalk auf den Boden. Die Geräusche der Schießerei hallten mir immer noch in den Ohren nach. Cole schaute sich langsam im Saloon um. Niemand bewegte sich. Der vierte Mann hielt die Hände hoch. Sein Gesicht war so blass, dass man die geplatzten Adern unter der Haut klar erkennen konnte.

«Ich schieße nicht», wimmerte er. «Ich schieße nicht.»

Ich ging zu ihm und nahm seine Waffe aus dem Halfter. Ich übergab sie dem Barkeeper.

«Ich habe sie gewarnt», sagte Cole. Er öffnete die Trommel seines Colts, nahm die zwei leeren Hülsen heraus, ließ die Trommel wieder einschnappen und steckte die Waffe weg. Cole hielt sich immer an seine Regeln, und eine davon lautete, dass man immer sofort nachladen sollte, sobald die Schießerei vorbei war. Auch ich schob eine unverbrauchte Kugel in meine Knarre, dann schob ich sie wieder in das Halfter. Cole ging zu jedem der drei Männer und versuchte, ihren Puls zu ertasten, doch ihre Herzen hatten längst aufgehört zu schlagen.

4

Eines Morgens ritten Cole und ich in Richtung Norden aus der Stadt heraus. In den Bergen westlich von Randall Braggs Ranch sahen wir Wildpferde. Sie waren aus demselben Grund wie Bragg hier, wegen des Wassers. Wir ließen unsere Reittiere auf der Spitze einer kleinen Erhöhung zur Ruhe kommen und schauten zu, wie die Herde im Sonnenlicht graste, am Osthang des Berges, der neben uns lag. Es waren sieben Stuten, zwei Fohlen und ein grauer Hengst mit Leopardenmuster. Es war ein Appaloosa-Hengst. Er hob den Kopf und starrte uns an. Seine Nüstern waren aufgebläht und versuchten, unseren Geruch zu erhaschen. Sein Schweif war steif. Seine Haut zuckte. Er tänzelte ein paar Schritte in unsere Richtung und stellte sich zwischen uns und seine Stuten. Wir bewegten uns nicht. Der Hengst beugte den Hals ein wenig zurück.

«Er mag unsere Wallache nicht», sagte ich.

«Hengste mögen so gut wie gar nichts», sagte Cole.

«Sie mögen Stuten», gab ich zurück.

Der Hengst graste weiter, aber er stand noch immer zwischen uns und der Herde.

«Virgil», sagte ich. «Sosehr ich diesen kleinen Ausflug auch genieße, aber warum sind wir eigentlich hier? Nur um uns die Pferde anzuschauen?»

«Ich mag wilde Pferde», erwiderte Cole.

«Schön für dich, Virgil.»

Cole nickte. Die Pferde schlenderten schräg über den Berghang. Sie grasten noch immer. Ab und zu verscheuchten sie mit ihrem Schweif eine Fliege. Und ab und zu hob der Appaloosa-Hengst den Kopf, warf uns einen prüfenden Blick zu und roch den Wind. Doch es gab kaum Wind. Gelegentlich wieherte eine der Stuten und der Hengst warf ihr dann einen strengen Blick zu. Dann graste sie weiter.

«Ein einfaches Leben», sagte Cole. «Wenn sie hier alles abgegrast haben, geht's weiter zum nächsten Hügel.»

«Der Hengst wirkt etwas nervös», merkte ich an.

«Er passt nur auf», sagte Cole.

«Ob ihm das zusetzt?», fragte ich. «Immer aufpassen müssen? Hier gibt es Wölfe und Kojoten und Menschen und andere Hengste.»

«Er ist frei», sagte Cole. «Er ist lebendig. Er macht, was er will. Er geht, wohin er will. Er hat alles, was er will. Und alles, was er dafür tun muss, ist dafür zu kämpfen.»

«Scheint so, als hätte er bislang jeden Kampf gewonnen», merkte ich an.

Zwischen ein paar Felsen auf einer Anhöhe westlich von uns saßen mehrere Kojoten. Still beobachteten sie die Herde. Ihre Augen funkelten gelblich.

«Die Fohlen sollten aufpassen», sagte ich zu Cole.

«Der Hengst hat sie schon gesehen», meinte Cole. «Siehst du, wie er da rüberschaut? Solange die Fohlen nah bei der Herde bleiben, kann nichts passieren.»

Die Sonne stand hoch am Himmel. Es war gegen elf Uhr morgens. Unsere eigenen Pferde waren völlig still. Sie warteten. Ihre Köpfe waren gebeugt.

«Virgil», sagte ich nach einer Weile. «Das sind wirklich hübsche Pferde, aber sollte in Appaloosa nicht jemand für Recht und Ordnung sorgen?»

Cole nickte, sagte aber nichts. Er bewegte sich auch nicht. Östlich von uns sah ich eine dünne, schwarze Rauchschwade am Horizont. Auch der Hengst sah den Rauch. Er richtete sich auf und starrte in die Richtung, in der sie sich bewegte. Er legte seine Ohren an und bäumte seinen Schweif auf. In weiter Ferne, kaum wahrnehmbar, mehrere Kilometer entfernt, sah ich eine Lokomotive, die hinter einem der Berge erschien und fünf Waggons hinter sich herzog. Der Hengst starrte sie an. Die Muskeln unter seiner Haut bebten. Der Zug fuhr durch die Hochebene auf Appaloosa zu. Dann trabte der Hengst zur Herde zurück und stieß eine der Stuten mit den Nüstern an. Die Herde setzte sich in Bewegung, der Hengst trieb sie von hinten an. Die Fohlen galoppierten los. Ich sah nur noch ihre umherwirbelnden Beine, doch sie hielten mit.

Wir schauten ihnen nach, wie sie nach Westen hinter den Bergen verschwanden, weit weg von dem Zug. Cole blickte ihnen noch lange hinterher, dann gab er seinem Pferd die Sporen und wir ritten nach Osten, zurück nach Appaloosa.

5

Es gab in der Stadt ein Gefängnis, aber es stand momentan leer. Also war es nicht nötig, dass Cole den ganzen Tag in seinem Büro, am Schreibtisch vor den Zellen, Wache schob. Stattdessen saß er gerne im Saloon und schaute dem Treiben zu. Dabei nippte er immer an einem Glas Whiskey und ich tat es ihm gleich. Meistens saßen wir zusammen. Nur falls wir mit Ärger rechneten, setzten wir uns in entgegengesetzte Ecken des Raums. Die Entscheidung lag immer bei Cole, das war eine seiner Regeln. Heute saßen wir in entgegengesetzten Ecken. Und während wir an diesem heißen, hellen Morgen so dasaßen und unsere Drinks genossen, kam Randall Bragg herein. Er wollte wohl ein wenig mit uns plaudern. Zusammen mit einem halben Dutzend Männer betrat er den Saloon. Er blickte sich um und wartete darauf, dass seine Augen sich an die Dunkelheit gewöhnt hatten. Dann entließ er seine Männer mit einem Kopfnicken Richtung Tresen und ging zu Cole. Auf einmal war es totenstill im Saloon. Ich konnte seine Sporen klappern hören.

«Ich bin Randall Bragg», sagte er.

«Virgil Cole.»

«Ich weiß, wer Sie sind», erwiderte Bragg. «Wir müssen reden.»

Mit einer Kopfbewegung deutete Cole auf einen leeren Stuhl. Braggs Männer hatten sich am Tresen verteilt und behielten Cole im Auge. Bragg nahm Platz.

«Das ist sicher Ihr Kumpel, der Kerl da drüben mit der Schrotflinte», sagte Bragg.

«Kaliber acht», sagte Cole.

«Ist eine gute Idee, dass Sie so weit auseinandersitzen.»

«Finde ich auch», sagte Cole.

Bragg machte eine Geste in Richtung der Bar. Einer seiner Leute brachte ihm eine Flasche Whiskey und ein Glas. Bragg schenkte sich einen Schluck ein und schaute ihn nachdenklich an. Dann trank er auf ex und goss nach.

«Trinken Sie?», fragte er Cole.

«Selten», sagte Cole.

«Und der Kerl mit der Schrotflinte?»

«Everett», sagte Cole. «Der Kerl mit der Schrotflinte heißt Everett Hitch.»

Ohne mich anzusehen, sagte Bragg: «Trinken Sie, Everett?»

«Selten», sagte ich.

«Es ist nicht so leicht, Leute zu mögen, die nicht trinken», sagte Bragg.

Sein hochgewölbter, schwarzer Hut saß genau in der Mitte seines Kopfes. Obwohl er saß, konnte man sehen, dass er sehr groß gewachsen war. Durch den Hut wirkte er noch größer. Er trug ein steifes, weißes Hemd und schwarze Hosen mit feinen Nadelstreifen, dazu handgemachte schwarze Stiefel. Seine Sporen waren aus Silber. Sein Pistolengürtel war mit silbernen Conchos besetzt. Im Halfter steckte ein Colt mit einem weißen Perlmuttgriff. Cole lächelte.

«Nicht so leicht, aber auch nicht unmöglich», sagte Cole.

«Tja», meinte Bragg. «Wird sich zeigen.»

Er trank seinen zweiten Drink fast ganz aus. Er wischte sich mit dem Daumen und dem Zeigefinger über die Mundwinkel und drückte dabei auf seine Lippen.

«Sie haben drei meiner Leute erschossen», sagte Bragg.

Er schaute Cole nicht direkt an, als er es sagte. Stattdessen schenkte er sich vorsichtig noch mehr Whiskey in sein halb leeres Glas ein.

«Genau genommen», sagte Cole. «Habe ich nur zwei erschossen. Der dritte ging auf Hitchs Konto.»

Ich lächelte und zuckte mit den Achseln.

«Die Sache ist die», sagte Bragg. «Ich kann nicht zulassen, dass Sie hier meine Jungs abknallen.»

«Kann ich verstehen», sagte Cole.

«Also sollten wir über eine Abmachung sprechen», sagte Bragg.

«Sollten wir.»

Bragg gönnte sich ein kleines Lächeln und nickte. Alle im Saloon schauten zu Cole und Bragg. Und während sie abgelenkt waren, hob ich lautlos meine Schrotflinte hoch und legte sie in meinen Schoß, die Mündung genau unter der Tischplatte.

«Haben Sie einen Vorschlag, Marshal?»

«An der Saloontür hängt eine Liste mit Regeln», sagte Cole. «Wenn Ihre Jungs sich an die Regeln halten, ist alles *muy bueno*.»

Bragg verzog kaum merklich das Gesicht.

«Und wenn nicht?», fragte er.

«Dann verhafte ich sie.»

«Und wenn sie nicht mitkommen?»

«Erschieße ich sie.»

Cole lächelte Bragg fröhlich an. Er nickte in meine Richtung. «Ich oder Everett, einer von uns.»

Ich legte meine Schrotflinte auf die Tischplatte. Als Bragg zu mir schaute, spannte ich den Hahn an.

«Und so stellen Sie sich eine Abmachung vor?», fragte Bragg nach kurzem Schweigen.

«Die einzige Abmachung ist das Gesetz», sagte Cole.

«*Ihr* Gesetz», sagte Bragg.

«Ein und dasselbe», erwiderte Cole.

Die Männer am Tresen schauten abwechselnd zu Bragg und zu meiner Schrotflinte. Bragg saß einen Moment schweigend da und schaute Cole an. Vielleicht war er in Gedanken versunken.

Dann sagte er: «Diese Stadt gehört mir. Ich war zuerst hier.»

«Eine Stadt kann niemandem gehören, Bragg.»

«Ich war zuerst hier.»

Cole sagte nichts. Er saß ganz still da. Seine Handflächen ruhten auf dem Tisch.

Bragg beugte sich zu ihm vor und sagte: «Ich habe fast dreißig Männer, Cole.»

«Noch», sagte Cole.

«Wollen Sie uns etwa alle abschießen?»

«Das liegt allein an Ihnen und Ihren Jungs», gab Cole zurück.

«Vielleicht sind Sie nicht gut genug», forderte ihn Bragg heraus.

Ich konnte es an der Art, wie er dasaß, sehen. Die Art, wie er seinen Kopf hielt, seine Hände. Er überlegte, ob er es tun sollte. Ob er Cole bei einer Schießerei schlagen konnte? Würde er es versuchen?

«Seien Sie sich nicht zu sicher, dass Sie schneller sind als ich», knurrte Bragg.

Er wollte sich selbst Mut machen.

«Bisher war ich immer schnell genug», meinte Cole.

Bragg schwieg einen Moment. Dann sah ich, wie er den Gedanken verwarf. Er stand auf, spreizte die Hände und legte sie flach auf die Tischplatte.

«Jetzt ist nicht die rechte Zeit», sagte er.

«Na dann.»

«Aber die kommt noch», meinte Bragg.

«Wie ich sehe, sind Sie und Ihre Jungs bewaffnet. Ich weiß, Sie hatten noch nicht die Gelegenheit, die Regeln zu lesen, deswegen drücke ich dieses Mal ein Auge zu. Aber in den Regeln steht, dass es verboten ist, in der Stadt bewaffnet rumzulaufen. Das nächste Mal nehme ich Ihnen die Knarren ab und sperre Sie ein Weilchen hinter Schloss und Riegel.»

Bragg richtete sich steif auf. Seine Schultern spannten sich an. Er öffnete den Mund, dann schloss er ihn wieder, dann stand er einen Moment lang nur da. Ohne ein weiteres Wort drehte er sich um und verließ den Saloon. Seine Helfer hasteten ihm hinterher.

6

Am nächsten Morgen stieg eine Frau am Bahnhof aus dem Zug aus. Sie trug eine große Reisetasche und ging langsam die Hauptstraße entlang, zum Café Paris, wo Cole und ich gerade beim Frühstück saßen. Ich bin noch nie in Paris gewesen, aber ich hatte darüber gelesen und ich war mir ziemlich sicher, dass es in Paris keine Cafés wie das Café Paris gab. Einer der Chinesen, die in der Küche schuften mussten, hielt sich Hühner hinterm Haus, also standen ab und zu Eier auf der Speisekarte. Aber heute, wie an so vielen Tagen, aßen wir Pintobohnen mit gebratenem und gesalzenem Schweinefleisch und Sauerteigbrötchen, dazu tranken wir Kaffee. Die Brötchen waren ganz gut. Die Frau saß an einem Tisch in unserer Nähe und starrte lange auf die Speisekarte. Schließlich bestellte sie sich Kaffee mit Brötchen.

«Nix Brötchen», sagte der Chinese.

«Aber es steht doch auf der Speisekarte», meinte sie.

«Mit Frühstück.»

«Aber ich will doch nur ein Brötchen.»

«Nix Brötchen.»

Cole tupfte seinen Teller mit seiner Brötchenhälfte ab. Ohne den Blick zu heben, sagte er: «Chin, gib ihr das verdammte Brötchen.»

Der junge Chinese schaute zu Cole. Er wirkte wütend. Als sei es ungebührlich, ein Brötchen ohne Frühstück zu verkaufen.

«Boss sagen ...»

«Gib ihr das Brötchen», sagte Cole noch einmal und blickte von seinem Teller auf. Der junge Chinese wandte hastig den Blick ab. Er brachte der Frau einen Kaffee und einen Teller mit zwei Brötchen. Er stellte ihr noch einen Krug mit Hirsesaft hin, um zu zeigen, dass er keinen Groll mehr hegte. Die Frau gab ihm fünfundzwanzig Cent und schaute zu Cole.

«Danke», sagte sie.

Cole lächelte sie an.

«War mir ein Vergnügen», sagte er.

Sie wirkte ein wenig erschöpft, aber sie war gut aussehend. Sie hatte einen muskulösen Körper, dessen Reize ihr Kleid nicht ganz zu verbergen vermochte. Mir fiel auf, dass sie den Stern an Coles Brust anstarrte.

«Sind Sie hier der Sheriff?», fragte sie.

«Der Marshal», erwiderte Cole. «Virgil Cole. Der große Blonde hier ist mein Deputy, Everett Hitch.»

«Sehr erfreut», sagte sie. «Wissen Sie zufällig, wo es hier ein sauberes, preisgünstiges Hotel gibt?»

«Hier gibt's nur eines», sagte Cole.

«Ist es teuer?»

«Vermutlich teurer, als es sein dürfte. Ist nämlich das einzige hier.»

«Ich habe nur einen Dollar», sagte sie.

Cole nickte.

«Wie heißen Sie?», fragte er.

«Mrs. French», erwiderte sie. «Allison French.»

«Sie sind verheiratet, Mrs. French?»

«Mein Gatte weilt nicht mehr unter uns.»

«Mein Beileid», sagte Cole. «Üben Sie einen Beruf aus?»

«Ich spiele Orgel», erwiderte sie. «Und Klavier.»

«Ach, Sie sind keine Hure?»

«Sie brauchen nicht vulgär zu werden», sagte sie. «Und die Antwort ist: Nein.»

«Sie brauchen sich nicht aufzuplustern», gab Cole zurück. «Die meisten Frauen hier, die keinen Mann haben, sind Huren.»

«Ich nicht.»

Cole raunte mir zu: «Ein vitales Luder.»

Ich nickte. Cole wollte sich stets weiterbilden. Daher las er Bücher, in denen Worte wie «vital» standen, die er sich dann notierte und bei unpassenden Gelegenheiten einfließen ließ. Meistens lag er falsch.

«Glauben Sie, die Herren im Hotel lassen mich für einen Dollar dort übernachten?», fragte Mrs. French.

Cole grinste.
«Sie können so lange bleiben, wie Sie wollen.»
Sie runzelte die Stirn.
«Wie ist das möglich?», wollte sie wissen.
«Womöglich brauchen die Herren im Hotel eine Pianistin», schlug Cole vor. «Meinst du nicht, Everett?»
«Denke schon», sagte ich.
«Wenn Sie mit dem Frühstück fertig sind», sagte Cole, «wird Everett Sie dorthin begleiten und Ihnen helfen.»
«Wär mir ein Vergnügen», sagte ich.
Sie aß ihr Brötchen und steckte das andere in ihre Reisetasche. Dann stand sie auf und lächelte.
«Ich danke Ihnen vielmals, Mr. Cole, für Ihre Güte.»
«Nichts zu danken, Mrs. French», erwiderte er. «Everett, sprich bitte mit Mr. Raines.»
«Mach ich.»
Cole stand auf und wie immer wirkte seine Bewegung flüssig und scheinbar mühelos.
«Alsdann», sagte er. «Vielleicht sieht man sich mal wieder.»
«Ja, Mr. Cole, das wäre nett.»
Ich nahm ihre Reisetasche und wir gingen die Main Street zum Hotel entlang.
«Sie haben Sommersprossen», merkte Mrs. French an. «Haar wie Sand und Sommersprossen.»
«Ja», sagte ich.
«Finde ich niedlich.»
«Ich auch», sagte ich.
Mir fielen die Bewegungen ihres Körpers unter ihrem Rock auf.
«Wieso ist sich Mr. Cole eigentlich so sicher, dass man mir im Hotel ein Zimmer gibt?», fragte sie. Wir gingen langsam auf den Bohlen entlang.
Ich lächelte. «Weil er es so will. Das sage ich dem Besitzer.»
«Kriegt Mr. Cole immer, was er will?»
«Meistens», sagte ich.

7

Mrs. French spielte sehr schlecht Klavier. Dafür spielte sie umso lauter und sie war hübsch anzusehen. Sie trug Kleider mit tiefem Ausschnitt, die im Saloon für beträchtliches Aufsehen sorgten. Ihre Musik fiel dabei nicht weiter auf. Als sie eine Pause einlegte, kam sie zu mir und setzte sich an meinen Tisch. Ich trank gerade einen Kaffee.

Ich sagte: «Wie wär's mit einem Drink, Mrs. French?»

«Lieber nicht, danke, aber zu einem Kaffee würde ich nicht Nein sagen», erwiderte sie. «Und wir können uns auch duzen. Ich heiße Allie.»

Ich nickte Tilda zu. Sie kam mit einer Kanne Kaffee und einer zweiten Tasse herüber.

«Kennen Sie Mr. Cole schon lange, Mr. Hitch?»

«Kannst ruhig Everett zu mir sagen. Und ich bin mir ziemlich sicher, dass du Mr. Cole auch beim Vornamen anreden kannst. Er heißt Virgil.»

Sie lächelte und senkte den Blick. Die Geste wirkte, als hätte sie sie lange geübt. Hatte sie wahrscheinlich auch.

«Kennst du Virgil schon lange, Everett?», fragte sie.

«Ja.»

«Und wart ihr immer schon die Marshals hier?»

«Nein, wir sind erst vor ein paar Wochen angekommen», antwortete ich.

«Wo wart ihr vorher?»

«Überall und nirgends», sagte ich. «Die Leute bezahlen Virgil, dass er in Städten wie dieser für Ruhe und Ordnung sorgt. Ich helfe ihm dabei. Und wenn wir mit einer Stadt fertig sind, ziehen wir zur nächsten weiter.»

«Ihr seid also die Revolverhelden», sagte sie, «die die Witwen und Waisen beschützen.»

«So was gibt es nur in Groschenheften.»

«Wie nennt man denn das, was ihr tut?», fragte sie.

«Keine Ahnung», sagte ich. «Vielleicht gibt es dafür keinen Namen.»

«Tötet ihr auch Leute?»

«Ab und zu», sagte ich.

«Viele?»

Sie hatte den Blick wieder angehoben und schaute mich an. Immer wieder das Töten. Ich hatte schon viele Frauen gekannt, die vom Töten fasziniert waren. Sie waren schockiert, aber hinter dem Entsetzen steckte noch mehr.

«Ein paar», sagte ich.

«Und Virgil?»

«Mehr als ein paar.»

«Wie ist es denn?»

«Als würde man einen Nagel in eine Wand hämmern», sagte ich.

«Wie bitte?»

«Als würde man einen Nagel in die Wand hämmern oder Feuerholz hacken. Es muss getan werden, also tut man es. Es ist ein Job, und man bringt ihn hinter sich, so schnell es geht.»

«Mehr nicht?»

«Nicht, wenn man es schon ein paarmal gemacht hat.»

«Macht es dir Spaß?»

«Man fühlt sich danach rein ... vollkommen», sagte ich. «Man hat ihn erwischt. Und nicht umgekehrt.»

«Aber wenn das so ist», fragte sie mit einem nachdenklichen, interessierten Stirnrunzeln, «was hindert dich daran, jeden zu töten, den du töten willst?»

«Das Gesetz», sagte ich. «Virgil sagt immer, wenn die Leute sich ans Gesetz halten, gibt es keinen Grund, sie zu töten.»

«Egal, wessen Gesetz es ist?»

«Mach es nicht komplizierter, als es sein muss», antwortete ich.

«Ihr wisst also, wessen Gesetz ihr umsetzen müsst», schlussfolgerte sie.

«Wissen wir.»

Ich freute mich über ihr Interesse. Es gefiel mir, dass sie sich vor unserem Gespräch noch keine Meinung gebildet hatte.

«Was ist mit den anderen? Den Leuten, die ihr erschießt?»

«Virgil hängt in jeder Stadt, in der wir arbeiten, die Gesetze aus», sagte ich.

Sie nahm einen Schluck Kaffee und schaute mich dabei an.

«Und wenn sie dich erschießen?»

«Dann ist das halt so», sagte ich. «Kann man nichts machen.»

«Denkst du manchmal darüber nach?»

«Lieber nicht», gab ich zurück.

Eine Weile schwiegen wir beide. Tilda kam und schenkte uns Kaffee nach.

«Ich kann das nicht gutheißen», sagte Allie. «Glaube ich.»

Ich nickte.

«Aber ich weiß nicht genug darüber», fuhr sie fort. «Du scheinst ein anständiger Mann zu sein. Und Mr. Cole wohl auch.» Dann korrigierte sie sich: «Virgil.»

«Ich bin ganz anständig», sagte ich. «Bin mir nicht sicher, ob er es auch ist. Virgil.»

«Seid ihr verheiratet?»

«Ich nicht», erwiderte ich.

«Und Mr. … Virgil?»

«Nicht dass ich wüsste.»

«Aber du bist doch sein bester Freund. Müsstest du es nicht wissen?»

«Virgil sagt einem nicht viel», sagte ich.

«Ach?», sagte Allie. «Im Restaurant wirkte er ganz gesprächig.»

«Oh, gesprächig ist er. Er redet sogar ganz gern. Aber er sagt einem nicht viel.»

«Also dann», meinte sie, «werde ich ihn eben fragen.»

8

Appaloosa lag in einem länglichen Tal. Im Osten und Westen waren Bergrücken, die den Wind vom Norden durch die Stadt lenkten, wie ein Trichter. Manchmal, wenn der Wind durch die Stadt heulte, tanzten die Staubwolken auf den Straßen so hoch wie ein Haus. Cole und ich saßen auf der Veranda vor dem Gefängnis und tranken Kaffee. Es war ein schöner Sonntagmorgen. Wir konnten die Berge im Westen klar sehen. Und auf dem Bergrücken sahen wir zwei Reiter. Nur ihre Silhouetten waren erkennbar.

«Ich habe gehört», sagte Cole, «dass du mit Mrs. French gesprochen hast.»

«Ja, Virgil.»

Die Reiter auf dem Bergrücken hielten an und blickten regungslos auf die Stadt. Noch waren sie zu weit weg. Ich konnte sie nicht näher ausmachen.

«Worüber habt ihr denn gesprochen?», fragte Cole.

«Sie hat mir Löcher in den Bauch gefragt, Virgil. Über dich.»

«Hat sie das? Meinst du, sie mag mich?»

«Sie wollte wissen, ob du verheiratet bist», erwiderte ich.

Auf dem Bergrücken im Westen beschnüffelte eines der Pferde die Nase des anderen.

«Hat sie das? Bei Gott. Und was hast du gesagt?»

«Dass ich's nicht weiß.»

«Teufel noch mal, Everett», murrte Cole. «Siehst du hier irgendwo eine Ehefrau?»

«Nein.»

«Warum hast du ihr dann gesagt, dass du es nicht weißt?»

«Kann doch sein, dass du irgendwo eine Frau hast», gab ich zurück. «In Silver City. Oder Nogales. Oder Bisbee.»

«Es gab mal eine», meinte Cole nachdenklich. «Eine Indianerin. Apache. Hat mit mir zusammengelebt. Wie 'ne Ehefrau, nehme ich an. Nur hatten wir nie eine Hochzeit. Kein Segen, nichts. Und eines Tages kam ich nach Hause und sie war weg.»

«Wohin?»

«Keine Ahnung.»

«Hast du nach ihr gesucht?»

«Ich hatte gerade mit der Suche angefangen», antwortete Cole, «da hab ich plötzlich einen Auftrag in Durango bekommen. Also hab ich die Suche an den Nagel gehängt und bin nach Durango geritten. Keine Ahnung, wo sie hin ist. Wahrscheinlich ist sie zu ihrem Stamm zurückgekehrt.»

Die Reiter auf dem Bergrücken wendeten ihre Pferde und ritten nach Süden. Sie trotteten langsam. Einer der beiden rollte eine Zigarette. Sie waren noch weit weg, aber ich konnte bereits den Tabak riechen.

«Tja, Allie wird dich sicher fragen, also solltest du dir eine Antwort überlegen.»

Er schaute mich finster an.

«Sie wird mich fragen, ob ich schon mal verheiratet war?»

«Vermutlich interessiert sie sich eher dafür, wie's bei dir jetzt steht. Ob du im sicheren Hafen der Ehe verankert bist.»

«Nein, zum Teufel, ich bin nirgendwo verankert.»

«Das wird sie sicher freuen», gab ich zurück.

«Die beiden sind schon seit Sonnenaufgang da», meinte Cole.

«Die Reiter?»

«Ja. Sie reiten immer vor und zurück und schauen zur Stadt. Auf den Bergen im Osten sind auch zwei.»

«Was meinst du?», fragte ich.

«Ich meine, dass ich Mrs. French höchst interessant finde», sagte Cole.

«Und ich meine die beiden Reiter da oben», sagte ich.

«Ich meine, du und ich, wir sollten da mal hinreiten und fragen, was die so treiben.»

«Kann ich vorher meinen Kaffee austrinken?»

«Gewiss doch», sagte Cole.

9

Cole und ich kamen von verschiedenen Seiten auf einen der beiden Reiter zu. Die Sonne stand in unserem Rücken und unsere Schatten kündigten unsere Ankunft auf dem Schieferpfad an.

«Hallo», sagte Cole zu dem Reiter.

Ohne uns anzuschauen, antwortete der Reiter: «Ich bin außerhalb der Stadtgrenze. Marshal.»

«Bei Gott», sagte Cole. «Du hast recht! Die Stadt endet bei dem Hügel, an dem Bach da unten.»

«Hier oben», meinte der Reiter, «sind Sie nichts weiter als ein Cowboy mit 'ner Knarre.»

«Stimmt das, Everett?», fragte mich Cole.

«Egal, wo du bist, du bist niemals nur ein Cowboy mit 'ner Knarre, Cole.»

«Dachte ich mir», meinte Cole. «Also, was hast du hier zu suchen? Warum reitest du hier ständig hin und her?»

«Wir haben gegen keine Gesetze verstoßen», sagte der Reiter. «Und Sie haben hier keine gesetzgeberliche Zuständigkeit.»

«Gesetzgeberlich?», fragte Cole und schaute mich an.

«Ich glaube, er meint gesetzlich», sagte ich.

«Das glaube ich auch. Und, bei Gott, da hat er recht.»

Cole lächelte den Reiter an.

«Also, wieso reitest du hier immer im Kreis?»

Der Reiter grinste ein wenig.

«Ich behalte nur die Dinge im Auge.»

«Die Stadt?», fragte Cole.

«Ja.»

«Für wen?»

Der Reiter zuckte mit den Achseln. Mit einer federleichten Bewegung zog Cole seinen großen Revolver aus dem Halfter und schlug dem Mann damit quer über das Gesicht. Der Reiter wurde aus dem Sattel geschleudert, und als er unten aufkam, hatte Cole die Waffe wieder in das Halfter geschoben und lehnte seine Unterarme entspannt auf das Sattelhorn.

«Meine Zähne», stöhnte der Reiter. «Du hast mir die Zähne ausgeschlagen, verdammt!»

«Tatsache», sagte Cole. «So ein Colt hat nun mal viel Eisen. Für wen reitest du?»

An der Nase und am Mund des Reiters klebte Blut.

«Bragg», sagte er.

«Und warum will er, dass du hier im Kreis rumreitest?»

«Keine Ahnung. Er hat nur gesagt, dass ich's tun solle. Mr. Bragg erklärt nicht groß, was er sich dabei denkt.»

«Everett, glaubst du, Bragg will uns Angst einjagen?», fragte Cole.

«Scheint so», sagte ich.

«Wie heißt du?», fragte Cole den Reiter.

«Dean.»

«Also, Dean, dann reite mal flugs zu Mr. Bragg zurück und richte ihm aus, dass wir keine Angst haben.»

«Mr. Bragg wird's nicht gefallen, dass Sie mich geschlagen haben», meinte Dean.

«Ich nehme an, dir hat es auch nicht sonderlich gefallen, Dean», sagte Cole.

«Allerdings.»

«Dann könnt ihr euch gegenseitig be… äh … Everett, was war noch mal das Wort?»

«Bemitleiden», sagte ich.

«Bemitleiden», sagte Cole. «Ganz genau. Du und Bragg, ihr könnt euch gegenseitig bemitleiden.»

Als wir den Berg hinab zur Stadt ritten, sagte ich zu Cole: «Der Kerl hat nichts getan, was verboten ist.»

«Er ist mir gehörig auf die Nerven gegangen», sagte Cole.

«Ist nicht verboten», sagte ich.

«Nein», sagte Cole. «Aber es ist nervig.»

10

Wann immer er Zeit hatte, saß Cole mit einem Glas Whiskey, an dem er langsam nippte, im Saloon und schaute zu, wie Mrs. French Klavier spielte. Sie spielte mit viel Kraft, hob beide Hände hoch an und ließ sie heftig auf die Tasten krachen. Die Geräusche, die dabei entstanden, waren sich in der Regel ziemlich ähnlich. Wann immer sie eine Pause hatte, setzte sie sich zu ihm. Und da heute alles ruhig war, war ich auch dabei.

«Mr. Cole», fragte sie, «seit wann töten Sie schon Menschen für Geld?»

«Nenn mich ruhig Virgil», sagte er.

Sie nannte ihn immer Mr. Cole, wohl um ihn ein wenig aufzuziehen. Und stets sagte er: «Nenn mich Virgil.»

«Gerne, Virgil. Also, wie lange?»

«Ich töte nicht Menschen für Geld», sagte Cole. «Ich setze das Gesetz durch. Der Tod ist dabei manchmal unvermeidhaft. Nein, das meine ich nicht. Wie ist noch mal das Wort, Everett?»

«Unvermeidlich», sagte ich.

«Der Tod ist unvermeidlich», sagte Cole zufrieden.

«Und du hast nie jemanden getötet, der nicht gegen das Gesetz verstoßen hat?»

«Niemals», sagte Cole. «Wenn man schon tötet, dann muss man sich dabei strikt an die Regeln halten. Jeder kriegt die Chance, sich friedlich zu ergeben.»

«Sagt er die Wahrheit, Everett?»

«Virgil sagt immer die Wahrheit», erwiderte ich.

«Niemand sagt immer die Wahrheit», meinte sie.

«Warum nicht?», wollte Cole wissen.

«Also», sagte Mrs. French, «also, um Himmels willen, Virgil, so läuft das halt nicht.»

«Ich dachte immer, es ist einfacher, die Wahrheit zu sagen. Man sollte dem anderen immer sagen, was man denkt.»

«Und *der* anderen?», fragte sie.

«Der anderen? Du meinst Frauen?»

«Du hast schon verstanden.»

«Allie, ich weiß nicht mehr, was ich Frauen so alles erzählt habe.»

«Virgil Cole», meinte sie. «Kann es sein, dass du noch nie mit einer Frau zusammen warst?»

Cole lief rot an.

«Teufel noch mal, Allie, müssen wir das durchkauen?»

«Warst du schon mal mit einer Frau zusammen?», hakte Allie nach.

«Natürlich», brüstete sich Cole. «Ganz gewiss doch.»

«Und diesen Frauen, denen hast du nie etwas erzählt?»

«Meistens haben wir nur das getan, wozu wir da waren», sagte Cole ausweichend.

Er war jetzt tiefrot. Sie schaute ihn von der Seite an, ihren Kopf halb weggedreht.

«Und das war?», fragte sie.

Sie spielte mit ihm wie eine Katze mit einer Maus. Doch plötzlich veränderte sich Coles Gesichtsausdruck. Es war vorbei. Er war keine Maus mehr. Sie hatte eine Grenze überschritten. Und es war keine gute Idee, bei Virgil Cole Grenzen zu überschreiten. Leider war nicht immer klar, wo diese Grenzen lagen. Das war ein Fehler, bei dem schon Menschen ums Leben gekommen waren.

«Schluss damit», sagte er.

Er sprach ganz ruhig und sein Gesichtsausdruck blieb unverändert. Aber die Röte war nicht mehr zu sehen und in seiner Stimme und in seinem Blick schwang etwas mit, was ihr Angst machte.

«Virgil», sagte sie. «Das war doch nur ein Spaß.»

«Ich fand es aber nicht spaßig.»

Sie saß einen Moment wie versteinert da, dann wandte sie sich zu mir.

«Everett», sagte sie. «Lügst du jemals?»

Ihre Stimme klang etwas strapaziert.

«Ständig, Allie», erwiderte ich. «Ständig.»

«Also», meinte sie, «das kann ich gut verstehen.»

Virgil schwieg. Sein Gesicht war blass. Am anderen Ende des Saloons an der Theke saßen zwei Männer und tranken um die Wette Bier. Einen von ihnen kannte ich. Er war ein blasser Mann mit schlaffen Händen, der bei dem Tierfutterhändler in der Stadt arbeitete. Der andere war ein Fuhrmann und er war gebaut wie ein Fuhrmann. Er hatte eine dicke Wampe, weil er den ganzen Tag auf dem Kutschbock saß. Seine Arme und Schultern waren mit Muskeln bepackt, denn er musste sechs Esel über schlechte Straßen lenken. Der Mann aus dem Futterladen schien beim Wetttrinken zu gewinnen.

«Du dürrer, kleiner Bastard», rief der Fuhrmann laut. «Wo steckst du das nur hin, das ganze Bier? Noch nicht mal gepisst hast du!»

Der Mann aus dem Futtergeschäft musste lachen.

«Ist halt nicht immer alles so, wie es scheint», meinte er.

«Verdammt», raunte der Fuhrmann mit seiner polternden Stimme. «Noch zwei Bier, Willis. Von dem Kerl lasse ich mich nicht unterkriegen.»

Cole wandte seinen Blick ab und schaute zu den Männern.

Willis McDonough, der Barkeeper, zapfte zwei Gläser Bier. Die Männer schauten sich an. Jeder griff nach seinem Glas.

«Gib den Startschuss, Willis.»

«Jetzt», sagte McDonough und die beiden Männer tranken.

Der Angestellte aus dem Futterladen war als Erster fertig.

«Scheiße!», rief der Fuhrmann. «Scheiße!»

Cole stand urplötzlich auf und ging an den Tresen.

«Halt's Maul», sagte er zu dem Fuhrmann.

Der Fuhrmann schaute ihn überrascht an.

«Wie bitte, Marshal?»

«Halt dein Maul und verpiss dich von hier.»

«Ich hab doch nichts gemacht», sagte er. «Verdammt, Marshal, wir trinken nur unser Bier.»

Cole trat ihm in den Schritt. Der Fuhrmann keuchte und kippte vornüber. Der Angestellte aus dem Futtergeschäft duckte sich und Cole schlug auf den Fuhrmann ein. Cole war nicht sonderlich groß und der Fuhrmann war ein Hüne. Aber dennoch war es kein fairer Kampf. Es war ein einziges Schlachten. Cole schlug mit beiden Fäusten auf ihn ein, erst die eine, dann die andere. Er griff nach den Haaren des Fuhrmanns und rammte dessen Gesicht gegen den Tresen. Dann zog er den Kopf erneut an den Haaren hoch und ließ das Gesicht wieder gegen das Holz krachen.

«Virgil», sagte ich.

Der Fuhrmann war wehrlos. Cole stemmte ihn mit der linken Schulter hoch gegen den Tresen, während er ihn methodisch mit der rechten Faust bearbeitete. Allie schaute fasziniert zu. Ich trat an die beiden heran. Der Kopf des Fuhrmanns hing schlaff zur Seite hinab. Seine Augen waren nach oben verdreht. Blut und Spucke lief ihm aus dem schlaffen, halb offenen Mund. Ich schlang meine Arme um Coles Hüfte, hob ihn vom Boden hoch und ging mit ihm rückwärts. Er schlug noch immer mit seinen Fäusten um sich.

«Virgil», sagte ich. «Virgil.»

Er wehrte sich nicht gegen mich, er schien mich nicht einmal wahrzunehmen. Er konzentrierte sich mit aller Kraft auf den Fuhrmann. Es war, als existiere für ihn nichts anderes mehr.

«Virgil», sagte ich.

Er hörte auf, seine Faust zu bewegen, und hielt sie ruhig in der Luft. Er war jederzeit zum nächsten Schlag bereit. Ich hielt ihn weiterhin fest und hörte, wie er schnaufend atmete. Sein Atmen rasselte. Es war, als ob da etwas krachen würde, in seinem Inneren.

«Virgil.»

Sein Atem beruhigte sich. Das Krachen ließ nach.

«Du kannst loslassen», sagte er zu mir.

Ich entspannte mich ein wenig, aber ich hielt ihn weiterhin mit meinen Armen umklammert.

«Du kannst loslassen», sagte Virgil.

Ich ließ los. Er stand still da, aber seine Faust war noch immer im Anschlag.

Da der Fuhrmann nicht mehr von Coles Schulter gestützt wurde, sackte er zu Boden. Sein Kopf schlug an der Fußstütze aus Messing an. Sein Gesicht war blutüberströmt. Cole hielt seinen Blick weiterhin auf ihn gerichtet. Ich stand da und wartete ab. Willis McDonough hatte sich ans andere Ende des Tresens verzogen und polierte dort Gläser. Der Kerl aus dem Futterladen war verschwunden. Alle anderen im Saloon waren totenstill. Niemand wagte auch nur zu atmen. Ich hörte, wie Cole noch immer keuchte. Es war das einzige Geräusch. Doch dann nahm ich noch etwas anderes wahr, das nicht von Cole kam. Hinter mir stand Allison French und atmete ebenfalls schwer. So standen wir eine Weile alle still da und die Zeit kam uns unendlich lang vor. Schließlich beruhigte sich Coles Atem. Er starrte auf den Fuhrmann.

«Großmäuliger Bastard», sagte er und verließ den Saloon.

In dem Raum war es weiterhin vollkommen still. Ich setzte mich mit Allison an den Tisch. Ihr Gesicht war noch gerötet, aber ihre Atmung hatte sich offenbar beruhigt.

«Mein Gott», sagte sie.

«Virgil kann ungemütlich werden, wenn ihn etwas nervt», sagte ich.

«Aber er hat zugelassen, dass du ihn wegziehst.»

«Gehört zum Job.»

«So was lässt er zu?»

«Er will es nicht anders», erwiderte ich.

«Die haben nichts getan», sagte Allison. «Sie haben nur ihr Bierchen getrunken und sich amüsiert. Warum war er plötzlich auf den Dicken so wütend?»

«Er war wütend auf dich.»

11

In meiner Zeit in Appaloosa leistete mir eine Hure namens Katie Goode Gesellschaft. Sie war jung, gepflegt und hatte dunkles Haar. In ihren Adern floss das Blut der Kiowa-Indianer, sie war ein Mischling aus Rothäuten, Yankees und Mexikanern. Ihr und zwei anderen Mädchen gehörte ein Haus am Nordende der Stadt, wo sie wohnten und ihren Geschäften nachgingen. Katie hatte gerade ihren geschäftlichen Teil erledigt und wir lagen in ihrem Bett im Hinterzimmer des Hauses.

«Ich habe gehört, der Marshal hat gestern beinah Tub Gillis umgebracht», sagte Katie.

«Er hat ihn verdroschen», erwiderte ich.

«Grundlos, hab ich gehört», meinte Katie.

«Er hatte seine Gründe.»

«Ich hab gehört, dass Tub keiner Fliege was zuleide getan hat, dass er nur mit Bertie Frye ein Bier getrunken hat.»

«Virgil war etwas ungehalten», gab ich zu.

«Wegen Tub?»

«Mrs. French hat ihn ein wenig aufgezogen.»

«Die ist auch nicht gerade ein Unschuldslamm», sagte Katie. «Meinst du nicht?»

«Keine Ahnung», gab ich zu. «Aber mir wär's lieber, wenn Virgil nicht so vernarrt in sie wäre.»

«Hat sie einen Ehemann?»

«Angeblich schon. Sie hat gesagt, er sei tot.»

«Vielleicht hat sie ihn zu Tode gefickt», meinte Katie.

«Könnte schlimmer kommen», sagte ich.

«Gefällt's dir, wie sie Klavier spielt?»

«Nein.»

«Mir auch nicht.»

«Ich will nicht, dass du irgendwas davon Virgil erzählst», warnte ich sie.

«Mit dem rede ich nicht. Er macht mir Angst.»

«Ja», stimmte ich zu. «Virgil wirkt manchmal ein wenig bedrohlich. Und ich glaube nicht, dass er so viel Erfahrung mit Frauen hat wie ich. Wenn er sich nun mal in eine vergucken muss, dann von mir aus.»

«So so, du hast also viel Erfahrung mit Frauen, Everett?»

«Von Fort Worth bis Cheyenne», gab ich zurück. «Ich hab mehr Kerben im Schwanz als im Griff meiner Schrotflinte.»

«Eins kannst du immerhin ganz gut», meinte Katie.

«Will ich doch hoffen.»

«Du kannst gerne noch mal», meinte sie. «Geht auf's Haus, wenn du willst.»

«Und wie.»

«Dann nur los, Everett.»

«Und wie.»

12

Der Fuhrmann hatte ein Zimmer in einer Herberge an der Front Street, hinter der Pferdestation. Als ich dort ankam, trug er nur eine Unterhose. Er lag auf einem ungemachten Bett, das an der Wand stand. Im Zimmer war es stickig. Zwar war das Fenster offen, aber die Luft, die reinkam, war ebenfalls heiß. Sein Gesicht war übel geschwollen. Seine Augenlider waren so aufgequollen, dass er eines seiner Augen nicht mehr aufbekam. Die Prellungen waren fast schwarz. Als ich eintrat, richtete er sich steif im Bett auf. Auch sein Körper war von Schwellungen überzogen. Ich stellte eine Flasche Whiskey auf den Tisch neben dem Fenster.

«Was zu trinken», sagte ich. «Gegen den Schmerz.»

«Was willst du?»

Seine Stimme war kaum zu verstehen, denn sein Mund war auch geschwollen. Das Sprechen fiel ihm schwer. In dem Auge, das er noch aufbekam, stand die blanke Angst. Wenn man Schmerzen hat, ist die Angst meist nicht weit. «Ich wollte nur sehen, wie es dir geht», meinte ich. «Und dir die Flasche bringen.»

Der Fuhrmann machte die Flasche auf und nahm einen Schluck. Er zuckte zusammen. Der Whiskey brannte sicher in seinem Körper. Vermutlich hatte er offene Wunden im Mund. Als er schluckte, erschauderte er. Aber kaum hatte er den Schluck runtergewürgt, da setzte er die Flasche erneut an. «Warum hat er das gemacht?», fragte er.

«Virgil war wütend», meinte ich. «Und du warst zur falschen Zeit am falschen Ort.»

«Ich hab doch nichts gemacht.»

«War der Arzt hier?», wollte ich wissen.

«Er hat gesagt, meine Nase ist gebrochen.»

«Hat er sie mit Mull gestopft?»

«Ja. Warum hat der Marshal das gemacht?»

«Manchmal gibt es keine Antwort», sagte ich. «Ich soll dir von Virgil sagen, dass es ihm sehr leid tut. Ich soll dir Geld geben, damit du den Arzt bezahlen und dir noch mehr Whiskey kaufen kannst.»

Ich legte das Geld neben die Flasche, auf den Tisch. Der Fuhrmann schaute es blinzelnd an. «Er hätt's nicht tun sollen», sagte der Fuhrmann. «Hat mich nicht mal gewarnt.»

«Hätte schlimmer kommen können. Er hätte dich auch erschießen können.»

«Hätt's nicht tun sollen.»

«Das weiß er», meinte ich. «Deswegen hat er mich zu dir geschickt.»

«Warum ist er nicht selber gekommen?»

«Virgil macht so was nicht», gab ich zurück.

«Nicht?»

«Nein.»

«Warum nicht?»

«Er ist nun mal Virgil Cole», meinte ich.

Der Fuhrmann nickte und es tat ihm weh. Also hielt er inne und griff erneut nach der Flasche.

«Der Whiskey tut gut», sagte er. «Bringst du mir noch eine Flasche?»

«Mach ich», sagte ich. «Wie wär's mit was zu essen?»

«Himmel, nein», sagte der Fuhrmann.

«Sonst noch was?»

«Nein. Ja. Whiskey.»

Er trank noch mehr.

«Brauchst du Hilfe?», fragte ich.

«Vielleicht», sagte er. «Vielleicht brauche ich Hilfe.»

«Ich bring dir noch eine Flasche», meinte ich. «Und ich schaue ab und zu mal rein. Um zu sehen, wie's dir geht.»

«Danke.»

«Ruh dich aus. Wenn du essen kannst, bringe ich dir was.»

«Danke.»

«Dem Marshal und mir», meinte ich, «tut es sehr leid, dass das passiert ist.»

«Mir auch», sagte der Fuhrmann.

13

Ich saß im Büro des Marshals an der First Street, als die Tür aufging und Phil Olson reinkam. Es war ein heißer Tag und Olsons rosafarbenes Gesicht glänzte feucht.

«Ist Cole hier?», fragte er.

«Er ist in der Stadt, nach dem Rechten sehen», meinte ich.

«Wir müssen reden.»

«Sie können auch mit mir reden.»

«Nein, das geht nur ihn was an», sagte Olson. «Die Sache mit dem Fuhrmann, den er verprügelt hat.»

«Ist vielleicht besser, wenn Sie mit mir darüber reden», sagte ich. «Virgil wird manchmal etwas mürrisch, wenn es um Dinge geht, die er bereut.»

«Er bereut es, dass er den Kerl verprügelt hat?»

«Ja», meinte ich nur.

«Was ist da überhaupt passiert?», wollte Olson wissen.

«Virgil war ein wenig verärgert», meinte ich. «Und er hat sich an dem Fuhrmann ausgetobt.»

«Er war nicht mal auf Mr. Gillis sauer?»

«Heißt er so?»

«Ja. Sein Arbeitgeber hat sich bei mir beschwert.»

«Ich war bei ihm», sagte ich.

«Bei Mr. Gillis?»

«Ja.»

«Wie geht es ihm?»

«Üble Schwellungen», meinte ich. «Aber er sollte bald wieder auf den Beinen sein.»

«Mein Gott. Glauben Sie, dass er uns verklagt?»

«Uns?»

«Die Stadt. Mr. Cole ist ein Angestellter der Stadt. Mr. Gillis' Arbeitgeber hat ihm angeraten, vor Gericht zu gehen.»

«Ich weiß nicht, ob das so einfach ist», sagte ich. «Wenn Richter Callison wieder mal durchreist, sollten Sie ihn fragen.»

«Egal ob er uns nun verklagt oder nicht», meinte Olson, «wir können nicht zulassen, dass unsere Gesetzeshüter die Leute halb zu Tode prügeln, und das auch noch ohne Grund.»

Ich lehnte mich in meinem Stuhl zurück und rückte meine Hüften zurecht, sodass meine Pistole sich nicht in meine Seite bohrte. Ich legte meine Füße auf den Schreibtisch und starrte eine längere Zeit lang an die Decke. Sie war aus gepresstem Zinn und sie war braun gestrichen. Ich sagte nichts. Ich sammelte meine Gedanken.

«Die Sache ist die», meinte ich schließlich, «Sie sollten Virgil von allen Seiten betrachten, wenn ich das mal so sagen darf. Ein Mann wie Virgil Cole ist anders als Sie oder ich. Sie bezahlen ihn dafür, dass er Ihre Drecksarbeit macht. Und zwar deshalb, weil Sie eben nicht so sind wie er. Das muss Ihnen nicht leid tun. Die meisten Leute sind nicht so wie er. Aber Virgil ist nun einmal Virgil. Und das, was ihn zu dem macht, was er ist, das kann man nicht einfach an- oder ausschalten wie eine Lampe.»

«Was er gemacht hat, war wahnsinnig», sagte Olson.

«Virgil *ist* wahnsinnig. Glauben Sie wirklich, ein Mann, der nicht wahnsinnig ist, kann so einen Job machen? Als Pistolero? Waren Sie jemals in eine Schießerei verwickelt?»

Olson sagte nichts.

«Also?», hakte ich nach.

«Nein.»

«Stellen Sie sich vor, Sie gucken genau in den Lauf der Pistole. Der Hahn ist gespannt. Sie können die Kugeln in der Trommel sehen. Wie Schlangen in einem Erdloch. Die meisten Leute halten so was nicht aus. Die meisten Leute machen sich vor Angst in die Hose. Aber nicht Virgil. Virgil macht so was seit vielen Jahren und er hat noch nie klein beigegeben. Er ist noch nie weggerannt und er hat noch nie den Kürzeren gezogen», sagte ich. «Und warum? Weil er wahnsinnig ist. Weil man wahnsinnig sein muss, um so etwas tun zu können.»

«Deswegen hat er noch lange nicht das Recht, unschuldige Leute zu verprügeln», erwiderte Olson.

«Nein», sagte ich. «Hat er nicht. Und in der Regel werden auch keine unschuldigen Leute verprügelt. Und wenn das dann doch mal passieren sollte, ab und zu, dann nur, weil Virgil Cole nun mal ist, wer er ist. Und Sie bezahlten ihn dafür, dass er Virgil Cole ist. Sie haben den Wahnsinn doch gewollt.»

Olson schwieg und dachte über das, was ich gesagt hatte, nach. Ich starrte erneut an die Decke aus Zinn.

«Aber Sie», meinte Olson, «Sie sind nicht wahnsinnig.»

«Vielleicht, vielleicht nicht», antwortete ich. «Aber das ist egal, ich bin nicht Virgil Cole.»

«Sie arbeiten seit Jahren für ihn. Ich habe gesehen, wie Sie Braggs Killer im Saloon erschossen haben.»

«Ich bin nicht Virgil Cole», sagte ich. «Ich helfe ihm nur.»

«Und das macht einen Unterschied?», fragte Olson.

«Einen riesigen Unterschied», gab ich zurück.

«Aber», warf Olson ein, «Cole arbeitet für uns. Ich finde, das gibt uns das Recht, ihm zu sagen, wenn er was falsch gemacht hat.»

«Klar haben Sie das Recht», gab ich zu.

«Aber Sie finden, wir sollten das Maul halten.»

«Ja. Sollten Sie.»

«Und wenn nicht?», fragte Olson.

Die Frage klang nicht aggressiv. Er war wohl eher neugierig.

«Dann könnte Virgil etwas verärgert reagieren», antwortete ich.

«Und was passiert dann?»

«Schwer zu sagen», gab ich zu. «Aber man sollte Virgil Cole nicht ärgern, das ist immer eine schlechte Idee.»

«Aber mit Ihnen kann ich darüber reden.»

«Wie gesagt, ich bin nicht Virgil.»

«Aber Sie helfen ihm.»

«Ja.»

«Bin mir nicht sicher, ob ich das kapiere», meinte Olson.

«Nein», sagte ich. «Ich auch nicht.»

14

Seit Virgil mit Allie French zusammen war, schliefen sie gerne lange. Meistens aß ich mein Frühstück alleine im Café Paris oder manchmal, wenn ich etwas Besseres als gepökeltes Schweinefleisch und Bohnen wollte, auch im Boston House Hotel.

Und so kam es, dass ich im Boston House saß und eine Zigarre rauchte und einen Kaffee nach dem Frühstück trank, als Allie und Virgil die Treppe herunterkamen und den Speisesaal betraten. Allie gab mir einen Kuss auf den Kopf und setzte sich an den Tisch. Virgil nahm neben ihr Platz.

«Morgen», sagte er.

Ich wünschte ihm einen Guten Morgen. Tilda kam herein und schenkte uns Kaffee ein. Allie und Virgil betrachteten die Speisekarte und entschieden sich für Pfannkuchen.

«Ich war bei dem Fuhrmann», sagte ich zu Virgil.

«Wieder wohlauf?», wollte Virgil wissen.

«Wird schon, sobald die Schwellungen nachlassen.»

«Gut.»

Mehr würde Virgil über seinen Angriff auf Mr. Gillis nie sagen. Das wusste ich. Aber die wenigen Worte, die er sagte, kamen von Herzen.

«Wenn Everett dich nicht von ihm runtergezogen hätte, dann würde es ihm vielleicht um einiges schlechter gehen», meinte Allie.

«Ich weiß», sagte Virgil.

Damit, so viel wusste ich, gab er mehr oder minder zu, dass er froh darüber war.

«Ich habe ihm Geld gegeben», sagte ich. «Damit er durchkommt, solange er nicht arbeiten kann.»

Virgil nickte. Der Gedanke, dass er mir das Geld zurückgeben sollte, wäre ihm nie gekommen. Und mir wäre es nie in den Sinn gekommen, ihn darum zu bitten. Das gehörte wohl dazu, wenn man derjenige war, der Virgil half. Allie behielt uns beide im Blick. Mit einer zierlichen Geste nippte sie an ihrem Kaffee. Mit einer ebenso zierlichen Geste tat sie so, als würde sie kurz zittern, um uns zu zeigen, dass sie eine Lady war und als solche zu starken Kaffee wohl nicht vertrug.

«Manchmal», sagte sie, «sitze ich nur da und höre euch beiden zu, wie ihr euch anknurrt. Und ich habe das Gefühl, dass da ein ganzes Gespräch stattfindet, bei dem ich nicht eingeweiht bin.»

Ich grinste sie an.

«Nein», sagte ich. «Wir knurren nur, Allie.»

«Was auch immer es ist», meinte sie pikiert, «ich bleibe außen vor.»

«Um Himmels willen, Allie», knurrte jetzt Cole. «Wir sprechen über gar nichts. Es gibt auch gar nichts zu besprechen.»

Ein groß gewachsener Cowboy mit einem breiten Hut betrat den Speisesaal. Er wartete, bis sich seine Augen an das Halbdunkel gewöhnt hatten, dann schaute er sich um. Er sah uns und fixierte uns kurz mit seinem Blick. Cole rückte sich ein wenig in seinem Stuhl zurecht, damit seine rechte Hand, mit der er immer nach der Knarre griff, locker war und durch nichts behindert wurde.

«Kennst du den?», fragte Cole.

«Nein.»

«Kennst du wen?», wollte Allie wissen.

«Bewaffnet?», fragte Cole.

«Rechte Tasche», meinte ich.

«Meint ihr den Großen da?», fragte Allie.

Allie saß zu meiner Rechten. Ich schob meinen Stuhl ein Stückchen vom Tisch weg, damit meine rechte Hand frei war. Virgil stand auf und drehte sich, sodass er zwischen Allie und dem groß gewachsenen Cowboy stand. Der Cowboy kam auf uns zu.

«Sind Sie der Marshal?», fragte er.

«Virgil Cole.»

«Mein Name ist Whitfield», sagte er. «Ich muss mit Ihnen reden.»

«Von mir aus», meinte Cole. «Aber nehmen Sie Ihr Schießeisen aus der Tasche.»

«Sie wollen meine Waffe?»

«Nur solange Sie in der Stadt sind», erklärte ihm Virgil. «Ist gegen das Gesetz hier bei uns.»

Whitfield ließ die Hand in seine Tasche gleiten.

«Ganz langsam», warnte ich ihn.

«Ist das Ihr Deputy?», fragte Whitfield.

«Everett Hitch», meinte Cole. «Ich will, dass Sie die Waffe am Lauf halten.»

Whitfield übergab ihm seine Pistole, mit dem Griff zu Cole. Es war eine winzige .32er, mit Nickel verziert. Sie wirkte harmlos.

«Was wollen Sie damit?», fragte ihn Cole. «Wehrlose Frauen abknallen?»

«Es reicht, um die Leute zu verscheuchen», erwiderte Whitfield. «Wenn sie zu nahe kommen.»

Cole legte die Waffe auf den Tisch, neben meinem Platz. Allie saß ganz still da und beobachtete das Geschehen. Ich hatte das Gefühl, dass es ihr auf eine Art, die ich nicht genau beschreiben konnte, gefiel.

«Nehmen Sie Platz», sagte Cole. «Wollen Sie 'n Kaffee?»

«Kaffee wäre gut», meinte Whitfield.

Whitfield nahm den Hut ab und legte ihn auf den Tisch. Er schaute zu Allie.

«Und das ist Mrs. Cole, nehme ich an?»

Cole errötete ein wenig.

«Nein», sagte er. «Das ist Mrs. French.»

Der Cowboy sagte: «Ist mir ein Vergnügen.»

«Gleichfalls», erwiderte Allie.

Tilda brachte uns noch Kaffee. Niemand sagte etwas. Allie wartete ab, voller Interesse. Whitfield schwieg. Schließlich sagte Cole: «Allie, ich möchte mit dem Mann alleine sprechen.»

«Oh? Na dann, gerne doch, Virgil. Ich muss sowieso Klavier üben.» Sie stand auf.

«Hat mich sehr gefreut», sagte sie zu Whitfield.

«Ganz meinerseits, Ma'm», gab Whitfield zurück.

Allie ging zu dem Klavier hinter der Bar und setzte sich. Sie klappte es auf und spielte Tonleitern, aber die klangen genau so, wie alles andere, was sie spielte.

«Ich war früher mal der Deputy hier», sagte Whitfield.

Cole schwieg.

«Ich habe für Jack Bell gearbeitet.»

Cole nickte.

«Ich kannte Jack», sagte er.

«Eines Tages sind wir zu Braggs Ranch, um ein paar seiner Leute zu verhaften.»

Cole nickte.

«Bragg hat sich geweigert, sie uns zu übergeben», sagte Whitfield. «Die waren in der Überzahl, aber Jack, er …»

«Ich weiß, was passiert ist», sagte Cole.

«Wir waren zu dritt», sagte Whitfield. «Ich, Dave und Jack.»

Cole nickte.

«Sie waren in der Überzahl», sagte Whitfield.

«Ich weiß», sagte Cole. «Und Bell haben sie abgeknallt, und den anderen Deputy auch, aber Sie … Sie sind abgehauen.»

Whitfield nickte.

«Dann wissen Sie also Bescheid», meinte er.

«Aber ich kann es nicht beweisen», sagte Cole.

«Weil Sie keine Zeugen haben», schlussfolgerte Whitfield.

«So ist es.»

«Ich bin abgehauen wie ein feiger Hund», sagte Whitfield.

«Kein Mensch will grundlos sterben», sagte Cole.

«Aber jetzt bin ich wieder hier.»

Cole nickte.

«Und ich bin bereit auszusagen. Als Zeuge.»

«Gut», sagte Cole. «Wollen Sie mitkommen?»

«Mitkommen?»

«Wenn wir Bragg verhaften», meinte Cole.

Whitfield schüttelte den Kopf.

«Das kann ich nicht», erwiderte er. «Ich … ich weiß nicht … irgendetwas ist kaputtgegangen, in mir drin, an dem Tag, als Jack Bell erschossen wurde. Als ich abgehauen bin. Ich … ich kann so etwas nicht mehr.»

«Aber eine Aussage machen, das können Sie», meinte Cole.

«Ja, das mache ich.»

«Und Bragg sitzt da und er starrt Ihnen mitten ins Gesicht», warnte ihn Cole.

«Trotzdem.»

«Ich habe keine Lust, zur Ranch zu gehen», sagte Cole, «und einen Haufen Leute abzuschießen und Cole vor Gericht zu zerren und dann kriegen Sie im letzten Moment weiche Knie und Sie hauen wieder ab.»

«Das mache ich nicht.»

«Sie machen eine Aussage und nehmen sie nicht mehr zurück?»

«Ich erzähle genau das, was ich gesehen habe», beharrte Whitfield.

Cole schwieg. Er schaute zu mir. Ich nickte. Whitfield sah, dass ich nickte.

«Ja», sagte er. «Ich stelle mich in den Zeugenstand. Schießereien, dazu fehlt mir der Mumm, aber ich werde mich hinstellen und meine Aussage machen. Ich erzähle alles, was ich gesehen habe.»

«Und darauf habe ich Ihr Wort?», wollte Cole wissen.

«Haben Sie.»

«Also gut», sagte Cole. «Everett und ich reiten zur Ranch und verhaften ihn.»

15

«Allein?», fragte Raines.

«Ich und Everett», sagte Cole.

«Das ist alles?», fragte Raines entgeistert. «Nur Sie beide?»

«Ich und Everett», sagte Cole erneut.

«Bragg hat vierzig Männer auf seiner Ranch», meinte Raines.

«Fünfundzwanzig», korrigierte ihn Cole.

«Als ob das einen Unterschied macht.»

«Das macht einen Unterschied von … äh … wie vielen, Everett?»

«Fünfzehn», sagte ich.

«Das sind immer noch zu viele», murrte Abner Raines.

«Die Typen, die ich bislang gesehen habe, beeindrucken mich nicht sonderlich», meinte Cole.

«Wir können einen Trupp zusammenstellen und als Hilfssheriffs einschwören.»

«Daran hätten Sie auch denken können, bevor Sie uns den Job gegeben haben, Abner», erwiderte Cole.

«Sie wollen wirklich keine Hilfe?»

«Nein, wenn ich Hilfe habe, dann muss ich mir um die Leute Sorgen machen. Wenn sie in Schwierigkeiten stecken, muss ich ihnen raushelfen. Besser, wenn Everett und ich das alleine machen.»

Mir schien, als wirkte Raines erleichtert.

«Wenn Sie es sagen, Virgil. Ist ja Ihr Job.»

«Ist es», sagte Cole.

Raines stand auf und verließ das Büro des Marshals. Er wandte sich auf den Bohlen nach links und verschwand.

«Hast du einen Plan?», fragte ich Cole.

«Tja, wir kommen da bestimmt nicht auf hohem Ross angeritten», sagte Cole, «so wie Jack Bell.»

«Ich hab gehört, Bell war ein guter Mann», meinte ich.

«War er auch. Er konnte gut mit dem Schießeisen umgehen. Hat in vielen harten Städten aufgeräumt.»

«Zu selbstsicher?», meinte ich.

«Würde ich vermuten», sagte Cole. «Vielleicht dachte er, dass er Bragg in die Ecke treiben kann. Dass der es nicht wagen würde, einen Sheriff zu erschießen.»

«Und du glaubst, du kannst Bragg in die Ecke treiben?», fragte ich.

«Nur er und ich?», meinte Cole. «Keine Frage. Den treibe ich in den Abgrund.»

«Und da bist du dir sicher?»

«Klar.»

«Wieso?»

«Ich mach so was schon lange, Everett. Es geht nicht nur darum, mit einer Pistole umgehen zu können. Man muss wissen, wie solche Männer ticken.»

«Ich nehme an, das ist der Grund, warum du noch unter uns weilst und Jack Bell nicht», meinte ich.

«Ja», sagte Cole und nickte nachdenklich. «Das ist einer der Gründe. Der andere bist du.»

Ich öffnete den Mund und schloss ihn wieder. Dann setzte ich mich. Ich wusste nicht, was ich sagen sollte. Cole hatte mir noch nie so geradeheraus gesagt, was ich für ihn bedeutete. Ich musste lächeln.

«Was grinst du so?», fuhr Cole mich an.

«Ich musste darüber nachdenken», erwiderte ich. «Und ich glaube, du hast recht.»

Cole ersparte sich jeden Kommentar.

«Also», sagte er dann, «als Nächstes sollten wir mal zur Ranch und alles auskundschaften.»

16

Braggs Ranch war auf einer Weide im Hochland, nahe einem Fluss. Am Rand des Flusses standen ein paar Bäume. Eine kleine Rinderherde graste im Schatten.

«Hübsch hier», sagte Cole.

Wir saßen auf unseren Pferden hinter der Ranch auf einem Hügel, von dem aus man das ganze Gelände im Blick hatte. Wir konnten bis Appaloosa sehen. Die Stadt tat sich vor uns, inmitten des vertrockneten Tals, auf. Irgendjemand musste uns gesehen haben, denn ein paar Männer traten auf die Veranda und schauten zu uns hoch. Bragg war größer als die anderen.

«Hier gibt's nirgendwo Deckung», merkte ich an.

«Nein, nicht viel», stimmte Cole mir zu. «Vielleicht bei den Bäumen da drüben.»

«Aber für wie lange?», fragte ich.

«Es wird nicht lange dauern, bis sie uns von hinten einkreisen», meinte Cole.

«Ist unmöglich, sich da unbemerkt anzuschleichen», sagte ich.

«Kommt drauf an, wie tief sie schlafen.»

«Meinst du nicht, dass bei Nacht einer aufpasst?», fragte ich.

«Kann sein, aber vielleicht merkt der nicht alles.»

«Das lässt sich rausfinden», meinte ich.

«Ja.»

«Nur haben sie uns jetzt gesehen», warnte ich ihn. «Das heißt, sie werden auf der Hut sein.»

«Macht nichts», meinte Cole. «Wir finden schon einen Weg.»

«Da hast du wohl recht.»

Cole war still. Er schaute auf die grauen, verwitterten Buden, die die Ranch bildeten. Ich sah einen Stall mit einem Gehege. Dort standen ein paar Pferde, so wie Pferde es eigentlich immer tun: ruhig, den Kopf nach unten, reglos. Neben dem Stall war eine Schlafbaracke mit einem Schuppen zum Kochen. Es gab zwei Klohäuschen, ein großes neben der Baracke und ein kleines neben dem Hauptgebäude der Ranch, dem Herrenhaus.

«Wir reiten zurück zur Stadt», sagte Cole, «und geben ihnen Zeit, sich wieder zu entspannen. In ein paar Tagen kommen wir zurück und sehen uns mal bei Nacht um.»

Die Pferde kannten den Rückweg, wir brauchten sie kaum zu zügeln. Hinter uns, als wir nach unten ritten, in Richtung Appaloosa, erreichten Braggs Männer den Hügel, auf dem wir eben waren, und schauten uns hinterher.

Ich sagte: «Ich weiß nicht, ob das alles rechtens ist.»

«Wieso? Bragg hat den Marshal ermordet. Jetzt bin ich der Marshal und ich kann beweisen, dass er es war.»

«Bragg hat mehr als zwanzig Leute, die alle schwören werden, dass er unschuldig ist.»

«Geht mich nichts an», meinte Cole. «Damit soll sich die Jury rumschlagen.»

«Ich weiß nicht mal, ob wir dafür zuständig sind», mahnte ich an. «Unsere Zuständigkeit ist die Stadt. Bragg wohnt nicht in der Stadt.»

«Er wohnt nah genug dran», sagte Cole. «Er hat Jack Bell erschossen.»

«Auch wenn feststeht, dass Jack Bell hier oben ermordet wurde, wir können unmöglich beweisen, wer's eigentlich war.»

«Everett», knurrte Cole. «Mach dir nicht in die Hose.»

«Ich will alles nur von allen Seiten betrachten, Virgil.»

«Als Nächstes erzählst du mir noch, dass Jack Bell am Leben ist.»

«Kann schon sein, Virgil. Wir wissen nicht, was passiert ist.»

«Und wo steckt er dann?»

«Oh, er ist bestimmt tot, kein Zweifel. Aber wir können das nicht ganz klar beweisen, verstehst du? Es wurde uns nur erzählt.»

«Was macht das schon für einen Unterschied?», meinte Cole. «Du weißt es, ich weiß es. Hast du jemals von einem Kerl namens Ralph Emerson gehört?»

«Irgendein Philosoph», sagte ich.

«Mich interessiert nur, was ich tun muss, nicht, was die Leute davon halten.»

«Das hat er gesagt?»

«Hat er.»

«Er meinte vielleicht nicht den Marshal von Appaloosa», warf ich ein.

«Ich kannte Jack Bell», sagte Cole.

Coles Pferd warf den Kopf zurück und tänzelte ein paar schnelle Schritte zur Seite. Ich weiß nicht, ob Cole das so gewollt hatte oder ob das Pferd etwas gesehen hat, was es erschreckte. Es war egal. Ich wusste, dass es keinen Sinn hatte, weiter mit Virgil zu reden. Er tat, was er tun musste. Mir blieb nichts anderes übrig, als mitzukommen und aufzupassen, dass ihm niemand in den Rücken schoss.

«Ist alles gut mit dir und Allie?», fragte ich, als wir wieder Seite an Seite ritten.

«Wunderbar», meinte er. «Sie ist eine wunderbare Frau und zwischen uns ist alles wunderbar.»

«Sie ärgert dich manchmal ein wenig», warf ich ein.

«Sie ist eben verspielt», gab Cole zu. «Mich ärgert das überhaupt nicht.»

«Sie hatte also nichts damit zu tun, dass du den Fuhrmann zusammengeschlagen hast, diesen Gillis?»

Cole sagte nichts. Es war, als hätte er mich nicht gehört.

«Ich dachte, vielleicht hatte es damit zu tun, dass du ein klein wenig sauer warst, wegen Allie.»

«Sie ist eine wunderbare Lady», beharrte Cole. «Ganz wunderbar.»

17

Wir brachten eine halbe Nacht damit zu, Braggs Ranch zu beobachten, wie sie im hellen Mondlicht vor uns lag. Zu anderer Gelegenheit schauten wir sie uns nachmittags an. Und zu guter Letzt ritten wir eines Tages vor Sonnenaufgang hin. Als wir auf dem Hügel neben der Ranch ankamen, ging im Osten gerade die Sonne auf. Das heißt, dass sie uns sehen konnten. «Es wäre vielleicht clever», meinte ich zu Cole, «wenn wir uns verstecken würden.»

«Müssen wir nicht», sagte Cole. «Wir sind das Gesetz.»

«Vielleicht wäre es klüger zu warten, bis Bragg in die Stadt kommt. Dann können wir zuschlagen.»

«Ich schnappe ihn mir auf seiner Ranch, so wie Jack Bell es wollte.»

«Warum?»

Cole gab mir darauf keine Antwort. Er saß nur schweigend auf seinem Pferd und schaute zur Ranch.

«Hast du Bell gut gekannt?», wollte ich wissen.

«Nicht sonderlich», antwortete Cole.

«Aber er war der Marshal. Und jetzt bist du der Marshal.»

Cole nickte.

«Und dir geht es wirklich nur um das Gesetz?»

«Es ist gegen das Gesetz», meinte Cole, «einen Marshal zu töten.»

«Wer sagt das, dein Philosoph?»

Cole musste grinsen.

«Ich sage das. Virgil Cole.»

Wir warteten. Wir schauten so lange zur Ranch, dass ich bald meinte, sie in- und auswendig zu kennen. Als würde ich dort arbeiten. Bald drang aus der Küche Rauch. Ein paar der Männer gingen torkelnd zu den Plumpsklos. Im Herrenhaus wurde eine Lampe angemacht und dann trat Bragg ins Freie, ohne Hemd, nur mit einer Hose bekleidet. Er ging zu dem kleinen Plumpsklo.

«Sieh dir das an», sagte Cole. «Die Arbeiter müssen sich das Klo teilen. Vermutlich ein Viersitzer. Und Bragg hat ein Klo nur für sich, nahe am Haus.»

Ich nickte. Cole war niemand, der nur um des Redens willen redete. Doch wenn er dann mal redete, dann konnte er richtig quasseln. Das waren keine Gespräche im eigentlichen Sinne, nein, er dachte laut nach. Dabei kamen ihm neue Ideen. Wenn er nicht jemanden wie mich an seiner Seite hätte, würde er vermutlich nie ein normales Gespräch führen.

«Wir müssen ihn allein schnappen», sagte Cole. «Wenn wir ihn erst mal in unserer Gewalt haben, ist es völlig egal, wie viele Männer er hat.»

Ich nickte.

«Hast du gesehen, wie die Dornensträucher am Bach zwischen den Pappeln sprießen?»

Ich nickte. Ich wusste nicht, was ich sonst hätte tun sollen. Cole redete schließlich mit sich selbst. «Wahrscheinlich hat er die Büsche gepflanzt, um sich gegen den Wind, der im Winter weht, zu schützen», sagte Cole. «Die Rinder lassen sich davon bestimmt nicht aufhalten.»

«Weil er nicht genügend gepflanzt hat», sagte ich, nur um irgendetwas zu sagen.

«Wir könnten uns hinter den Sträuchern verstecken. Wir nehmen noch ein drittes Pferd mit. Wenn wir kurz vor Sonnenaufgang kommen, können wir warten, bis Bragg zum Plumpsklo geht. Dann schnappen wir ihn uns.»

«Was ist mit dem Reiter, der auf der Ranch bei Nacht patrouilliert?», wollte ich wissen.

«Der achtet nur auf den Hügel, auf dem wir waren», meinte Cole.

«Deswegen warst du da oben, damit sie uns auf dem Hügel sehen», schlussfolgerte ich. «Damit sie dort mit uns rechnen.»

Cole ignorierte mich.

«Bevor oder danach?», fragte ich.

«Bevor oder nach was?», wollte Cole wissen.

«Bevor er aufs Klo geht oder danach?»

«Danach», sagte Cole. «Ich will nicht, dass er mich anpisst.»

18

Sie hatten tatsächlich einen Reiter, der bei Nacht die Ranch bewachte. Sehen konnte ich ihn nicht, aber ich hörte, wie sein Pferd leise in der Nähe des Hügels schnaufte. Wir hatten ein drittes Pferd dabei, das wir in der Pferdestation gesattelt hatten. Wir führten die Tiere zu Fuß und bewegten uns im Dunkeln an den Büschen entlang. Fünfzehn Meter von dem Klohäuschen entfernt machten wir Halt. Noch konnten wir es nicht sehen, dafür war es zu dunkel, aber dafür konnten wir es riechen. Ich nahm meine Schrotflinte vom Sattel. Wir banden die Pferde lose an einem der Heckenbüschel an. Und dann warteten wir. In der Ferne hörten wir die Prärievögel rufen. Im Osten wurde der Himmel langsam blau. Ein Hahn krähte. Wir standen einfach nur da. Ich nahm den Geruch von Rauch wahr, irgendjemand machte ein Feuer. Der Himmel im Osten war nun fast hell. Wir konnten jetzt das Plumpsklo ausmachen, das auf der anderen Seite der Büsche stand. Ich sah den berittenen Wächter von dem Hügel, von dem aus wir vor ein paar Tagen die Ranch ausspioniert hatten, den Abhang herunterreiten.

Hinter uns hörte ich die Tür des anderen Plumpsklos. Einige der Arbeiter verrichteten ihr Geschäft. Ich roch den Kaffee und den Rauch vom Holz und dann gebratenen Speck. Neben mir murmelte Cole: «Da ist er.»

Ich hörte nichts. Aber ich war daran gewöhnt, dass Cole immer als Erster etwas hörte oder sah. Schließlich nahm auch ich die Schritte wahr. Ich hörte, wie die Tür zum Plumpsklo aufschwang und dann zuklappte. Dann herrschte Stille.

Cole deutete auf das Klohäuschen. Ich schlich mich durch die Bäume seitwärts darauf zu. Cole ging hinten herum zur anderen Seite.

Dann warteten wir. Als Bragg schließlich ins Freie trat, kamen wir von beiden Seiten. Mit der linken Hand griff Cole nach Braggs Haar und presste die Knarre an seine Schläfe.

«Nur einen einzigen gottverdammten Laut», flüsterte Cole sanft.

Ich drückte beide Läufe meiner Schrotflinte unter Braggs Kinn. Zusammen gingen wir langsam durch die Büsche auf unsere Pferde zu. Als wir angekommen waren, ließ Cole endlich Braggs Haare los.

«Aufsteigen», sagte er.

Ich ließ meine Schrotflinte sinken, damit Bragg in den Sattel klettern konnte. Er schien dadurch an Mut zu gewinnen.

«Das könnt ihr nicht machen!», protestierte er.

«Ob wir das können oder nicht», meinte Cole, «macht keinen Unterschied. Wenn du irgendwas unternimmst, bist du tot.»

Braggs Pferd hatte keine Zügel. Es war an das Sattelhorn meines Pferdes angebunden.

«Dann mal los», sagte Cole.

Wir ritten im Schritttempo an den Bäumen entlang. Cole ritt genau neben Bragg. Ich war auf der anderen Seite, meine Schrotflinte ruhte im Sattel und war immer auf Bragg gerichtet. Als wir nahe am Fluss die Bäume hinter uns ließen, sah uns der Aufpasser. Er fing an zu rufen und galoppierte den Abhang hinunter.

«Lass die Pferde so dicht nebeneinander laufen, wie's nur geht», befahl Cole. «Das macht es schwerer, auf uns zu schießen, ohne dabei Bragg zu treffen.»

Wir ritten weiter. Als wir uns dem Fluss näherten, sahen wir ein halbes Dutzend Reiter, die durch den Bach auf uns zugaloppierten.

«Halt deine Flinte auf ihn gerichtet, Everett», wies mich Cole an. «Und achte darauf, dass der Hahn gespannt ist.»

Es war zu schwierig, dermaßen eng nebeneinander zu reiten und dabei die Schrotflinte unter Braggs Kinn zu halten. Also presste ich sie in seine Seite.

Wir erreichten den Fluss und hielten auf die Furt zu. Dort erwarteten uns etwa zwölf bewaffnete Reiter.

«Sag ihnen, sie sollen uns durchlassen», knurrte Cole.

Bragg sagte gar nichts. Wie, trotteten weiterhin auf die Furt zu. Cole nahm die Zügel in seine linke Hand, zog seinen Colt, spannte den Hahn und hielt ihn vorsichtig an Braggs Wangenknochen. Falls jemand etwas wagen würde, hatte Bragg keine Chance. Wir ritten so dicht beieinander, dass wir nur ein einziges Ziel abgaben. Cole hielt seine Knarre in Braggs Gesicht. Die beiden Läufe meiner Schrotflinte bohrten sich in seine Seite.

«Was sollen wir tun, Mr. Bragg?», fragte einer der Reiter.

«Gar nichts, Vince», presste Bragg hervor.

Seine Stimme klang heiser und angespannt. Vince hatte keinen Hut auf. Auf seiner Stirn war eine blasse Linie erkennbar. Er war ein kleiner Kerl mit wuchtigen Händen. Er hatte einen blonden Schnurrbart, in dem Flecken zu sehen waren. Vielleicht war es Kaffee, vielleicht waren sie aber auch vom Kautabak. Er saß auf einem rötlich-grauen Wallach, der aussah, als könne er andere Pferde mit Leichtigkeit abhängen. In seiner Hand hielt Vince eine Winchester. Der Griff ruhte auf seinem Oberschenkel. Wir trieben unsere Pferde weiter auf die Furt zu. Die Sonne stand jetzt am Himmel. Zwar stand sie noch immer niedrig und im Westen war der Himmel noch purpurfarben, aber wir konnten alles klar ausmachen.

Als wir Braggs Leute erreichten, teilten sie sich auf. Sie bildeten ein Spalier, ein Teil der Männer stand zu unserer Linken, der andere zu unserer Rechten. Ganz langsam ritten wir zu dritt zwischen ihnen durch. Niemand wagte es zu sprechen. Ich konnte die Stille bis in meine Knochen spüren. Die einzigen Laute waren die Hufe, das Schnaufen der Pferde und das Knirschen der Ledersättel. Am Wasser zögerten die Pferde, aber Cole und ich gaben ihnen die Sporen, und so ritten wir zu dritt in den Fluss hinein. Die Reiter, die sich getrennt hatten, um uns durchzulassen, schlossen ihre Ränge wieder und wandten sich zum Fluss um. Mir war, als könnte ich ihre Blicke spüren. Meine Rückenmuskeln spannten sich an. Das Wasser war höher als die Steigbügel, meine Stiefel und der untere Teil meiner Hose wurden nass. Der Fluss roch frisch in der Morgenluft. Auf der anderen Seite angekommen, kletterten die Pferde aus dem Wasser und hielten einen Moment inne. Cole drehte sich im Sattel um und schaute über den Fluss zurück.

«Sag ihnen, sie sollen uns nicht folgen», knurrte er Bragg an.

Wieder schwieg Bragg. Ich sah, dass sein Gesicht gerötet war.

«Mir wäre es lieber, du bist tot, Bragg», flüsterte Cole kaum hörbar. «Stattdessen führe ich dich brav ab, wie es sich für einen Sheriff gehört. Aber wenn du versuchst abzuhauen oder mich in der Ausübung meiner Pflicht zu behindern, dann habe ich jedes Recht, dich abzuknallen, und keiner kann was dagegen sagen.»

«Wenn du mich tötest», erwiderte Bragg, «dann gibt es für meine Männer keinen Grund, dich nicht zu verfolgen und zu erschießen.»

«Falls denen das gelingt», meinte Cole gleichgültig. «Ist auch egal, für dich ist es dann zu spät.»

Bragg schwieg. Cole schwieg auch. Die Pferde standen ruhig da und warfen ab und zu ihren Kopf zurück, aus Gründen, die nur sie kannten.

«Sag ihnen, sie sollen uns nicht folgen», meinte Cole. «Sonst knalle ich dich ab. Und zwar hier, auf der Stelle.»

Wieder herrschte Schweigen. Coles Gesicht gab nichts preis. Ich konnte Braggs Atem hören. Er schaute zu mir.

«Und was ist mit dir?», fragte er.

«So eine doppelläufige Schrotflinte», sagte ich, «kann ganz schöne Löcher reißen.»

Er wandte den Blick langsam von Coles Waffe ab und schaute zu der Reihe seiner Reiter am Fluss.

«Vince», rief er.

«Ja, Sir, Mr. Bragg?»

«Dass uns keiner nachreitet. Ist das klar?»

«Zwingen die Kerle Sie, das zu sagen, Mr. Bragg?»

«Ja. Aber ich mein's ernst. Bleibt, wo ihr seid.»

«Wie Sie meinen, Mr. Bragg.»

Wir trieben unsere Pferde wieder an. Als wir etwa einen Kilometer von der Ranch entfernt waren, schob Cole seine Waffe wieder in das Halfter und ich ließ meine Schrotflinte in ihrer Halterung am Sattel verschwinden.

«Ich hoffe immer noch, dass du abhaust», knurrte Cole. «Erspart uns allen viel Ärger.»

«Ich reite mit», meinte Bragg.

Und das tat er auch.

19

Im Büro des Marshals waren rechter Hand, genau an der Wand, zwei Zellen. Beide Zellentüren standen offen.

Als wir mit Bragg reinkamen, fragte ihn Cole: «Die linke oder die rechte?»

«Egal», knurrte Bragg. «Lange bleibe ich sowieso nicht hier.»

Er ging in die erste Zelle und zog die Gittertür hinter sich ins Schloss. Ich schloss ab und nahm den Schlüssel an mich. Der Rest des Büros war sehr schlicht eingerichtet: ein Ofen für den Winter, ein großer, alter Tisch, an dem Cole seine Schreibarbeiten erledigte, zwei Stühle, die an der Wand gegenüber den Zellen standen, in der Ecke ein Spucknapf. Auf einem der Stühle stand ein Wassereimer mit einer Schöpfkelle. Bragg setzte sich auf die Pritsche in der Zelle und schaute uns an.

«Wir dürfen ihn nicht aus den Augen lassen», wies Cole mich an. «Rund um die Uhr.»

Ich nickte.

«Ich bleibe hier», fuhr er fort. «Du kannst zum Mittagessen gehen. Bring ihm was mit.»

«Ich geh zum Chinesen», sagte ich. «Bin bald wieder da.»

Cole setzte sich an den großen Tisch und legte seine Winchester darauf. Ich lehnte meine Schrotflinte neben Cole an die Wand und gab ihm den Zellenschlüssel. Er warf ihn auf den Tisch, legte seine Füße hoch und lehnte sich im Stuhl zurück. Ich ging zum Mittagessen.

Als ich zurückkam, mit einem Blechteller voll Suppenfleisch und Bohnen für Bragg, hatte Cole sich nicht gerührt, soweit ich das beurteilen konnte. Es sah aus, als würde er schlafen, aber seine Augen waren offen. In der Zellentür war eine kleine Durchreiche und ich gab

Bragg den Teller. Er nahm ihn schweigend entgegen und setzte sich damit auf die Pritsche.

«Ich geh zu Allie», sagte Cole. «Zum Mittagessen. Bis zum Abend bin ich wieder da. Falls was passiert, feuer einfach ein paar Runden ab, ich höre das schon.»

«Außer du reitest 'n harten Galopp», witzelte ich.

Cole blieb in der Tür stehen und drehte sich um.

«Wir kennen uns schon lange, Everett», knurrte er. «Aber solche Bemerkungen über Allie French will ich nicht hören.»

«Nein», gab ich zu. «Musst du auch nicht. Entschuldige bitte.»

Cole nickte.

«Ich nehme deine Entschuldigung an», sagte Cole förmlich. «Du hast dir sicher nichts dabei gedacht.»

Bevor er das Büro verließ, hielt er kurz an. Als er draußen war, winkte er mich zu sich. Ich trat zu ihm auf die Holzbohlen vor dem Gefängnis und ließ die Bürotür offen stehen.

«Ich finde», flüsterte er mir zu, «dass wir diesen Whitfield im Auge behalten sollten.»

«Wir brauchen ihn noch», stimmte ich zu, «wenn der Richter kommt.»

«Und wir müssen Bragg bewachen», sagte Cole.

«Vielleicht können wir es geheim halten, dass er hier ist.»

Cole schüttelte den Kopf.

«In einem Dorf wie Appaloosa», meinte er, «verbreiten sich Neuigkeiten schnell. Die Leute wissen sicher schon, dass er hier ist.»

«Wir können Whitfield in die andere Zelle stecken», schlug ich vor. «Dann kann einer von uns beide im Auge behalten.»

Cole dachte kurz nach.

«Ja, so machen wir's», meinte er schließlich. «Ich bringe ihn her, nachdem ich bei Allie reingeschaut habe.»

Ohne ein weiteres Wort drehte er sich um und ging zum Hotel. Ich ging zurück ins Büro und setzte mich in Coles leeren Stuhl. Ich schaute zu Bragg. Er schaute zu mir. Keiner von uns sagte etwas. Sein Essen hatte er nicht angerührt. Dann legte ich meine Füße auf den Tisch, so wie Cole es getan hatte, lehnte mich im Stuhl zurück, schob meinen Hut in mein Gesicht und hielt ein Nickerchen.

20

Whitfield saß in der einen Zelle und Bragg in der anderen. Der einzige Unterschied war, dass Braggs Zelle verschlossen war. Bragg brachte die meiste Zeit damit zu, Whitfield anzustarren, wie ein Henker den Verurteilten. Whitfield machte das nervös, aber er konnte nichts dagegen tun. Er brachte seinerseits die meiste Zeit damit zu, neben mir vor dem Gefängnis zu sitzen und dem Treiben auf der Main Street zuzuschauen. Wann immer ich draußen saß, ließ ich die Bürotür offen und hatte meine Schrotflinte auf dem Schoß.

«Wann kommt der Richter endlich?», fragte Whitfield.

«In zehn Tagen.»

«Glaubst du, Bragg kommt ins Gefängnis?»

«Geht mich nichts an.»

«Und was wird mit mir?», fragte er. «Wenn der Prozess vorbei ist?»

«Dann reitest du wieder dahin, woher du gekommen bist», meinte ich.

«Meinst du, die wollen mir ans Leder?»

«Du wohnst nicht deshalb im Knast, weil es da so gemütlich ist», sagte ich.

«Auch nach dem Prozess?»

«Wir reiten mir, dir zusammen los», erklärte ich ihm. «Wir sorgen dafür, dass du einen ordentlichen Vorsprung hast. Dann kannst du verschwinden. Haben wir schon oft so gemacht.»

«Warum hab ich mich nur darauf eingelassen?», klagte Whitfield.

«Weil es das Richtige ist?»

«Die knallen mich ab», meinte Whitfield. «Und ich bin selber schuld.»

Von meinem Platz aus konnte ich durch die offene Tür Braggs Zelle sehen. Er lag auf dem Rücken und starrte an die Decke.

«Virgil und ich», versicherte ich ihm, «wir sorgen schon dafür, dass nichts passiert.»

«Ich bin schon einmal abgehauen», sagte Whitfield.

Auf der anderen Straßenseite kamen zwei Frauen mit langen Kleidern und Hauben vorbei. Eine der beiden wackelte beim Gehen verführerisch mit den Hüften. Wir beide schauten ihr nach, bis sie in McKenzies Laden verschwand. Dann hielten wir beide den Laden im Auge und hofften darauf, dass sie bald wieder rauskommen würde.

«Ich bin schon mal abgehauen», sagte Whitfield. «Ich konnte nicht anders. Ich hab gesehen, wie Jack gestorben ist und der andere Deputy … verdammt, ich weiß nicht mal mehr seinen Namen. Bevor ich genau wusste, was eigentlich los war, war ich schon weit weg.»

«Kann passieren», merkte ich an.

«Ist dir schon mal so was passiert?»

Ein Gespann mit acht Pferden kam an uns vorbei, eine Kutsche voller Bauholz. Sie wirbelte Staub in der Straße auf. Ich schaute ihr hinterher.

«Also?»

«Also was?», fragte ich.

«Ist dir schon mal so was passiert?»

«Du meinst, ob ich mitten im Gefecht das Weite gesucht habe?», fragte ich.

«Ja.»

Ich schüttelte den Kopf.

«Nicht dass ich wüsste.»

«Ich schon.»

«Ich weiß», sagte ich. «Kann mir auch noch blühen. Die meisten Männer haben eine Grenze. Und wenn man einmal an seine Grenzen stößt, dann zerbricht man.»

Die Frauen kamen wieder aus McKenzies Laden heraus. Sie trugen Pakete. Die, die so gut mit dem Hintern wackeln konnte, ging näher am Straßenrand als ihre Begleiterin. Ihr Kleid war recht eng.

«Hübscher Arsch», merkte Whitfield an.

«Ist mir auch aufgefallen.»

Sie entfernten sich von uns und wir schauten ihnen nach. An der Ecke der Second Street blieb die Frau mit dem hübschen Hintern kurz stehen und schaute über ihre Schulter in unsere Richtung. Dann ging sie um die Ecke und verschwand.

«Ich wette, Virgil Cole ist noch nie abgehauen.»

«Die Wette würdest du sicher gewinnen», sagte ich. «Ganz im Ernst, ich glaube nicht, dass Virgil Cole überhaupt weiß, was Angst ist.»

«Er kennt keine Angst? Was ist das für ein Mensch?», meinte Whitfield.

«Keine Ahnung», sagte ich. «Ich reite schon lange mit Virgil Cole und ich weiß so gut wie nichts über ihn.»

«Hast du jemals Angst?»

«Ja.»

«Aber du bist noch nie abgehauen.»

«Noch nicht», meinte ich trocken.

«Bei den Trunkenbolden und Bauern, da war ich mutig», meinte Whitfield. «Aber kaum ging's hart auf hart, hab ich die Beine in die Hand genommen.»

«Und jetzt fürchtest du, dass du es wieder tun wirst», meinte ich.

Ein einsamer Reiter bog am anderen Ende des Städtchens um die Ecke in die First Street und trabte langsam die Main Street entlang. Tilda, die Kellnerin, trippelte an uns vorbei, auf dem Weg zur Arbeit. Sie bewegte sich schleichend wie ein Wüstentier.

«Scheint so», sagte Whitfield. «Ich hoffe nicht. Ich will nicht den Rest meines Lebens so sein.»

Der Reiter kam näher. Es war ein kleiner Mann mit prankenhaften Händen und einem buschigen, ungepflegten blonden Schnauzbart. Er kaute Tabak. Ab und zu spuckte er. Dabei beugte er sich weit aus dem Sattel, damit er nicht sein Pferd traf. Ich erkannte ihn. Es war Braggs Vorarbeiter. Gegenüber vom Gefängnis machte er Halt und schaute uns an.

Ich nickte ihm zu.

Er rührte sich nicht.

Schließlich sagte ich: «Tag, Vince.»

Er erwiderte nichts. Er schaute kurz zu mir, dann ließ er seinen Blick lange auf Whitfield ruhen. Er prägte sich das Gefängnis ein, die Straße und die Häuser, die sich zu beiden Seiten des Gefängnisses befanden.

Ich konnte Whitfields Atem hören.

Vince beugte sich wieder zur Seite und spuckte Tabak auf die Straße. Dann richtete er sich auf und nahm ein großes Stück Kautabak aus seiner Westentasche. Aus seiner Hosentasche nahm er ein Klappmesser, ließ es aufschnappen und schnitt ein Stückchen Tabak ab. Er führte die Klinge mit dem Tabak an seinen Mund. Dann wickelte er den Rest des Kautabaks in etwas Papier, klappte das Messer zu und schob es in seine Tasche zurück. Er saß aufrecht im Sattel. Beide Hände ruhten auf dem Sattelhorn. Er kaute so lange auf dem frischen Tabak, bis sich der Geschmack wohl zu seiner Zufriedenheit entfaltet hatte. Ohne ein Wort zu sagen, wandte er das Pferd um und ritt die Main Street zurück. An der First Street bog er ab und verschwand.

Neben mir atmete Whitfield erleichtert auf.

«Kennst du ihn?», fragte ich.

«Nein, aber er ist ein Mörder», erwiderte Whitfield. «Ich habe bei Weitem nicht so viele gesehen wie du, aber ich erkenne sie trotzdem.»

«Ja», sagte ich. «Ein Pistolero.»

«Einer von Braggs Leuten?», fragte Whitfield.

«Ja.»

Whitfield sagte nichts weiter. Wir schwiegen. Aber ich konnte noch immer seinen angespannten Atem hören. Und ich konnte hören, wie er schluckte.

21

Die meiste Zeit lag es an mir, Whitfield und Bragg zu bewachen. Cole hatte nämlich alle Hände damit zu tun, für sich und Allie ein Eigenheim zu bauen. Und so lange behielt ich die Dinge im Auge. Er und Allie French hatten sich ein Grundstück an der Ecke der First Street und Front Street ausgesucht, am Rande der Stadt, mit Blick auf die Berge. Eines Tages kam Cole bei strömendem Regen ins Büro. Er hatte seinen Hut tief ins Gesicht gezogen und den Kragen seines Regenmantels hochgeklappt.

«Allie kläfft mich an wie ein junger Hund», sagte Cole. «Sie sagt, dass ich sie vernachlässige. Sie sagt, ich will immer nur den Marshal geben und mit dir hier rumsitzen und die Gefangenen bewachen. Und dass mir der Job mehr am Herzen liegt als sie. Und dass ich dich noch nicht mal eingeladen hätte, dir das Haus anzusehen.»

«Das Haus ist doch noch nicht fertig, oder?», fragte ich.

«Nein.»

«Ich dachte, ich schau mal rein, wenn's so weit ist», meinte ich.

«Geh hin und schau's dir an», bat mich Cole. «Damit Allie sich abregt. Sag ihr, dass es dir gefällt.»

«Bei dem Regen?»

«Mach schon», beharrte Cole. «Ich passe auf die Gefangenen auf.»

«Ich bin kein Gefangener», meldete sich Whitfield zu Wort.

«Natürlich nicht», sagte Cole. «Tut mir leid, ist mir so rausgerutscht.»

«Hat das Haus schon ein Dach?», fragte ich.

«Allerdings», sagte Cole. «Da kommt kein Tröpfchen durch. Der Schreiner, der das gebaut hat, hat früher Schiffe in Rhode Island gezimmert.»

«Okay, solange ich nicht durchnässt werde, während ich die Arbeit von deinem Schreiner bewundere», meinte ich.

«Geh nur», ermunterte Cole mich. «Allie hat einen Schirm. Sie überlegt gerade, wo sie später die Möbel hinstellen will.»

Cole setzte sich an seinen Tisch. Er trug noch immer Hut und Mantel. Ich nahm meinen Hut und zog den Regenmantel über, dann trat ich hinaus in das Unwetter. Ich blieb auf den Bohlen. Die Straße hatte sich durch den Regen zu Schlamm verwandelt. Bestimmt würde ich bis zu den Knöcheln darin versinken oder mein Stiefel würde im Schlamm stecken bleiben. Bis zur Front Street ging alles gut. Coles Haus war auf der anderen Straßenseite. Also musste ich durch den Schlamm stapfen, um dorthin zu gelangen. Als ich dort angekommen war, musste ich nur noch ein paar Meter über das Gelände gehen, bis ich endlich am Haus war und auf das hölzerne Fundament steigen konnte. Allie war da. Sie hielt ihren Rock hoch und trug ein Paar Männerstiefel, die ihr viel zu groß waren. Sie hielt sich einen Schirm über den Kopf, obwohl sie unter dem Dach stand. Cole hatte recht gehabt. Da kam kein Tröpfchen durch.

«Everett», sagte sie. «Herr im Himmel, wie ich aussehe.»

Sie ließ ihren Rock los. Er verdeckte jetzt ihre großen, nassen Stiefel.

«Gut siehst du aus, Allie», meinte ich.

«Wie eine nasse Katze», gab sie zurück. «Mein Haar ist patschnass und diese Stiefel …»

«Du siehst immer gut aus, Allie.»

«Alter Charmeur.»

«Das Haus macht Fortschritte.»

«Ja», meinte sie. «Prächtig. Hoffentlich kann ich Virgil überreden, mit mir da einzuziehen.»

«Sicher doch», merkte ich an.

«Er kümmert sich nicht um das Haus», beklagte sie sich. «Verdammt, Everett. Er kümmert sich nicht mal um mich. Er sitzt einfach nur mit seiner Waffe im Büro und spielt sich als Marshal auf.»

«Tja», meinte ich. «War viel los in letzter Zeit.»

«Es ist nur ein Job», sagte Allie. «Nicht sein verdammtes Leben.»

«Also», ermunterte ich sie, «zeig mir doch das Haus. Dann kann ich ihm erzählen, wie's mir gefallen hat.»

Sie war, während wir miteinander sprachen, einen Schritt näher an mich herangetreten. Jetzt nahm sie mich an der Hand und zeigte mir die verschiedenen Zimmer, die mit Holzbalken voneinander abgegrenzt waren.

«Unser Wohnzimmer kommt hierher», sagte sie. «So können wir rausschauen und sehen, wer uns besucht. Und das hier wird die Küche.»

Überall um mich herum prasselte Regen auf die Straße, aber ich selbst blieb trocken. Es war ein seltsames Gefühl, wie in einem Traum. Ich genoss das Trommeln der Tropfen auf dem Dach. Der Regen bildete eine Art silbernen Vorhang an den Seiten des halb fertigen Hauses. Hier, unterm Dach, war es gemütlich, obwohl es noch keine Innenwände gab. Allie hielt noch immer meine Hand. Sie führte mich durch das halb fertige Haus. Ihre Schulter berührte meinen Arm.

«Glaubst du, es wird schön, Everett?»

«Elegant», meinte ich.

Sie rieb mit ihrer Wange an meiner Schulter.

«Kommst du uns oft besuchen?»

«Wenn ich eingeladen bin.»

«Ich kann kochen, wusstest du das?»

Sie legte ihre Hand auf meinen Rücken und streichelte sanft darüber.

«Das habe ich nie bezweifelt», gab ich zurück.

Jetzt wandte sie sich mir zu und legte beide Arme um meine Hüften. Sie schaute zu mir hoch. Ihr Blick war verschwommen, als könne sie nicht klar sehen.

«Findest du mich hübsch?»

«Ja.»

Ich war heiser. Ich konnte spüren, wie sich meine Kehle zuzog. Sie spannte ihre Arme an und presste sich gegen mich. Sie beugte den Rücken nach hinten, damit sie mich besser ansehen konnte. Dadurch drückte sie ihr Becken an mich. Mir wurde ganz heiß.

«Allie …», sagte ich.

«Küss mich, Everett.»

«Allie», sagte ich erneut. «Nicht.»

Sie fuhr mit ihrer Hand meinen Rücken nach oben entlang bis zu meinem Genick, dann richtete sie sich auf ihre Zehenspitzen auf, nahm meinen Kopf, beugte ihn zu sich runter und küsste mich stürmisch mit offenem Mund. Sie roch gut. Ich erwiderte den Kuss. Dann zwang ich mich dazu, sie von mir wegzustoßen. Ich hielt sie auf Armlänge von mir weg.

«Virgil ist mein Freund», sagte ich. «Und du gehörst zu ihm.»

«Virgil ist nicht da», gab sie zurück. «Virgil ist fast nie da.»

Sie wollte sich wieder an mich pressen.

«Das stimmt nicht, Allie», sagte ich. «Und selbst wenn, wir gehören nicht zusammen. Wir gehören zu Virgil.»

Sie schwieg. Ihr Gesicht wurde blass. Ich hielt sie von mir fern und sie presste sich mit Macht gegen meine Hände.

«Allie», sagte ich. «Um Himmels willen, uns kann jeder sehen.»

«Lass mich los», sagte sie.

Ihre Stimme klang hart und lieblos.

«Lass mich los, verdammt», sagte sie.

«Ich gehe jetzt, Allie», sagte ich.

«Du Bastard», fauchte sie mich an. «Du Hurensohn.»

Ihre Worte waren vor Wut verzerrt. Ihr Gesicht war völlig blass und vom Zorn entstellt. In ihren Augen standen Tränen, aber noch weinte sie nicht. Ich schubste sie leicht, sodass sie einen Moment nach hinten torkelte. Währenddessen drehte ich mich um und rannte weg.

«Du Schwein», schrie sie mir nach.

Ich rannte durch den Schlamm, der mich einzusaugen drohte, dann stieg ich auf den trockenen Bohlenweg und ging schnellen Schrittes die Front Street Richtung Second Street entlang.

«Du verdammtes Schwein», schrie sie.

Ich zog meine Schultern hoch und ging weiter durch den strömenden Regen.

22

Als Vince wiederkam, hatte er zwanzig bewaffnete Reiter dabei. Es war ein heißer, windstiller, wolkenloser Tag. Die Sonne brannte unerbittlich auf uns herab.

Ich saß neben Whitfield vor dem Gefängnis. Da sah ich sie, wie sie an der Second Street um die Ecke kamen. Sie trotteten langsam auf uns zu. Niemand sagte ein Wort.

«Allmächtiger Gott», stieß Whitfield hervor und sprang auf.

«In der Schublade ist eine geladene Waffe», sagte ich. «Falls sie uns überrennen, knallst du Bragg ab.»

Whitfield ging ins Büro. Ich nahm meinen Colt, feuerte zwei Schüsse in die Luft, lud nach und schob die Waffe wieder in mein Halfter. Ein paar von Vinces Pferden scheuten bei dem Geräusch. Sonst rührte sich keiner.

Ich nahm meine Schrotflinte in die Hand und stand auf. Auf dem Bürgersteig der Main Street waren Leute. Doch als die Reiter näher kamen, verschwanden sie alle hinter den nächstbesten Türen. Die Reiter verteilten sich hinter Vince. Sie bildeten drei Reihen. Vor dem Gefängnis machten sie Halt und wandten ihre Pferde mir zu. Die Reiter in der zweiten und dritten Reihe führten ihre Pferde langsam an die Seiten, sodass ich bald völlig eingekreist war. Einige von ihnen hatten Winchester-Gewehre.

«Guten Morgen, Hitch», sagte Vince zu mir.

«Vince», gab ich knapp zurück.

«Wir sind hier, um Mr. Bragg zu holen», sagte Vince.

«Kommt nicht infrage», knurrte ich.

«Notfalls auch mit Gewalt.»

Am rechten Ende des Halbkreises befand sich ein Mann, der an einer Leine ein gesatteltes Pferd mit sich führte. Ebenfalls zu meiner Rechten sah ich Virgil Cole, der schnellen Schrittes auf dem Bohlenweg auf uns zukam. Als er schließlich etwas sagte, hob er seine Stimme kaum an, dennoch konnte ihn jeder hören. Seine Worte waren eindeutig.

«Wenn ihr das macht, ist er tot.»

Niemand antwortete.

«Everett», sagte Cole. «Nimm deine Schrotflinte und geh ins Büro. Sobald was passiert, pustest du ihm den Schädel weg.»

Ich hätte ihm gerne gesagt, dass diesen Auftrag bereits Whitfield hatte und dass ich hier draußen nützlicher sein könne, aber ich hielt den Mund. Ich tat einfach nur das, was er mir sagte. Ich tat immer das, was er mir sagte. Ich hatte im Laufe der Zeit, in all den Städten, gelernt, dass es im Ernstfall stets besser war, wenn man tat, was Virgil Cole einem sagte. Keine Frage. Cole hatte immer den Überblick. Er wusste immer, was er tat. Ich stieß die Tür zum Büro auf und ging hinein.

Hinter mir hörte ich seine Stimme: «Ihr Jungs tätet am besten daran, wenn ihr umdreht und wieder nach Hause reitet.»

Ich schaute über meine Schulter zu Bragg.

Bragg stand in seiner Zelle, nahe am Gitter, und starrte mich an.

«Wir sind hier, um Bragg zu holen», sagte Vince draußen.

Ich schaute mich nach Whitfield um. Er war spurlos verschwunden. Wenn man an den beiden Zellen vorbeiging, kam man an eine Tür, die zu einem kleinen Gang führte. Durch diesen Gang gelangte man in einen Laden, der Dosenfleisch, Nägel, Hämmer und Ähnliches verkaufte. Die Tür stand offen.

«Ich gebe ihn nicht raus», hörte ich Cole sagen.

Ich ging zur Tür, schloss und verriegelte sie. Bragg grinste mich an.

«Wir wissen, dass du gut bist, Cole», hörte ich Vince von draußen. «Aber nicht so gut wie zwanzig von uns.»

«Jungs», sagte Cole freundlich, «ihr wisst ja, was ich gesagt habe.»

Ich ging zur Schublade und öffnete sie. Die Waffe, die Whitfield hätte benutzen sollen, lag noch darin.

«Sobald einer von euch versucht ...», sagte Cole.

Er führte den Satz nicht zu Ende. Aber da er schon mal in einer solchen Situation gewesen ist, wusste ich, dass er auf sein Büro gedeutet und mit Daumen und Zeigefinger so getan hat, als würde er Bragg erschießen.

«Du kannst nicht einfach einen Gefangenen erschießen», knurrte Vince. «Du bist ein gottverdammter Marshal.»

Ich musste lächeln. Cole hatte sie schon so weit gebracht, dass sie anfingen zu debattieren. Sie gaben klein bei. Er brauchte weder mich noch meine Schrotflinte da draußen.

Es kommt nicht darauf an, wer die meisten Knarren hat, sagte er immer zu mir. *Wenn es nur darauf ankäme, würden wir verlieren. Meistens sind es nur du und ich gegen eine ganze Schar.*

«Wenn ein Gefangener einen Fluchtversuch unternimmt», sagte Cole, «muss ich ihn erschießen.»

«Glaubst du im Ernst, dass wir dann einfach so wegreiten?»

«Nein.»

«Wir bringen euch um», keifte Vince. «Dich und Hitch.»

«Ihr könnt's versuchen.»

«Um Gottes willen, hier stehen zwanzig bewaffnete Männer!», rief Vince. «Willst du wirklich dein Leben opfern, nur um uns daran zu hindern, Bragg zu befreien?»

«Ja», sagte Cole.

Alle schwiegen. Vince starrte Cole an. Vince war unnachgiebig. Jack Bell war auch unnachgiebig gewesen. Aber so einen wie Cole, so einen hatte Vince noch nie erlebt.

«Hitch?», rief Vince. «Bist du auch bereit zu sterben?»

Ich stand in der Ecke, nahe den beiden Zellen. Hier war ich halbwegs geschützt. Trotzdem hatte ich Bragg genau in der Schusslinie. Für alle Fälle.

Vor dem Fenster konnte ich Vince und einige seiner Reiter sehen. Cole konnte ich nicht ausmachen.

«Natürlich ist er das», sagte Cole. «Glaubt ihr ernsthaft, wir könnten diesen Job machen, wenn wir Angst um unser Leben hätten?»

Ich konnte ihn zwar nicht sehen, aber ich wusste genau, wie er auf die anderen wirken musste. Ich hatte ihn schon bei anderen Gelegenheiten beobachten können. Er war reglos. Seine Waffe steckte noch immer im Halfter. Er sah Vince ausdruckslos an. Seine Augen waren tot, wie zwei Steine.

«Jeder hat Angst vor dem Tod», meinte Vince.

«Jetzt hat er sie da, wo er sie haben will», raunte ich leise Bragg zu. «Sie streiten sich mit ihm.»

Bragg sagte nichts. Vermutlich kämpfte er gegen allerlei Gefühle an. Hoffnung, Angst und Wut.

«Du auch?», fragte Cole.

«Ich?», fragte Vince.

«Hast du Angst vor dem Tod?», wollte Cole wissen.

«Ich hab keine Angst», erwiderte er.

«Gut», meinte Cole. «Weil du der Erste bist.»

Vince rutschte ein klein wenig in seinem Sattel zurück. Er war sich dessen wahrscheinlich nicht mal bewusst.

«Wenn's losgeht», knurrte Cole, «sind zwei Dinge gewiss. Bragg ist tot. Und du bist tot.»

Jetzt konnte ich Cole sehen. Er war auf dem Bohlenweg ein paar Schritte vorgetreten, damit er näher an Vince war. Er starrte ihn an. Mit seiner rechten Hand deutete er, ohne hinzuschauen, nach rechts.

«Der Kleine mit der Winchester», sagte Cole. «Mit dem roten Halstuch. Der ist als Nächster dran.»

Die Art, wie Cole alles um sich herum wahrnehmen konnte, hatte für mich immer etwas Unerklärliches. Er meinte es ernst. Ich hatte schon oft genug an seiner Seite gekämpft und wusste genau, was er tun würde. Wenn es losging, würde er Vince erschießen, noch bevor dieser zu seiner Waffe greifen konnte. Und dann, falls jemand mit einem Gewehr da war, würde er in eine bequeme Hocke gehen und den auch erschießen. Und dann, wenn seine Pistole leer war und er noch am Leben sein sollte, würde er durch die offene Bürotür hechten und mit seiner Winchester weiterschießen. Und ich würde, nachdem ich Bragg getötet hätte, durch das Fenster schießen.

Einen langen, stillen Moment sagte niemand etwas. Dann trat Cole von dem Bohlengang herunter auf die Straße.

«Geh heim, Vince», sagte er. «Wenn nicht, dann müssen heute zu viele Leute dran glauben.»

Mit seiner linken Hand nahm er seinen Hut ab und klatschte Vinces Pferd damit ins Gesicht. Das Pferd bäumte sich auf und drehte sich halb um. Cole schlug ihm ans Hinterbein. Wieder bäumte das Tier sich auf. Es wollte losgaloppieren und Vince musste alle seine Kraft einsetzen, um es wieder in den Griff zu bekommen.

«Na los», sagte Cole. Er schob sich durch die Pferde. Seine rechte Hand hing locker in der Nähe seiner Waffe, mit der linken hielt er seinen Hut und scheuchte so die Pferde auf. «Geht nach Hause.»

Es ist immer so, Mann gegen Mann, hatte mir Cole mal erklärt. *Egal wie viele es sind, man drängt einen nach dem anderen in die Ecke, damit es immer ein Zweikampf bleibt, nur Mann gegen Mann. Du gegen ihn. Und er weiß, dass du schneller bist.*

Vince brachte schließlich sein Pferd wieder unter Kontrolle und hielt es am Zügel fest.

«Wir sehen uns wieder, Cole», drohte er.

Dann riss er die Zügel herum. Braggs Männer verließen die Stadt, einer nach dem anderen.

23

Kaum waren die Reiter weg, kam ich aus dem Büro. Ich hatte noch immer die Schrotflinte in der Hand. Jetzt sicherte ich die beiden Läufe, einen nach dem anderen.

«Whitfield ist abgehauen», sagte ich.

«Schade», meinte Cole.

Er setzte seinen Hut wieder auf und rückte ihn zurecht. Er wirkte so entspannt, als hätte er gerade ein Nickerchen gehalten.

Am anderen Ende der Straße kam Allie French aus dem Boston House Hotel und rannte den Bohlenweg entlang auf Cole zu.

«Oh, Virgil», rief sie. «Virgil.»

Cole stand da und wartete ab.

«Oh, Virgil», wiederholte sie. «Bist du in Ordnung?»

«Bin ich», sagte Cole.

Sie rannte zu ihm, presste ihren Kopf an seine Wange und umschlang ihn mit beiden Armen.

«So etwas Mutiges habe ich noch nie gesehen. Nur du und all diese scheußlichen Männer. Du warst wundervoll!»

Cole stand etwas verdattert da. Aber er war nun einmal Virgil Cole, deswegen legte er so gut wie keine Gefühle an den Tag. Er stand ganz still da, seine Arme hingen schlaff zur Seite. Er rührte sich nicht.

«Everett war ja auch da», brachte er schließlich hervor.

Langsam wagten sich die Leute wieder nach draußen. Sie kamen aus den Läden, den Saloons und den Häusern, wo sie Schutz gesucht hatten.

«Ach, Everett. Pfui!», stieß Allie hervor. «Er war drinnen und hat sich verkrochen. Du warst ganz allein da draußen. Virgil, du Held!»

«Everett hat sich nicht versteckt.»

Es sammelten sich immer mehr Leute und blickten neugierig zu Cole und Allie. In der Menge sah ich Katie Goode und nickte ihr zu. Allie nahm ihr Gesicht von Coles Brust und schaute zu den Leuten. Aber sie hielt Cole noch immer in ihren Armen, ganz die stolze Besitzerin.

«Leute, ist das nicht das Heldenhafteste, das ihr je gesehen habt?», fragte sie.

Irgendjemand klatschte. Dann immer mehr. Allie stand da und hielt Cole in den Armen und lächelte den Leuten zu und tat so, als gelte der Applaus allein ihr. Ich schaute zu Cole. So etwas hatte ich noch nie gesehen: Cole war ratlos.

«Schon in Ordnung», sagte er zu der Menge. «Schon in Ordnung.»

Dann wandte er sich ab und zog Allie mit in das Büro des Marshals.

Als sie an mir vorbeikamen, flüsterte mir Cole zu: «Schick sie heim, Everett.»

Nachdem ich die Menge verscheucht hatte, ging ich mit Katie Goode zum Boston House Hotel.

«Brauchst du einen Drink?», fragte sie mich.

«Wär gut», sagte ich.

«Gestern war Zahltag in der Mine», sagte sie. «Geht auf mich.»

«Wär gut», meinte ich erneut.

Wir setzten uns an einen Tisch nahe der Theke. Ich trank Bier. Katie gönnte sich einen Whiskey.

«Mr. Raines mag es nicht, wenn wir hier sitzen und trinken», sagte Katie. «Aber da du dabei bist, wird er sicher nichts sagen.»

«Du hast also einen guten Grund, mir einen Drink zu spendieren», erwiderte ich. «Und nicht nur, weil ich so gut aussehend bin.»

«Siehst schon ganz gut aus», meinte sie.

Einige der Minenarbeiter, die wohl noch Geld übrig hatten, reihten sich an der Theke auf. Ein Sturm mit viel Regen hatte die Hitze gebrochen. Es war wieder kühler geworden. Der Wind wehte durch die Saloontür.

«Der ist schon was», meinte Katie. «Findest du nicht?»

Sie trug ein geblümtes Kleid mit aufgebauschten Schultern, auf dem Kopf hatte sie eine Haube. Sie hätte auch eine Bäuerin sein können oder die Frau eines Minenarbeiters. Nur sah sie zu gut aus und sie roch nach Seife. Sie hatte mir mal erzählt, dass sie sich immer am ganzen Körper wusch. Jeden Tag.

«Virgil?», fragte ich. «Einen Mann wie Virgil habe ich noch nie gesehen. Nie.»

«Hat er keine Angst zu sterben?»

«Nicht dass ich wüsste.»

«Hat er überhaupt Gefühle?»

«Keine Ahnung. Aber für Allie French scheint er so etwas wie Gefühle aufzubringen.»

«Ausgerechnet die», meinte Katie.

«Ich habe keine Ahnung, mit wie vielen Frauen Virgil zusammen war. Gut, er hat schon Weiber, wann immer er will, aber meistens geht es schnell. Rein und raus, ohne viel Gerede.»

«So sind viele Männer», merkte Katie an.

«Ja», sagte ich. «Kann ich mir vorstellen. Aber ich wüsste nicht, dass jemals eine Frau Virgil als Held bezeichnet hätte. Außer sie war betrunken und hatte keinen Unterrock mehr an.»

«Hat er dir gefallen, ihr kleiner Auftritt?», wollte Katie wissen.

«Nicht sonderlich», meinte ich.

«Und Mr. Cole?», fragte sie. «Meinst du, ihm hat's gefallen?»

«Schwer zu sagen, was Virgil gefällt», sagte ich. «Wenn er nicht Virgil Cole wäre, würde ich sagen, es war ihm peinlich.»

«Vielleicht hat's ihm geschmeichelt.»

«Ja, kann sein», meinte ich. «Aber meistens denkt Virgil über so was nicht nach.»

«Sie ist ein durchtriebenes Weib, Everett.»

Ich sagte nichts.

«Ist sie», beharrte Katie. «Ich kenne solche Frauen, Everett, und ich kenne mich mit der Liebe aus. Und ich weiß, dass Männer darüber den Verstand verlieren.»

«Nicht alle», merkte ich an.

«Nein, du verlierst bei so was nicht den Kopf, Everett. Muss ich schon sagen. Aber ich wette, dass dir diese Allie schöne Augen macht, wenn Mr. Cole nicht da ist.»

«Woher weißt du das?»

«Stimmt also», meinte Katie. «Oder?»

«Ja», sagte ich. «Um der Wahrheit die Ehre zu geben, sie kam mir ziemlich nahe, als sie mir das neue Haus zeigte.»

Katie lächelte weise. Dabei war sie gar nicht weise. Aber immerhin hatte sie Allie durchschaut.

«Was hast du gemacht?», fragte Katie.

«Ich bin weggerannt», sagte ich.

«Und Mr. Cole hast du nichts davon erzählt?»

«Nein.»

«Wirst du es ihm erzählen?»

«Nein. Virgil kann so was nicht hören.»

Sie nahm einen kleinen Schluck Whiskey und schaute mich über ihr Glas hinweg an.

«Und ich will nicht, dass du es ihm erzählst. Ich hab's sonst niemandem verraten. Wenn er also davon erfährt, dann weiß ich, wer den Mund zu weit aufgerissen hat.»

«Ich verrate schon nichts», sagte Katie. «Aber ich erinnere mich an Zeiten, da konnte ich für dich den Mund gar nicht weit genug aufreißen.»

Sie blickte mir direkt ins Gesicht und wir mussten beide lachen.

«Die Zeiten kommen bald wieder», sagte ich.

«Sicher», sagte Katie und nippte an ihrem Whiskey. «Aber du bist sein Freund, Everett. Meinst du nicht, du solltest es ihm sagen?»

«Kann ich nicht», sagte ich. «Er kann so was nicht hören.»

«Und wenn sie es ihm sagt?»

«Warum sollte sie das tun?»

«Ich sag doch, sie ist ein durchtriebenes Weib», meinte Katie. «Was ist, wenn sie es ihm sagt und so tut, als wäre es deine Schuld gewesen?»

«Dann bringt er mich um», sagte ich.

Katies Gesicht verfinsterte sich. Sie starrte auf ihren Drink. Ihre Augen schienen die braune Oberfläche des Whiskeys abzutasten.

«Früher oder später», meinte Katie, «wird sie es ihm sagen.»

24

Am nächsten Morgen kam Whitfield ins Büro des Marshals zurück. Er sah schlecht aus.

«Ich hab auf dem Heuboden geschlafen», sagte er. «In der Pferdestation.»

«Na», sagte Cole. «Du bist zurückgekommen.»

«Ich kann einfach keine Waffen mehr sehen», gestand Whitfield.

«Aber du sagst vor Gericht aus», schlussfolgerte Cole.

«Ja.»

«Gut», sagte Cole. «Everett und ich stellen uns den Waffen.»

Bragg lehnte sich gegen die Eisenstäbe seiner Zelle und sagte: «Du kriegst auch deine Chance, Whitfield.»

Ich sah, wie sich Whitfields Gesicht vor Furcht anspannte. Cole nahm seine Füße vom Tisch und ging zur Zelle.

Er stellte sich ganz nah an die Stäbe, nur wenige Zentimeter von Bragg weg.

«Wir haben dich gut behandelt», sagte er zu Bragg. «Dafür erwarten wir, dass du nur dann sprichst, wenn man dich was fragt, und ansonsten ruhig bleibst.»

«Ich kann reden, wie mir der Schnabel gewachsen ist», meine Bragg gleichgültig.

«Und ich und Everett, wir können zu dir in die Zelle kommen, die Tür hinter uns abschließen und dich so lange verprügeln, bis du den lieben Herrgott auf Knien um Gnade anflehst. Jeden Morgen, anstatt Frühstück.»

«Wenn ich eine Waffe hätte, würdest du so einen Ton nicht wagen», murrte Bragg.

«Ist egal, ob ich es wagen würde oder nicht», fuhr Cole ihn an. «Tatsache ist, dass du eben keine hast. Ich aber schon. Also, Schluss mit der Debattiererei.»

Bragg versuchte, Coles Blick standzuhalten. Dann gab er klein bei, wandte sich ab und setzte sich auf seine Pritsche. Cole ging zurück zu seinem Schreibtisch und legte die Füße hoch.

«Nimm ihn nicht allzu ernst», riet er Whitfield.

«Er hat aber recht», meine Whitfield. «Was ist, wenn der Prozess vorbei ist?»

«Wenn der Prozess vorbei ist, kommt Bragg ins Gefängnis und Everett und ich bringen dich irgendwohin», sagte Cole. «Wohin du willst.»

«Und bis es so weit ist?»

«Bleibst du hier bei uns», erwiderte Cole.

«Und bei ihm», meinte Whitfield und deutete mit einem Kopfnicken in Braggs Richtung.

«Ein angenehmer Zeitgenosse ist er nicht gerade», räumte Cole ein. «Aber er kann dir nichts tun.»

«Und wenn seine Männer wiederkommen?»

«Die kommen nicht wieder», sagte Cole.

Wenn Cole etwas sagte, dann glaubten ihm die Leute. Er war in dieser Hinsicht geradlinig. Er redete nie von Dingen, von denen er nichts verstand, und er glaubte an das, was er sagte.

«Kann ich vielleicht im Hotel wohnen?»

Cole schüttelte den Kopf.

«Dann müssten wir uns aufteilen», sagte er. «Das heißt, einer von uns geht mit dir und der andere muss bei Bragg bleiben.»

«Aber wenn sie nicht wiederkommen?»

«Dann kommt vielleicht jemand anderes», meinte Cole.

«Du glaubst, sie schicken noch andere?»

«Was ich glaube, ist völlig egal. Hast du jemals von einem Kerl namens Clausewitz gehört?»

«Wer?»

«Clausewitz. Ein Deutscher. Hat ein Buch über den Krieg geschrieben. Dieser Clausewitz, der sagte, man soll sich auf das vorbereiten, was der Feind einem antun *könnte*, nicht das, von dem man glaubt, er *würde* es tun.»

«Clausewitz?»

«Soll heißen, es ist nicht gerade zu unserem Vorteil, wenn wir uns aufteilen.»

«Du hast Clausewitz gelesen?», fragte ich Cole.

«Aber sicher doch. Und du?»

«Ich hab's in der Militärschule gelesen, West Point», erwiderte ich.

«Gutes Buch», meinte Cole.

Ich nickte. Whitfield wirkte verloren.

«Virgil», sagte ich, «du überraschst mich immer wieder.»

25

Der ehrenwerte Richter Elias Callison kam mit dem Nachmittagszug in Appaloosa an, in Begleitung seines Gerichtsschreibers und vier Deputys. Nachdem sie ihre Zimmer im Boston House Hotel bezogen hatten, kam der Schreiber, dessen Name Eaton war, und der Vorsteher der Deputys, ein Kerl namens Stringer, ins Büro des Marshals. Stringer trug einen Deputystern am Hemd, in seinem Halfter hing linker Hand ein langer Colt mit dem Griff nach vorne.

«Ist er das?», fragte Stringer.

«Das ist Bragg», sagte Cole.

Stringer ging zur Zelle und schaute hinein.

«Nicht gerade klein der Kerl», meinte er.

«Der in der anderen Zelle ist Whitfield, der Zeuge.»

«Wieso ist der hinter Gittern?»

«Hat Angst um sein Leben», sagte Cole. «Deswegen passen Everett und ich auf ihn auf, bis die Sache mit Bragg vorbei ist.»

Stringer nickte bedächtig. Er war ein großer, dürrer Mann mit einem riesigen Schnauzbart. Seine Haut sah aus wie Leder. Er wirkte wie ein Mann, der oft im Sattel sitzt. Whitfields Zellentür war halb offen und Whitfield saß auf seiner Pritsche. Er blätterte in der Bibel. Seine Lippen bewegten sich beim Lesen, als hätte er Schwierigkeiten, die Worte auszumachen. Stringer wandte sich von Bragg ab und sprach Whitfield an.

«Sie werden also aussagen?», fragte er.

«Ja, Sir.»

«Wenn er nicht vorher vor Angst umkippt», rief Bragg höhnisch aus seiner Zelle.

«Ich sage aus», beharrte Whitfield.

Stringer nickte.

«Ich weiß. Du machst das schon», meinte er.

«Hat Bragg einen Anwalt?», fragte Eaton.

«Nein.»

«Er braucht einen Anwalt», sagte Eaton.

Er war klein und dick und hatte ein rundes Gesicht. Er sah nicht so aus, als würde er oft im Sattel sitzen.

«Sicher doch», stimmte Cole zu.

«Nein, ich meine, wir werden nicht einfach so in die Stadt reiten und ihn verurteilen», sagte Eaton. «Richter Callison nimmt das Gesetz sehr ernst. Bragg hat das Recht auf eine anständige Verhandlung. Er braucht einen Anwalt. Und wir brauchen Beweise.»

Cole starrte ihn an, als hätte er noch nie in seinem Leben von solchen Dingen gehört, was allerdings nicht der Fall war. Wahrscheinlich wusste er mehr über Gerichtsprozesse als Eaton.

«Hast du das gehört, Bragg?», rief er. «Du brauchst einen Anwalt.»

«Ich kenne keine Anwälte», gab Bragg zurück.

«Ich kenn da einen Schiedsmann namens Mueller», sagte ich. «In Little Springs. Ich kann gerne mal hinreiten und ihn fragen, ob er's macht.»

«Ich werd einen Teufel tun», rief Bragg. «So weit kommt's noch, dass ich einem Anwalt das Geld in den Rachen schmeiße, dafür, dass ihr mich aufhängt.»

«Und was jetzt?», fragte ich Eaton.

«Die Kosten übernimmt die County-Verwaltung», erwiderte Eaton.

«Ich rede mit keinem verdammten Anwalt», knurrte Bragg.

«Egal, Mr. Bragg», meinte Eaton gleichgültig. «Das County stellt Ihnen einen zur Verfügung. Ob Sie mit ihm plauschen wollen oder nicht, das liegt bei Ihnen.»

«Dann mach dich mal auf den Weg», meinte Cole zu mir.

«Wir kümmern uns um Bragg und Whitfield», sagte Stringer. «Je früher der Mann hier eintrifft, desto früher können wir mit dem Prozess anfangen. Und desto früher kann ich ihn ins Gefängnis in Yaqui mitnehmen und zuschauen, wie er am Strick baumelt.»

«Sie wissen, was er getan hat», meinte Cole.

Stringer nickte.

«Ich weiß, was er getan hat.»

26

Ich brachte Mueller aus Little Springs mit. Richter Callison verschob den Prozessbeginn um eine Woche, damit Braggs Rechtsbeistand Zeit hatte, die Verteidigung vorzubereiten. Der Richter wies die Deputys an, so lange den Gefangenen in Gewahrsam zu nehmen. Und da es für den Gewahrsam kein anderes Plätzchen gab als das, wo er gerade war, zogen die Deputys bei uns im Büro ein. Also konnten Cole und ich wieder verstärkt im Boston House Hotel oder einem der anderen Saloons rumsitzen oder den Arbeitern dabei zuschauen, wie sie an Coles Haus rumhämmerten.

Eines Morgens saßen wir bei einem Kaffee im Saloon, als mir auffiel, dass Cole sich in seinem Stuhl aufrichtete. Er ließ seine Hand unauffällig in seinen Schoß, in die Nähe seines Pistolengriff fallen. Ich folgte seinem Blick und sah zwei Männer, die sich erstaunlich ähnlich sahen, gegen den Tresen lehnen. Einer von ihnen nickte Cole zu. Er nickte zurück. Der andere Mann grinste.

«Kennst du sie?», fragte ich.

«Die Shelton-Brüder», sagte Cole.

«Kenne ich nicht.»

«Vor deiner Zeit», meinte Cole.

«Gefährlich?», fragte ich.

«Sehr.»

«Sie sind unbewaffnet», warf ich ein. «Soweit ich sehen kann.»

«Wenn sie bewaffnet sind», merkte Cole trocken an, «wirst du's merken.»

«Gute Schützen?»

«Hervorragend», sagte Cole.

«So gut wie du und ich?»

«Kann sein», sagte Cole. «Noch wissen wir's nicht.»

«Kann einer von ihnen besser schießen als der andere?»

«Weiß ich nicht. Der Ältere der beiden heißt Ring. Er ist der Kerl, der rechts steht. Sein jüngerer Bruder heißt Mackie.»

«Sehen sich ähnlich», meinte ich.

«Sind sich auch ähnlich. Und sie stehen sich nahe. Hab so was noch nie erlebt, man sieht sie immer nur zusammen.»

«Wenn man also gegen einen der beiden antritt ...» schlussfolgerte ich.

Cole nickte.

«Tritt man gegen beide an», sagte er.

«Sind sie Marshals?», fragte ich.

«Auftragsmörder», sagte Cole.

«Was wollen sie hier?»

«Hat vielleicht mit Bragg zu tun.»

Ich schaute mir die beiden Shelton-Brüder eine Weile an. Ring Shelton hatte beim Eintreten seinen Hut abgenommen und neben sich auf die Theke gelegt. Er hatte kaum noch Haare auf dem Kopf, nur einen zotteligen Kranz, der bereits grau wurde. Er hatte einen breiten Nacken und lange Arme und schräg abfallende Schultern. Er wirkte kräftig, aber er war nicht allzu breit gebaut. Seine Beine formten einen Bogen. Hätte er normale Beine gehabt, wäre er größer gewesen.

Mackie hatte seinen Hut noch auf. Er war größer als sein Bruder und seine Beine waren kerzengerade. Die wenigen Haare, die unter seinem Hut hervorlugten, waren rötlich. Aber er hatte denselben breiten Nacken und dieselben langen Arme. Zwischen ihnen auf dem Tresen stand eine Flasche Whiskey und jeder der beiden hatte ein Glas vor sich. Ring Shelton nahm die Flasche. Er kam mit Mackie an unseren Tisch.

«Virgil», sagte Ring Shelton.

«Ring.»

«Meinen Bruder kennst du ja noch», meinte Ring.

Virgil nickte.

«Mackie.»

Mackie sagte: «Virgil.»

«Das hier ist Everett Hitch», sagte Cole.

Wir alle nickten.

«Hier noch Platz?», fragte Ring.

Cole deutete auf die leeren Stühle. Ring Shelton stellte die Whiskeyflasche auf den Tisch. Die Brüder setzten sich.

«Wie wär's mit einem Schluck?», fragte Ring.

Virgil schüttelte den Kopf und tippte auf den Stern an seinem Hemd.

«Machst du das immer noch?», fragte Ring.

Virgil nickte.

«Wir nicht», meinte Ring.

Er schenkte sich und seinem Bruder Mackie etwas Whiskey ein und nahm einen Schluck. Er lächelte.

«Schmeckt», sagte er. «Muss aus Mais sein.»

Er schaute mich an.

«Und Sie? Können Sie auch so gut mit der Waffe umgehen wie mein alter Freund Virgil?», fragte er.

«Keine Ahnung», meinte ich. «Wurde noch nie auf die Probe gestellt.»

«Sie arbeiten schon 'ne ganze Weile zusammen. Hab ich zumindest gehört.»

«Ja.»

«Dann wissen Sie ja, dass er immer sein Ziel trifft. Was meinen Sie? Angenommen, Sie treten gegeneinander an?»

«Ich kenne keinen besseren Schützen als Virgil», sagte ich.

«Abgesehen von Ihnen vielleicht?»

«Ehrlich gesagt», sagte ich zu dem Kerl, «will ich darüber nicht reden. Was ist mit euch beiden?»

«Genau wie bei Ihnen», sagte Ring Shelton. «Will sagen, wie bei euch. Ich kenne keinen Besseren als Mackie und mich.»

«Was ist mit dir, Virgil?», fragte ich. «Hast du schon mal jemanden getroffen, der besser schießen kann als du?»

«Wohl kaum», gab Cole zurück. «Sonst würde ich nicht hier sitzen.»

«Stimmt», meinte Ring Shelton. «Und was ist mit ihm?»

Er nickte in meine Richtung.

«Gut genug», meinte Cole.

«So gut wie wir?», wollte Shelton wissen. «Ich und Mackie?»

«Gut genug.»

Ich schaute auf Ring Sheltons Hände. Seine breiten Schultern und seine krummen Beine ließen ihn wie einen Cowboy wirken. Aber seine Hände, die auf der Tischplatte lagen, sahen sauber und geschmeidig aus. Seine Nägel waren sorgfältig geschnitten. Sie sahen aus, fand ich, wie die Hände eines Künstlers.

«Was macht ihr denn hier, du und Mackie?», wollte Cole wissen.

«Irgendwo muss man sich ja rumtreiben, nicht wahr, Mackie?»

Mackie nickte. Sein Bruder hatte große Augen, die ein wenig hervortraten. Aber er selbst hatte schwere Lider, die wirkten, als seien seine Augen nur halb offen.

«Wollt ihr lange bleiben?», fragte Cole.

«Schwer zu sagen. Hab gehört, hier soll's einen interessanten Prozess geben. Den schauen wir uns vielleicht an. Ich sehe so was gerne», sagte Shelton. «Und Mackie auch.»

«Also», sagte Cole, «ihr wart ja schon in Städten, wo ich als Marshal gearbeitet habe. Ihr kennt meine Regeln.»

«Klar», erwiderte Ring Shelton. «Du kennst die Regeln doch auch, nicht wahr, Mackie?»

Mackie hatte den Mund voll mit Whiskey. Er schluckte.

«Ich kenne die Regeln», sagte er.

Seine Stimme war ein heiseres Flüstern. Es klang, als wäre das Sprechen für ihn eine Anstrengung. Auf der anderen Seite des Saloons kam Allie French herein. Sie trug ein rosafarbenes Kleid. Sie kam von hinten auf Cole zu, gab ihm einen Kuss auf den Kopf und stand dann einfach nur da, ihre Arme über seine Schultern geschlungen.

«Das ist Mrs. French», sagte Cole.

Alle sagten Hallo. Ring und Mackie Shelton schauten sie lange an. Sie schaute zurück, ohne mit der Wimper zu zucken. Sie fühlte sich sicher wie die Frau eines Königs: Soll der Pöbel doch starren. Cole schien es hingegen zu stören. Allerdings gab es keine Regel, die es den Leuten verbot, Allie French anzuschauen. Er erhob sich.

«Mrs. French und ich wollten einen Ausflug mit der Kutsche machen», sagte er.

Er fasste Allie French am Arm und drehte sie Richtung Tür. Sie verließen den Saloon durch die Eingangstür. Beim Herausgehen schaute sie noch einmal über ihre Schulter zu unserem Tisch.

«Virgil hat ’ne Stute?», fragte Ring Shelton.

«Ja.»

«So was», meinte Shelton.

«Ich bin selber ganz überrascht», gab ich zu.

«Ich dachte, er hält’s eher mit Huren und Squaws.»

«Sie ist weder das eine noch das andere», sagte ich.

«So was.»

«Kennt ihr Virgil schon lange?», fragte ich.

«Gott, kann man wohl sagen. Ich hatte ihn kennengelernt, da hat sich mein Bruder noch in die Windeln gemacht. Damals in Wichita. Wir waren zusammen in Lincoln County. Und dann in Bisbee, da hatten wir Arbeit. Den ganzen Platte River entlang.»

«Arbeit? Als was, als Deputys?»

«Das auch.»

«Also nicht als Deputys.»

Ring Shelton grinste. Ihm fehlten vorne ein paar Zähne.

«Das auch», gab er zurück.

Er und Mackie tranken weiterhin Whiskey. Der Alkohol schien keinen Effekt auf sie zu haben.

«Nach dem Prozess wird der Kerl hier gehängt, hier in der Stadt?», fragte Ring Shelton.

«Kann ich nicht sagen.»

«Schon klar», meinte Shelton. «Hoffentlich hängen sie ihn hier. Ich und Mackie, wir schauen bei so was immer gerne zu. Aber ich hab in der Stadt noch keinen Galgen gesehen. Und es scheint auch keiner einen zu bauen. Ist immer unschön, wenn die Leute von ’nem Dachbalken oder so was baumeln.»

Ich nickte. Ich wusste, dass man Bragg im Falle einer Verurteilung nach Yaqui bringen und dort im Gefängnishof erhängen würde. Aber ich sah keinen Grund, das den Sheltons auf die Nase zu binden. Wer nichts erzählte, konnte keinen Schaden anrichten. Ich stand auf.

«Hat mich gefreut, Jungs», sagte ich.

«Gleichfalls», sagte Ring Shelton.

Mackie nickte. Keiner von uns streckte die Hand zum Handschlag aus. Keiner wollte riskieren, dass der andere ihn festhalten konnte.

27

Es war der Abend vor dem Prozessbeginn. Stringer und seine Deputys saßen im Gefängnis und bewachten Bragg und Whitfield. Cole und ich gingen mit Allie zum Haus, jeder an einer Seite. Wir wollten sehen, wie weit die Arbeiten vorangeschritten waren. Allies Arm ruhte auf Coles. Man merkte ihr in keinster Weise an, dass zwischen mir und ihr irgendetwas vorgefallen war.

«Virgil?», fragte sie. «Was waren das für Männer?»

«Die Shelton-Brüder?»

«Ja, im Boston House Saloon.»

«Pistoleros», sagte Cole. «Nichts weiter als bezahlte Mörder.»

«Sie schienen irgendwie anders.»

«Sie sind nicht anders», sagte Cole. «Sie sind nur verdammt gute Schützen.»

«Nein», sagte sie. «Sie sind anders. Sie sind nicht wie Bragg. Du bist anders mit ihnen umgegangen.»

«Ich kenne sie schon lange», sagte Cole.

«Länger als Everett?»

«Ja.»

«Wart ihr mal Freunde?»

«Zumindest waren wir keine Feinde.»

«Sie benehmen sich aber nicht gerade so, als ob sie deine Freunde wären.»

«Wir waren auch niemals Freunde», sagte Cole. «Wir haben lediglich zusammen Aufträge erledigt.»

«Was für Aufträge? Du meinst, jemanden erschießen?»

«Ja.»

«Können sie so gut schießen wie du?»

«Wir haben's noch nie ausprobiert», erwiderte Cole trocken.

«Allie», sagte ich. «Ich habe noch niemanden gesehen, der mit der Waffe so gut umgehen kann wie Virgil.»

«Vielleicht», meinte Virgil. «Vielleicht auch nicht. Es gibt nur eine Art, das herauszufinden. Aber darum geht es bei dieser Art von Arbeit nicht.»

«Ich weiß, Virgil. Ich wollte nur Allies Frage beantworten.»

«Es gibt keine Antwort. Die Frage ist Unsinn», erwiderte Cole grimmig. «Das hier ist kein Pferderennen.»

Allies Blick huschte zwischen uns beiden hin und her. Sie schien sich zu freuen. Ihre Augen glänzten.

«Sei vorsichtig mit diesen Jungs, Everett», ermahnte mich Cole. «Sie sind schnell und sie treffen immer ihr Ziel.»

«Ist einer der beiden besser als der andere?», wollte ich wissen.

«Nein.»

«Wieso hat der Jüngere so eine seltsame Stimme?», fragte Allie.

«Hat 'ne Kugel in die Kehle bekommen», erwiderte Cole. «Damals, in Cheyenne, glaube ich.»

«Ob sie uns wohl Ärger machen werden?», fragte Allie.

Ihre Augen glänzten jetzt noch mehr. Ihr Gesicht sah aus, als wäre ihr heiß. Ihre Wangen waren gerötet.

«Kann sein», antwortete Cole. «Wäre nicht das erste Mal.»

«Hast du Angst vor ihnen?», fragte Allie.

Ihre Stimme klang etwas belegt, als müsse sie sich räuspern. Cole hatte ihre Frage gehört. Er dachte schweigend darüber nach. So war es immer, wenn er über eine Frage nachdachte, er drehte und wendete sie im Kopf und betrachtete sie von jedem Winkel aus. Dann traf er eine Entscheidung.

«Nein», sagte er. «Hab ich nicht.»

28

Ich saß mit Cole vor seinem Büro. Die Tür zu den Zellen war offen, damit wir es hören konnten, falls Bragg versuchen sollte, die Gitterstäbe durchzubeißen. Es war ein warmer Tag. Der Himmel war wolkenlos und die Sonne schien.

«Wirst du Allie heiraten?», fragte ich Cole.

«Wenn sie mich will», erwiderte Cole.

«Ich habe mir schon gedacht», sagte ich, «dass es etwas zu bedeuten hat, wenn ihr zusammen ein Haus baut.»

Cole nickte.

«Falls mir was zustößt», meinte er, «würde es mir viel bedeuten, wenn du dich um sie kümmerst.»

«Machst du dir etwa Sorgen?», fragte ich.

«Die Art von Arbeit, die wir machen», erwiderte er, «bietet nicht viel Sicherheit.»

«Stimmt.»

«Allie geht's besser, wenn sie mit jemandem zusammen ist», sagte Cole.

«Wenn sie Hilfe braucht», erwiderte ich, «helfe ich ihr gerne.»

«Es ist nicht gut für sie, allein zu sein», meinte Cole.

Ich nickte. Ein Falke kreiste tief über der Stadt. Er hielt wohl nach möglichen Ratten, Mäusen oder Eichhörnchen Ausschau, die aus dem Café Paris huschen könnten.

«Sie ist eine starke Frau, Virgil.»

«An der Seite eines Mannes», meinte Cole, «ist sie stärker.»

Egal wie lange ich Cole schon kannte, er überraschte mich immer wieder. Er schien Allie viel besser zu verstehen, als ich gedacht hätte.

Eine Weile schauten wir beide dem Falken zu, der sich im Wind treiben ließ.

«Machst du dir Sorgen wegen der Shelton-Brüder?», fragte ich.

«Ab und zu», erwiderte Cole.

«Glaubst du, sie sind wegen Bragg hier?»

«Ist schon ein seltsamer Zufall», meinte er, «dass die Jungs kurz vor seinem Prozess hier eintreffen.»

«Glaubst du, jemand hat sie bezahlt, ihn rauszuhauen?»

«Kann sein.»

«Oder Whitfield zu töten? Ohne Whitfield gibt es keinen Grund, Bragg rauszuhauen, weil man ihn dann nicht überführen kann.»

«Die Deputys haben Whitfield nach Fort Beale gebracht», sagte Cole. «Dort ist er sicher, bis der Prozess losgeht.»

«Wessen Idee war das?»

«Meine.»

«Also meinst du auch, dass sie vielleicht hier sind, um Whitfield zu töten?», hakte ich nach.

«Kann gut sein.»

«Und wer bringt ihn zum Gericht?»

«Stringer und seine Jungs.»

«Wissen die Sheltons, wo Whitfield steckt?»

«Keiner weiß, wo Whitfield steckt, außer mir. Und jetzt auch dir.»

«Also sagt er aus und Bragg wird überführt», schlussfolgerte ich.

«Scheint so.»

«Wenn die Sheltons also wegen Bragg hier sind», fuhr ich fort, «werden sie versuchen, ihn nach dem Prozess zu befreien.»

«Ja.»

«Aber es kann natürlich sein, dass sie gar nicht deswegen hier sind», sagte ich.

«Nein.»

«Aber auf der anderen Seite wäre da noch der gute Mr. Clausewitz.»

«Ja.»

«Also müssen wir uns auf das Schlimmste vorbereiten.»

Cole nickte.

«Außer dir und mir, Virgil, haben wir noch vier Deputys», sagte ich. «Das sollte reichen, meinst du nicht?»

Cole lehnte seinen Kopf weit nach hinten, bis an die Stuhllehne, als würde er in den Himmel schauen. Doch seine Augen waren geschlossen. So saß er eine Weile da.

Dann sagte er: «Vier Deputys sind nicht viel, wenn's hart auf hart kommt.»

«Sie sehen aus, als könnten sie ganz gut schießen», warf ich ein. «Besonders Stringer.»

«Ja, können sie sicher ganz gut», stimme Cole mir zu.

«Aber nicht gut genug?»

«Everett», sagte Cole. «Du und ich, wir sind noch nie gegen welche wie Ring und Mackie Shelton angetreten.»

Wir schwiegen beide. Der Falke ließ sich im Wind fallen, dann flog er wieder nach oben.

«Wir sind aber gegen welche angetreten, die ganz gut waren», sagte ich.

Cole schüttelte den Kopf, sagte aber nichts.

«Du bist dir also nicht sicher, dass wir gegen sie gewinnen können», meinte ich nach einer Weile.

«Ehrlich gesagt», erwiderte Cole, «nein.»

Ich dachte darüber nach.

«Na ja», sagte ich, «man weiß es eben erst, wenn die Waffen sprechen.»

«Ist also nichts Neues», meinte Cole.

«Wenn wir verlieren, dann schon», erwiderte ich.

«Uns kann das egal sein», sagte Cole. «Allie nicht.»

29

Als es endlich so weit war, dass Whitfield vor Gericht aussagte, standen zwei Deputys mit Winchester-Gewehren an den Türen des Saloons im Boston House Hotel. Cole stand neben Whitfield und ich saß mit meiner Schrotflinte auf einem Barhocker und behielt den Saloon im Auge. Whitfield erhob sich und Eaton ließ ihn auf die Bibel schwören. Der Richter fragte ihn, was er gesehen hatte, an dem Tag, als Jack Bells letztes Stündlein schlug. Whitfield schaute geradewegs zu Bragg und sagte, dass Bragg ihn erschossen habe. Der Saloon war zum Gerichtssaal umfunktioniert worden. Alle Tische standen an der Wand und die Stühle waren in langen Sitzreihen angeordnet. Die meisten der Einwohner von Appaloosa hatten sich heute hier versammelt. Unter ihnen waren auch die beiden Shelton-Brüder. Sie saßen hinten, neben der Tür zur Hotellobby.

Einen Ankläger gab es nicht. Der Richter stellte Whitfield Fragen und Mueller, der als Braggs Anwalt fungierte, führte das Kreuzverhör. Besonders ernst schien er das alles nicht zu nehmen. Im Grunde seines Herzens wusste er, dass Bragg schuldig war, und er wusste, dass Richter Callison es auch wusste. Mueller rief Braggs Vorarbeiter in den Zeugenstand. Vince sagte, dass er nicht sehen konnte, wer Bell und den Deputy erschossen hatte, aber Bragg konnte es auf keinen Fall gewesen sein. Drei weitere Arbeiter sagten auf Muellers Geheiß aus. Sie alle sagten dasselbe. Als Mueller den vierten anbrachte, unterbrach ihn der Richter.

«Wird Ihre Aussage anders sein?», fragte der Richter den Arbeiter.

«Nein.»

Der Richter wandte sich an die Anwesenden.

«Hat irgendjemand in diesem Saal etwas anderes zu sagen, außer dass Bragg keinen erschossen hat und Sie nicht wissen, wer's war?»

Niemand bewegte sich. Richter Callison nickte.

«Es reicht. Hat keinen Sinn, immer wieder dasselbe zu hören.»

«Mein Mandant», warf Mueller ein, «hat das Recht, eine Aussage zu machen.»

«Natürlich hat er das», sagte der Richter. «Lassen Sie ihn schwören, Eaton.»

Eaton brachte Bragg die Bibel. Bragg starrte sie kommentarlos an.

«Hand auf die Bibel», wies Eaton ihn an.

Bragg rührte sich nicht. Cole griff nach Braggs Hand, legte sie aufs Buch und hielt sie dort fest. Bragg wehrte sich nicht. Eaton murmelte den Schwur. Bragg sagte gar nichts.

«Schon klar, er schwört's», sagte Richter Callison. «Was haben Sie zu Ihrer Verteidigung hervorzubringen, Mr. Bragg?»

Ganz langsam stand Bragg auf.

«Fred Whitfield ist ein verdammter Lügner. Ich hab Jack Bell nicht erschossen und den anderen auch nicht. Keine Ahnung, was passiert ist.»

Er setzte sich wieder. Richter Callison schaute ihn einen Moment lang an. Er grinste schief.

«Überaus eloquent, Mr. Bragg», sagte er. «Aber nur bedingt überzeugend. Ich befinde Sie im Sinne der Anklage für schuldig und verurteile sie zum Tod durch den Strick, im Gefängnis von Yaqui, zu einer Zeit, die dem Gefängniswärter genehm ist.»

Er haute mit dem Hämmerchen auf den Tisch und rief: «Die Verhandlung ist geschlossen.»

Und das war Braggs Prozess. Stringer und ich und die anderen Deputys brachten ihn in seine Zelle zurück.

30

Das Abstellgleis am Bahnhof war menschenleer. Der Zug von Appaloosa nach Yaqui hatte zwanzig Minuten Verspätung. Als wir Bragg endlich in seinen Wagen am Ende des Zugs gebracht hatten, in Handschellen und mit Ketten an den Füßen, war es 6:20 Uhr morgens. Cole saß neben ihm und ich saß auf der anderen Seite des Ganges, gegenüber von Stringer und drei seiner Deputys. Wir waren alle noch müde und gähnten. Ich hatte meine Schrotflinte dabei, alle anderen hatten Winchester-Gewehre. Und natürlich unsere Colts. Wir waren die Einzigen im Wagen, abgesehen von zwei Handelsvertretern vorne, die beide schliefen.

Der Schaffner kam durch. Stringer gab ihm die Papiere.

«Bis Yaqui sind's etwa sieben Stunden», sagte der Schaffner. «In Chester halten wir an, um den Wassertank nachzufüllen.»

Cole nickte.

Stringer sagte: «Ich weiß. Ich kenn das schon.»

Der Schaffner schaute zu Bragg. «Der wird doch hoffentlich keinen Ärger machen?», fragte der Schaffner.

«Wenn ja, dann nicht lange», erwiderte Cole.

Bragg schaute aus dem Fenster. Der Zug setzte sich langsam in Bewegung. Schließlich ging es immer schneller und schneller und Bragg starrte noch immer teilnahmslos nach draußen. Meines Wissens hatte er seit dem Prozess nichts mehr gesagt. Cole schenkte ihm keine Beachtung.

«Falls was passiert», meinte Cole, «dann in Chester. Es dauert eine Weile, bis sie den Tank für den Dampfkessel aufgefüllt haben. So lange sind wir ein leichtes Ziel.»

«Deswegen fahren wir also mit?», fragte ich. «Weil du glaubst, es passiert was?»

«Ja. Ansonsten hätten die Jungs ihn allein nach Yaqui gebracht.»

«Was meinst du, die Sheltons?»

«Ja.»

Ich schaute zu den Deputys.

«Sind vier gute Jungs, Virgil.»

«Sind sie», sagte Virgil.

Der Zug ratterte schwerfällig über die Gleise, die am Fluss entlangführten, über das Land, das einst Bragg gehört hatte. Rechts von uns konnten wir die Ranch und einige der umliegenden Baracken sehen. Ich malte mir aus, wie es wohl ist, wenn man in Ketten zu seiner Hinrichtung gebracht wird und dabei an seinem Zuhause vorbeikommt, in dem Wissen, dass man es zum letzten Mal sieht. Doch mir war klar, dass derartige Gedanken zu nichts führten, also zwang ich mich, an etwas anderes zu denken. Ein paar von Braggs Rindern standen in der Nähe der Gleise und schauten uns an, als wir vorbeifuhren.

Die meiste Zeit fuhr der Zug durch das Tiefland am Fluss entlang. Die Gleise führten um die Berge herum. Links von uns, in der Ferne, sah ich, wie der Appaloosa-Hengst seine Stuten auf eine Talsohle zutrieb. Die Sonne stand jetzt höher und es wurde warm im Zug. Einer der Deputys machte ein Fenster auf und ließ etwas Luft herein. Wir fuhren Richtung Westen. Auf einem der Hügel, an denen wir vorbeikamen, standen Antilopen. Auf einem anderen Hügel, einer Felsformation, saßen sechs oder acht Kojoten und schauten zu, wie wir an ihnen vorbeiratterten. Im Zug kamen Angestellte der Eisenbahngesellschaft durch den Gang und schenkten Kaffee aus. Bragg bekam auch einen. Wir alle tranken unseren Kaffee.

«In Chester gibt's Sandwiches», sagte einer der Männer von der Eisenbahn.

«Wie lange noch?», fragte einer der Deputys.

«Bis Chester? Verdammt. Keine Ahnung», sagte er. «Fragen Sie den Schaffner.»

Der Deputy nickte, als hätte er mit dieser Antwort gerechnet. Eine halbe Stunde später kam der Schaffner durchspaziert, zog eine große Taschenuhr aus seiner Weste, schaute sie eine Weile lang an und sagte, dass wir in einer Stunde und sechsunddreißig Minuten in Chester ankommen würden.

«Wenn wir in die Hochebene kommen», sagte der Schaffner, «werden Sie merken, dass der Zug langsamer wird. Steil ist es nicht, aber die Strecke ist lang und die Lokomotive muss ganz schön schuften.»

«Wie lange fahren wir bergauf?», fragte Cole.

«Zehn Minuten oder so, weit ist es nicht. Aber die Lok hat zu kämpfen.»

«Sind da oben Leute?»

«Nein.»

«Danke», sagte Cole.

Ich schaute zu Bragg. Er starrte noch immer ausdruckslos aus dem Fenster. Falls er in Chester mit einem Zwischenfall rechnete, ließ er sich nichts anmerken.

«Wenn wir in Chester ankommen», sagte Cole, «gehe ich nach vorne und du nach hinten. Wir warten draußen, vor dem Wagen. Ich will hier nicht rumsitzen, wir sind leichte Ziele.»

«Ja», sagte ich.

Cole war der Erste, der spürte, als es langsam bergauf ging. War ja klar. Er war immer derjenige, der so was als Erster spürte. Ich hatte noch gar nichts gemerkt, da war Cole schon auf den Füßen.

«Ihr Jungs bleibt bei dem Gefangenen», sagte er zu Stringer. «Ich und Everett, wir schauen uns mal um.»

Er nahm seine Winchester und gab mir mit einem Kopfnicken zu verstehen, ich solle nach hinten gehen. Er ging nach vorne. Ich trat durch die Tür auf die kleine Metallbrüstung über der Kupplung, die unser Abteil mit dem nächsten Waggon, einem Güterwagen, verband. Ich konnte spüren, wie sich der Zug langsam die Steigung hocharbeitete. Virgil verschwand vorne aus meinem Blickfeld. Ich hielt mich am Geländer fest, schwang mich nach vorne und schaute mich um. Oben, auf dem Hügel, konnte ich den Wasserturm sehen und die Windmühle, die ihn in Betrieb hielt. Ich konnte auch Virgils Kopf sehen, wie er zwischen den Waggons vor mir hinausschaute. Ich sah mir das trockene Buschland um uns herum gut an. Nichts bewegte sich. Der Zug fuhr nicht schnell genug, um Wind zu erzeugen. Die Luft war stickig und drückend. Ich drehte mich um und schaute mir die andere Seite an. Auch dort bewegte sich nichts. Hinter uns war alles frei.

Als wir über eine kleine Brücke fuhren, die über ein flaches, ausgetrocknetes Flussbett führte, sah ich drei Reiter. Sie führten ein viertes

Pferd an einer Leine mit sich und nahmen ihre Stellung neben den Gleisen vor uns ein. Zwei der Reiter waren die Shelton-Brüder. Auf dem Pferd zwischen ihnen saß Allie French. Ring Shelton führte das vierte Pferd an. Sie ritten langsam neben dem Zug entlang, bis unser Waggon sie erreicht hatte. Allie hatte ein Seil um den Hals. Das andere Ende war an Ring Sheltons Sattelhorn festgebunden. Auf der anderen Seite ritt Mackie und presste eine Schrotflinte, deren doppelter Lauf auf ihrer Schulter lehnte, gegen ihren Hals. Alles wurde langsamer. Die Lokomotive war jetzt auf dem Hügel angekommen und erreichte den Wasserturm. Der Zug wurde immer langsamer, bis er schließlich anhielt. Das Wasser spritzte aus einem Rohr über den Dampfkessel der Lok. Ich sah, wie Cole vom Zug sprang und stocksteif dastand. Er hielt seine Winchester in der linken Hand, mit dem Lauf nach unten. Er schaute die drei Reiter an. Auch ich war vom Zug gestiegen. Ich hielt meine Schrotflinte umklammert. In der Hütte neben dem Wasserturm regte sich nichts. Die einzige Bewegung war das langsame Drehen der Windmühle.

Die drei Reiter machten vor Cole Halt. Er bewegte sich nicht und ich auch nicht. Ein Arbeiter kletterte auf die Lokomotive, um den Ausgießer anzudocken. Er zog ihn an einem Seil rüber und sprang dann zurück. Das Wasser spritzte in den Tank und heißer Dampf stieg auf. Als er uns sah, hielt er mitten in der Bewegung inne und starrte in unsere Richtung. Das einzige Geräusch war das Zischen des Dampfs, der aus der Lokomotive drang.

«Du siehst ja, wie's ist», sagte Ring Shelton.

Cole schaute die drei Reiter an. Sein Gesicht gab nichts preis. Allie saß blass und mit geröteten Augen zwischen den Shelton-Brüdern. Ihr Gesicht sah aus, als sei es in sich zusammengefallen.

«Wenn irgendjemand Ärger macht», sagte Ring Shelton, «drückt Mackie ab. Dann rennen die Pferde los und reißen ihre Überreste vom Sattel. Wird ihr den Hals brechen. Und die Leiche wird meilenweit durch die Mesquitesträucher gezerrt. Oder Mackie schießt ihr sauber den Kopf ab, dann fällt das Seil einfach runter.»

Er sprach langsam und mit Bedacht, als wolle er sicherstellen, dass wir ihn alle auch gut verstanden. Ich bewegte mich nicht. Cole schaute die drei Reiter an. Er blinzelte nicht einmal. Stringer war aus dem Waggon gekommen und stand an der Kupplung hinter Cole. Er hatte seine

Winchester auf Ring Shelton gerichtet. Mackies Pferd schlug mit dem Schweif nach einer umherschwirrenden Fliege. Dabei bewegte sich das Pferd ein wenig hin und her, aber Mackie konnte die Bewegung abfedern und hielt die Schrotflinte im Gleichgewicht. Noch immer war sie auf Allies Hals gerichtet.

«Also», sagte Ring Shelton. «Nehmt Bragg die Ketten ab und bringt ihn raus, sonst knallen wir die Kleine ab.»

Stringer hob die Winchester an seine Schulter.

«Ich hab dich im Visier», sagte er. «Wenn ihr etwas zustößt, bist du tot.»

Ring Shelton lächelte gelassen.

«Was meinst du, Virgil?», fragte er. «Glaubst du, ich krieg's mit der Angst zu tun und überlege es mir anders?»

«Die Waffe runter», sagte Cole zu Stringer.

«Sie haben hier nicht das Sagen, Cole», erwiderte Stringer.

«Runter damit», entgegnete Cole.

Stringer rührte sich nicht. Hinter mir standen zwei weitere Deputys mit Winchester-Gewehren.

«Ich bringe jeden um», sagte Cole, «der nicht die Waffe sinken lässt.»

Es war wie ein Gemälde. Die Männer standen wie versteinert da, in Farbe und Zeit gemeißelt. Die harsche, unwirtliche Landschaft dahinter erstreckte sich bis zum Horizont.

Dann ließ Stringer die Winchester sinken.

«Jungs», sagte er. «Runter damit.»

Die beiden Deputys ließen die Läufe ihrer Gewehre sinken. Sie deuteten auf den Boden.

«Wir geben euch Bragg», sagte Cole. «Und ihr gebt uns die Frau.»

Ring Shelton lachte.

«Virgil», sagte er. «So dumm bin ich nicht, das weißt du genau. Du gibst uns Bragg. Wir behalten die Kleine. Ihr steigt brav in eure Eisenbahn, und wenn sie nicht mehr zu sehen ist, lassen wir sie frei.»

Die wenigen Passagiere im Zug hatten sich an unserer Seite versammelt und schauten aus dem Fenster. Cole ignorierte sie. Für ihn existierten nur Allie und die Shelton-Brüder. Er hatte sich, seit er aus dem Zug gestiegen war, nicht bewegt. Und er bewegte sich immer noch nicht.

Dann sagte er: «Everett, du holst Bragg.»

Ich schaute zu Stringer.

«Es wird schneller gehen», sagte ich, «wenn Sie mitkommen. Wegen des anderen Deputys.»

Stringer hielt meinem Blick stand. Dann nickte er, drehte sich um und ging in den Zug. Ich meinte, in der Stille Allie schniefen zu hören. Keiner der beiden Shelton-Brüder schenkte ihr Beachtung. Außer natürlich der Schrotflinte, die Mackie weiterhin gegen ihren Hals presste. Dann kam Stringer mit Bragg. Er hatte die Handschellen und die Fußfesseln abgenommen. Als Bragg an der Tür angekommen war, ging er an Stringer vorbei, sprang vom Zug, ging zu seinem Pferd und kletterte in den Sattel.

«Gib mir eine Waffe», sagte er zu Ring Shelton.

«Warum?»

«Cole», erwiderte Bragg. «Den Hurensohn knalle ich ab.»

Falls Cole ihn gehört hatte, ließ er sich davon nichts anmerken.

«Wir haben eine Abmachung», sagte Shelton. «Und das gehört nicht dazu.» Mit diesen Worten wendete er sein Pferd.

«Dreh dich mit, Schätzchen», sagte er zu Allie. «Ganz langsam.»

«Verdammt», rief Bragg. «Du arbeitest für mich. Gib mir eine verdammte Knarre!»

«Die Abmachung war, dass wir dich befreien», erwiderte Shelton. «Du bist frei. Wenn du weiter das Maul aufreißt, lasse ich dich und die Kleine einfach hier.»

Bragg öffnete den Mund und schloss ihn wieder. Er starrte von seinem Pferd aus auf Cole herunter.

«Ein andermal», sagte er.

Cole bewegte sich nicht.

«Wir reiten jetzt los», sagte Shelton. «Ganz gemächlich. Wir haben alles im Blick, also sorgt gefälligst dafür, dass der Zug weiterfährt. Wir lassen sie erst frei, wenn der Zug außer Sicht ist. Und das kann dauern.»

Da Allie ein Seil um den Hals hatte und Mackie von der anderen Seite seine Schrotflinte gegen sie presste, konnten sie sich nur ganz langsam und gemeinsam umdrehen. Das gelang ihnen auch.

«Bragg, du zuerst», sagte Shelton.

Bragg starrte uns an, als er wegritt. Weder Allie noch die Sheltons taten es ihm gleich.

31

Es dauerte länger als eine halbe Stunde, bis der Zug um die Kurve gefahren war und zurückgesetzt und gewendet hatte. Cole stand die ganze Zeit auf der hinteren Plattform und starrte den Reitern hinterher, die sich langsam durch das trockene Flussbett entfernten. Auch eine volle halbe Stunde nachdem die Reiter aus unserem Sichtfeld verschwunden waren und der Zug sein Manöver beendet hatte, schwieg er noch immer. Als wir wieder am Wasserturm ankamen, war von Allie nichts zu sehen. Virgil kletterte vom Zug und ging zu dem trockenen Flussbett. Stringer machte Anstalten, ihm nachzugehen.

«Das sollten Sie besser nicht tun», warnte ich ihn.

«Die Bastarde haben gesagt, sie lassen sie hier.»

«Sie brauchen sie. Als Lebensversicherung», erwiderte ich.

«Sie wussten also, dass sie lügen.»

«Wir wussten es beide», entgegnete ich. «Aber wir konnten nichts tun.»

«Wir müssen besprechen, was wir jetzt tun sollen», sagte Stringer.

«Besprechen Sie's mit mir», sagte ich. «Es hat keinen Sinn, mit Virgil zu reden.»

Stringer starrte ihm hinterher.

«Wir haben keine Pferde», sagte er. «Und wir können sie schlecht zu Fuß verfolgen.»

Ich nickte.

«Wir gehen wieder nach Yaqui und holen uns welche», sagte ich.

«Je eher Cole wiederkommt», meinte Stringer, «desto eher sind wir wieder unterwegs.»

«Der kommt nicht wieder», sagte ich.

«Wie bitte?»

Ich schüttelte den Kopf.

«Warten Sie auf mich», sagte ich und ging Cole hinterher.

Cole stand auf der kleinen Brücke, die über das Flussbett führte, und starrte nach Süden.

Ich sagte: «Wir haben keine Pferde, Virgil.»

In etwa einem Kilometer Entfernung machte das Flussbett einen Bogen nach Westen. Weiter konnte man es mit den Augen nicht verfolgen.

«Ich bleibe im Zug», sagte ich. «In Yaqui hole ich Pferde.»

Cole hielt sein Gewehr noch in derselben Position wie vorhin, als wir mit den Sheltons sprachen. Er blinzelte gegen die Sonne und starrte nach Südwesten, in Richtung des Flussbetts. Sein Gesicht, das unter seiner Hutkrempe nur halb zu sehen war, blieb vollkommen ausdruckslos.

«Ich komme mit den Pferden hierher», sagte ich. «Und wenn du nicht da bist, folge ich dem Flussbett.»

Cole wandte sich abrupt um und ließ sich den Hang hinuntergleiten, zum Fluss.

«Falls du das Flussbett verlässt», rief ich ihm hinterher, «dann gib mir ein Zeichen.»

Cole antwortete nicht. Er würdigte mich keines Blickes. Er ging in südwestliche Richtung in dem ausgetrockneten Flussbett und starrte nach unten. Er suchte nach Spuren.

Ich ging zurück und stieg wieder in den Zug.

Es war bereits nach sechs Uhr abends, als wir in Yaqui ankamen. Stringer, der immerhin Deputy war, hatte einen gewissen Einfluss. Er durfte normale Leute rumscheuchen. So kam es, dass ich bereits um Viertel nach acht Yaqui wieder verließ, obwohl die Geschäfte schon lange geschlossen hatten. Ich hatte drei Pferde, einen Packesel und Proviant dabei. Der Mond war hell und die Sterne leuchteten und ich musste nichts weiter tun, als den Gleisen zu folgen.

32

Als ich am Wasserturm ankam, war der Mond bereits untergegangen, aber der Himmel im Osten war noch immer dunkel. Ich ließ die Pferde und den Esel aus einer Tränke an der Windmühle trinken. Im Flussbett bewegte sich nichts. Würde ich mich jetzt, im Dunkeln, dorthin auf den Weg machen, wäre ich nicht in der Lage, Spuren zu lesen oder irgendwelche Zeichen von Cole zu sehen. Das hier würde kein Spaziergang werden. Das hier war ein langer Ritt. Und bei langen Reisen war es besser, wenn man es nicht überstürzte. Ich machte die Tiere fest und gab ihnen zu essen. Dann aß ich Pfirsiche aus der Dose. Ich setzte mich hin und lehnte mich mit dem Rücken gegen die Bretterbude. So schlief ich eine Weile, mit dem Gesicht nach Osten, sodass ich von der aufgehenden Sonne geweckt würde.

Der Weg durch das Flussbett war mühsam, immerhin hatte ich drei Tiere im Schlepptau. Ich überlegte, sie vor mir herzutreiben, aber dadurch würde ich die Spuren, die die Sheltons oder Cole hinterlassen hatten, zerstören. Vom Frühling bis zum Sommer, wenn der Regen kam, würde sich das Flussbett mit Wasser füllen. Doch im Moment war es staubtrocken. Im Boden sah ich kleine Muster, die der Regen hinterlassen hatte. Die Pferde der Sheltons hatten klar erkennbare Hufabdrücke hinterlassen. Dazwischen konnte ich Coles Fußabdrücke sehen. Sie waren mir zwölf Stunden voraus. Aber früher oder später würde ich Cole einholen. Und gemeinsam würden wir Allie finden. Früher oder später.

In meiner Hemdtasche hatte ich Zündhölzer, die in Wachstuch eingewickelt waren. In der Pistolentasche an meinem linken Bein war eine Winchester und an der rechten Seite hing meine Schrotflinte. Am Sattelhorn hingen zwei Feldflaschen. An meinem Gürtel hing ein .45er Colt und mein Jagdmesser. Zusätzlich hatte ich noch ein paar Klamotten in einen Regenmantel gewickelt und hinten an meinem Sattel festgebunden. Cole hatte nur die Kleider, die er am Leibe trug. Der Esel trug Munition, Proviant und Wasser und so manches Allerlei.

Die Spuren waren leicht zu erkennen. Hier draußen war nichts, was hier nicht hingehörte, und nichts, was die Spuren hätte verwischen können. Es war schon lange niemand mehr in diesem Flussbett geritten. Zwischendurch sah ich immer mal wieder Spuren von Kojoten und Antilopen. Das Flussbett machte eine Kurve nach Westen und ich spürte, wie mir die Sonne unbarmherzig auf den Rücken brannte. Es wurde heiß. Die Pferde sträubten sich nicht mehr gegen die Leine. Der Esel hatte von Anfang an keine Schwierigkeiten gemacht, er war sein ganzes Leben lang an Leinen geführt worden, und die Pferde passten sich nun langsam seinem Rhythmus an. Ich trank etwas Wasser. Die Sonne war auf der Hälfte des Weges Richtung Zenit. Dann endete das Flussbett in einer Ebene. Die Spuren führten weiter nach Westen. Bald sah ich Gestrüpp am Boden, das mir das Spurenlesen erschwerte. Ich musste von meinem Pferd absteigen, damit ich sie noch sehen konnte. Jetzt führte ich alle vier Tiere hinter mir her. Verdammt. Bald würden sie mir auf der Nase herumtanzen.

Kurz nach Mittag kam ich an einem etwa dreißig Zentimeter hohen Haufen Steine vorbei. Ich hielt an, kauerte mich hin und schaute ihn mir an. Daneben, auf der Erde, war ein kleines Muster aus Steinen, das einen Pfeil darstellte. Der Pfeil deutete nach Süden. Ich verstreute die Steine, stieg auf mein Pferd, trieb die Tiere nach Süden und zog weiter. Das Spurenlesen konnte ich mir jetzt sparen. Ich wusste, dass Cole mir Zeichen hinterlassen würde. Und so war es auch. Frisch geschnittene Mesquitebaum-Äste. Einige der Äste deuteten nach Süden, in Richtung eines größeren Astes mit einem großen Schlitz. Am späten Nachmittag stieß ich auf Cole, nahe einer Felszunge aus Schieferstein. Er saß auf einem Felsen, an einem schlammigen Wasserloch. Die Winchester lag in seinem Schoß. Er hatte die Stiefel ausgezogen und hielt die Füße ins Wasser. Er schaute zu, wie ich mit den Tieren auf ihn zukam.

«Everett», sagte er.

«Virgil.»

«Du kannst absteigen», sagte er. «Wir können hier übernachten. Das Wasser ist trinkbar.» Er nickte in Richtung der Felszunge. «Und wir können Feuer machen, wenn wir uns nahe an den Steinen halten.»

Ich nahm dem Esel die Last ab und den Pferden die Sättel. Ich band sie locker an, damit sie sich bewegen und grasen konnten und auch ans Wasser kamen. Dann machte ich an den Steinen ein Feuer. Ich kauerte mich daneben und machte Essen warm. Cole blieb weiterhin mit den Füßen im Wasser sitzen und bewegte sich die ganze Zeit nicht. Schließlich hörte er das Zischen von gepökeltem Schweinefleisch in der Pfanne. Er zog seine Stiefel an und kam zu mir ans Feuer. Er humpelte leicht, aber es fiel nicht weiter auf. Er schenkte sich etwas Kaffee ein.

«In der Satteltasche ist Whiskey», sagte ich.

Er holte die Flasche und goss sich ein wenig in den Kaffee.

«Und du?», fragte er.

Ich hielt ihm den Becher hin und er schenkte mir ein. Wir pusteten in den Kaffee, weil wir uns nicht die Lippen verbrennen wollten, dann nippten wir vorsichtig.

«Trommelt Stringer seine Leute zusammen?», fragte Cole.

«Hat er gesagt, als ich Yaqui verließ», sagte ich.

«Du hast meine Steine gefunden.»

«Ja.»

«Hast du den Pfeil zerstört?», fragte Cole.

«Ja.»

Cole trank noch etwas Kaffee.

«Gut», sagte er, nachdem er ihn runtergeschluckt hatte. «Ich will nicht, dass eine Herde gottverdammter Kuhhirten oder Stubenhocker hier rumtrampelt und uns in die Quere kommt.»

Als das Pökelfleisch gut durch war, ließ ich etwas Teig in das Fett in der Pfanne fallen. Ich wartete, bis er durchgebraten war, dann tat ich den Brotfladen und das Fleisch auf Blechteller.

«Haben sie noch Vorsprung?», fragte ich.

«Ja. Wird sicher immer größer. War immerhin zu Fuß.»

«Zwölf Stunden», sagte ich. «Vielleicht fünfzehn.»

Cole nickte.

«Wissen sie, dass wir hinter ihnen her sind?», fragte ich.

«Die Sheltons kennen mich», sagte ich. «Sie wissen genau, dass ich komme.»

«Bleiben wir heute Nacht hier?», fragte ich.

«Geh schlafen», sagte Cole. «Heute holen wir sie nicht mehr ein.»

Ich lehnte mich ein wenig zurück, streckte die Beine aus und trank noch etwas Kaffee. Cole schaute zu dem Esel und den Pferden.

«Muss anstrengend gewesen sein», meinte Cole. «Drei Tiere an der Leine zu führen.»

«Schon», sagte ich. «Aber der Esel hat's schnell begriffen und die Pferde haben sich irgendwann angepasst.»

«Wird jetzt leichter. Ich führe das Pferd, du den Esel.»

Ich nickte. Wir aßen und tranken Kaffee mit Whiskey. Wir redeten nicht viel. Als es dunkel war, warteten wir, bis das Feuer ausgegangen war. Wir breiteten uns zwischen den Felsen und der Feuerstelle aus. Die Decken, in die wir uns wickelten, rochen streng.

«Was meinst du, wo gehen sie hin?», fragte ich Cole.

«Nach Süden», sagte Cole.

33

Drei Tage lang verfolgten wir sie nun schon. Es war kurz nach Sonnenaufgang. Die Spur führte nach Westen. Ab und zu sah Cole einen Hufabdruck im Dickicht. Doch die besten Hinweise waren für uns die Überreste der Feuerstellen und die gelegentlichen Pferdeäpfel.

«Ich hab nachgedacht», sagte ich zu Cole.

«Und?»

Sein Blick war beim Reiten auf den Boden gerichtet, das gesattelte Pferd an seiner Seite. Ich führte den Esel.

«Wir sind die Einzigen, die in Appaloosa für Recht und Ordnung sorgen», meinte ich.

«Ja.»

«Und jetzt sind wir nicht mehr da.»

«Ja.»

«Also», sagte ich, «gibt es jetzt niemanden, der für Recht und Ordnung sorgt.»

«Ja.»

«Stört dich das nicht?», fragte ich.

Cole schaute kurz auf.

«Nein», sagte er. «Stört mich nicht.»

Wir ritten weiter. Cole hatte den Blick noch immer nach unten gerichtet, um die Spuren zu lesen. Ich ritt neben ihm und schaute mir die Landschaft an. Niemand sprach. Wir scheuchten aus Versehen einen Hasen auf und meine Hand griff wie von selbst zur Waffe. Cole jedoch zuckte nicht mit der Wimper. Hatte er den Hasen überhaupt gesehen? Wir ritten weiter. Wir überstürzten es nicht, aber wir legten auch keine Pausen ein. Vor uns am Horizont sah ich eine kreisförmige Bewegung am Himmel.

«Aasgeier», sagte ich.

Cole blickte auf. Sein Gesicht blieb ausdruckslos. Wir ritten weiter. Etwa eine Stunde später erreichten wir die Geier. Sie fraßen einen Büffelkadaver. Ein Jungtier. Außer Knochen und Hufen war nicht mehr viel übrig. Alles, was essbar war, war weg. Als wir sie erreichten, stoben die Geier auseinander und landeten ein paar Meter weiter weg wieder auf dem Boden. Cole ignorierte sie. Er stieg von seinem Pferd ab, ging in die Hocke und betrachtete sich die Überreste. Die Geier hüpften rastlos hin und her. Er schenkte ihnen keine Beachtung.

«Gehäutet», sagte er.

Ich saß auf meinem Pferd, wartete ab und beobachtete die Landschaft sehr genau. Cole brauchte sicher keine Hilfe mit dem Büffel.

«Das Schulterblatt ist gebrochen», sagte er.

Ich schaute hin und sah, dass er recht hatte. Cole suchte etwas zwischen den Knochen und dem blutgetränkten Gras, wo der Büffel gefallen war.

«Abgeschossen», sagte er.

Cole machte die Hand auf und zeigte mir zwei große Bleikugeln. Sie waren vom Schulterblatt des Büffels verbogen.

«Größer als .45er-Kugeln», meinte Cole.

«Vielleicht Kaliber .50.»

«Vermutlich ein Büffelgewehr. Vom Typ Sharps oder so», sagte Cole.

Die Geier kamen wieder näher. Immerhin waren an den Knochen noch Fleischreste.

«Soweit ich weiß», meinte ich, «haben die Sheltons kein Sharps-Gewehr.»

«Nein. Und sie würden das Tier bestimmt nicht häuten.»

Er starrte auf den Boden.

«Siehst du Pferdespuren?», fragte ich.

Ich ritt näher heran und umkreiste das tote Tier. Die Geier flatterten davon.

«Die Pferde waren nicht beschlagen», sagte ich.

«Das Tier wurde gehäutet. Und die Haut hat jemand mitgenommen», sagte Cole.

«Indianer», sagte ich.

«Ja.»

Ich ritt ein wenig von dem Kadaver weg, in einem langsamen, weitreichenden Kreis, der die Geier, die hier gerade gelandet waren, offensichtlich wütend machte. Cole folgte mir zu Fuß. Ich beugte mich in meinem Sattel vor.

«Hier sind die unbeschlagenen Hufabdrücke», sagte ich. «Und hier sind welche, die beschlagen waren.»

Cole ging in die Hocke und schaute sich die Spuren im Staub ab. Dann legte er sich flach auf den Bauch. Sein Gesicht war nur wenige Zentimeter von den Spuren entfernt. So robbte er auf dem Boden herum und starrte die Hufabdrücke an.

«Die beschlagenen Abdrücke», sagte er, «sind älter. Sie zerbröseln an den Seiten. Die unbeschlagenen Abdrücke sind noch frisch.»

Wieder blickte ich mir die Landschaft an. Nichts regte sich, außer den unzufriedenen Geiern.

«Was meinst du?», fragte ich, «Welcher Stamm ist es? Die Kiowa?»

«Kann ich nicht sagen», erwiderte er. «Aber wir wissen, dass hier welche in der Gegend sind.»

«Vielleicht Jäger», mutmaßte ich.

«Wenn sie Jäger wären, dann würden sie auch die Knochen, die Sehnen, die Hörner und die Zähne mitnehmen. Alles. Aber sie haben nur die Haut und das Fleisch genommen.»

«Squaws waren es sicher nicht», meinte ich.

Cole nickte. «Als du noch in der Army warst», meinte Cole, «waren die Kiowa unsere Feinde.»

«Stimmt», sagte ich. «Aber du weißt ja, wie Indianer sind. Gestern Feind, heute Freund.»

«Kannst du erkennen, wie nah sie an den Sheltons dran sind?»

«So gut bin ich nicht», gab Cole zurück.

«Wie weit sind sie uns voraus?»

«Der Kadaver stinkt noch nicht», sagte Cole.

«Viel ist auch nicht übrig», meinte ich, «das stinken könnte.»

«Blut schon», erwiderte Cole. «Der Boden ist voll davon.»

Er stand auf und schwang sich auf sein Pferd.

«Wir reiten besser weiter», sagte er.

Wir machten uns auf den Weg. Er starrte weiterhin auf den Boden. Und ich schaute mich immer wieder um.

34

In dieser Nacht wagten wir es nicht, ein Feuer zu machen. Wir ließen uns an einer Flussbiegung nieder, sodass wir zu drei Seiten von Wasser umgeben waren. Wir banden die Tiere ganz in unserer Nähe an.

«Kein Kaffee», murrte ich. «Aber immerhin habe ich noch Whiskey.»

«Das reicht», meinte Cole.

Wir aßen etwas Trockenfleisch und altes, gebratenes Brot. Wir tranken Whiskey.

«Die Indianer sind vor etwa acht Kilometern abgebogen», sagte Cole. «Die Sheltons reiten noch immer geradeaus.»

«Also haben die Indianer es aufgegeben, die Sheltons zu verfolgen.»

«Oder sie wollten den Büffel ausweiden, bevor er verwest», meinte Cole. «Oder sie hatten irgendetwas anderes zu tun und kehren irgendwann zurück. Die Kiowa wissen, dass da Reiter sind und wie viele. Sie können, wenn sie wollen, die Jagd jederzeit wieder aufnehmen.»

«Die Sheltons und Bragg sind gute Schützen. Und sie haben auch noch Allie dabei. Weißt du, wie viele Indianer es sind?»

«Weiß ich nicht. Sie reiten zu eng beieinander und wir haben nicht genug Zeit, dass ich die Spuren genau untersuchen kann. Es sind auf jeden Fall mehr als zwei.»

Cole gab mir die Whiskeyflasche und ich nahm einen Schluck.

«Weißt du, ob Allie schießen kann?»

«Jeder kann schießen», erwiderte Cole. «Und jeder kann sein Ziel treffen, wenn er nah genug dran ist.»

«Glaubst du, sie geben ihr eine Waffe?»

«Ich glaube gar nichts», sagte Cole. «Kannst du bis Mitternacht wach bleiben?»

«Ja.»

«Dann übernehme ich die Schicht von Mitternacht bis Sonnenaufgang», erwiderte Cole. «Weck mich, wenn's so weit ist.»

Er rollte sich in seine Satteldecke ein und schlief, soweit ich das sehen konnte, sofort ein. Ich legte die Whiskeyflasche zur Seite und deckte mich ebenfalls mit der Satteldecke zu. Und so saß ich unter dem weiten Sternenhimmel, mit meiner Schrotflinte im Schoß. Ich lauschte dem Rauschen des Wassers. Ich konnte den Fluss riechen, das Gras und die Satteldecke. Gegen Mitternacht weckte ich Cole. Er wachte ebenso schnell auf, wie er eingeschlafen war.

Am Morgen weckte mich der Esel. Er schubste mich mit der Nase an, denn er wollte sein Frühstück. Wir fütterten das Vieh, wuschen uns im Fluss, aßen ein kaltes Frühstück und machten uns auf den Weg.

«Die Sheltons sind irgendwohin unterwegs», sagte ich. «Sie haben vermutlich am Anfang etwas Geld bekommen, aber nur ein Narr würde ihnen den ganzen Betrag geben. Sie müssen Bragg abliefern, um den Rest zu kriegen.»

«Nehme ich an», sagte Cole.

«Sie reiten also irgendwohin. Und wir hinterher», meinte ich. «Schön zu wissen, dass wir hier nicht nur einen Spaziergang machen.»

Cole nickte. Seine Augen waren auf den Boden gerichtet.

«Natürlich wär's besser, wenn wir wüssten, wo sie hinwollen.»

«Stimmt», meinte Cole.

Später am Vormittag hielt Cole sein Pferd an, beugte sich aus seinem Sattel und starrte auf den Boden.

«Die Indianer sind wieder da», sagte Cole.

Ich trabte an ihn heran und sah die Spuren auch. Sie waren vom Westen her gekommen. Ihre Spuren vermischten sich mit den Spuren der Sheltons.

Wir ritten langsam weiter. Cole hing immer noch aus seinem Sattel und betrachtete die Spuren.

«Sie folgen ihnen», sagte Cole.

«Und hast du eine Ahnung wie viele?»

Cole schaute auf die Spuren.

Nach etwa ein oder zwei Kilometern brach er sein Schweigen und sagte: «Ich kann kaum etwas erkennen. Es könnten viele sein.»

Gegen Nachmittag führte die Spur dann nach Westen. Ein paar Stunden später stieg der Weg nach oben an und die Pferde mussten klettern. Wir mussten langsamer reiten, dann legten wir eine Pause ein. Am Abend gelangten wir zu dem Fuß einer Bergkette. Es war jetzt etwas kälter. Wir übernachteten unter einem Überhang, in der Nähe eines Bachs. Wir ließen die Tiere an ihren Leinen grasen. In dieser Nacht saßen wir wieder im Dunkeln. Wir aßen Trockenfleisch und hartes Brot und wir tranken Whiskey.

«Wenn sie weiter nach oben reiten», merkte ich an, «werden wir ihnen nicht mehr lange folgen können.»

«Wir können nach zerbrochenen Zweigen Ausschau halten», sagte Cole. «Oder der Asche vom Lagerfeuer oder Essensresten. Oder Pferdeäpfeln. Oder Fäkalien.»

«Falls sie weiter geradeaus reiten», meinte ich. «Weißt du eigentlich, wo wir sind?»

«Zwei Tage südwestlich von Chester», erwiderte Cole.

«Weißt du, was das für Berge sind?»

«Nein.»

«Glaubst du, wir kommen ihnen näher?», fragte ich.

«Schwer zu sagen. Aber Allie ist nicht gerade eine begnadete Reiterin. Vermutlich sind sie wegen ihr langsamer.»

«Was machen wir mit ihr?», fragte ich.

«Das überlegen wir uns, wenn wir da sind», erwiderte Cole.

«Sie werden sie als menschlichen Schutzschild missbrauchen, Virgil. Deswegen haben sie sie dabei.»

«Klar werden sie das. Würdest du's anders machen?»

Der Mond blieb uns verborgen. Der Himmel war von Wolken verhangen. Wir saßen in fast völliger Dunkelheit, in unsere Decken gewickelt. Wir konnten nicht einmal einander sehen. Wir wussten nicht, wo wir waren. Die einzigen Geräusche kamen von den Tieren, die grasten, und dem Rauschen des Wassers und von unseren Stimmen. Ich kam mir vor, als wäre ich völlig allein im Universum.

«Ist ein hartes Geschäft», sagte ich.

«Ja», sagte Cole. «Ist es.»

«Alles in Ordnung?», fragte ich ihn.

Cole schwieg eine Weile, dann fragte er: «In Ordnung?»

«Wie fühlst du dich?», fragte ich. «Ich meine wegen Allie.»

Cole schwieg erneut und diesmal war das Schweigen so lang, dass ich schon dachte, er sei eingeschlafen.

Dann sagte er: «Everett, wir reiten schon lange zusammen. Weiß nicht genau wie lange. Aber es ist lang. Und es gibt keinen, mit dem ich lieber diese Arbeit machen würde als mit dir. Du kannst es viel besser als die anderen. Außer vielleicht den Sheltons. Und mir.»

«Das ist ziemlich gut», sagte ich.

«Und der Grund, warum du nicht so gut bist wie die Sheltons oder wie ich, hat nichts mit Zielgenauigkeit oder Schnelligkeit oder Standbarkeit zu tun.»

Ich wusste, dass er «Standhaftigkeit» gemeint hatte.

«Der Grund, warum die oben genannten Herrschaften besser schießen können als du», sagte Cole, «ist, weil du Gefühle hast.»

«Verdammt, Virgil. Gefühle hat jeder.»

«Gefühle bringen dich ins Grab», meinte Cole trocken.

«Willst du mir etwa erzählen, dass du Allie gegenüber nichts empfindest?»

Wieder schwieg er. Ich hörte eines der Pferde schnaufen. Vielleicht hatte es eine Fliege in der Nase. Das Geräusch hatte in der riesigen, schwarzen Stille etwas Beruhigendes. Es klang nach Vertrautheit und Frieden.

Nach einer Weile sagte Cole: «Als wir in Appaloosa waren, da hatte ich Gefühle für Allie. Und wenn wir wieder da sind, dann werde ich auch wieder etwas fühlen.»

«Aber jetzt?», fragte ich.

Ich konnte spüren, wie Cole darüber nachdachte.

«Gib mir die Flasche», sagte er. Er berührte mich am Bein, damit ich wusste, wo seine Hand ist. Ich legte die Flasche in seine Hand und hörte ihn trinken. Dann berührte er mit der Flasche mein Bein. Ich nahm sie entgegen und trank davon.

«Jetzt, in diesem Moment», sagte Cole, «ist etwas auf der Flucht. Und ich werd's fangen.»

Ich hörte, wie er sich im Dunkeln bewegte. Vermutlich legte er sich bequemer hin. Er sagte nichts weiter. Die erste Hälfte der Nacht war meine Schicht. Ich lehnte mich mit meinem Rücken gegen den Felsen, nippte am Whiskey, saß in der alles verschlingenden Dunkelheit und lauschte.

35

Am nächsten Morgen gingen wir zu Fuß weiter. Wir führten die Tiere hinter uns her. Wir hielten nach Zeichen Ausschau, die uns Aufschluss geben könnten, ob sie da gewesen waren, aber wir sahen so gut wie keine. Etwa in der Mitte des Vormittags kletterten wir um die Seite eines Felsvorsprungs, um so über ein Tal blicken zu können. Unten im Tal war ein Fluss, der aus den Bergen kam und ins Tiefland führte. Im Tiefland, auf der Südseite des Flusses, sahen wir Bewegungen. Wir hielten inne und schauten genauer hin.

Ich holte ein Fernglas aus meiner Satteltasche und reichte es Cole. Er zog es auseinander und schaute sich die Bewegungen an. Seine Augen waren nicht besser als meine, aber es war seine Geliebte, die sich die Kerle geschnappt hatten.

«Vier Reiter», sagte Cole nach einer Weile. «Und ein Lasttier. Einer der Reiter ist eine Frau.»

Er gab mir das Fernglas und ich schaute durch. Sie waren zu weit weg. Ich war mir nicht sicher, ob es Allie war. Aber wer zum Teufel hätte es sonst sein sollen?

«Sie haben einen dritten Mann dabei», sagte ich. «Er muss irgendwo mit dem Lastpferd gewartet haben.»

Cole erwiderte nichts. Er saß reglos auf seinem Pferd und starrte ins Tiefland hinab.

«Wir können es leicht runter bis zum Fluss schaffen», sagte er, «ohne dass sie uns sehen.»

Ich ließ das Fernglas sinken. «Dann warten wir. Die Tiere können sich ausruhen und wir auch. Wenn die Sonne untergeht und sie ihr Lager aufschlagen, wagen wir uns vor.»

Unterhalb von uns, an den Ausläufern nördlich des Flusses, nahm ich Bewegungen wahr. Es waren Indianer. Sie ritten nahe beieinander, unter den Pinien hinter dem Bergrücken. Ohne das Fernglas war es unmöglich, sie genau zu zählen. Aber ich nahm an, dass es zwölf waren. Ich reichte das Fernglas an Cole weiter und deutete in die Richtung, wo ich die Indianer gesehen hatte. Er schaute sie sich ausdruckslos an.

«Cheyenne?», fragte er.

«Kann sein», antwortete ich. «Vielleicht Kiowa. Ich glaube, sie haben die kleinen Schilde dabei, die die Kiowa immer haben.»

Wieder schaute Cole durch das Fernglas.

«Kann sein», sagte er. «Macht das einen Unterschied?»

«Nein. Weiße sind bei keinem der Stämme sonderlich beliebt.»

«Gibt auch keinen Grund dafür», sagte er. «Wie viele hast du gesehen?»

«Zwölf.»

«Ich auch», meinte Cole. «Vielleicht ein paar mehr.»

«Sie verfolgen die da unten», merkte ich an.

«Ja», sagte Cole.

«Und sie könnten uns Probleme machen.»

«Sicherlich», nickte Cole. «Aber wir können's nicht ändern.»

«Nein», stimmte ich zu.

«Wir machen weiter», sagte Cole. Er trieb sein Pferd an und es stakste vorsichtig den Berghang hinunter. Das Pferd ohne Reiter folgte ihm.

Ich folgte mit dem Esel. Als wir in der Talsenke ankamen, war von den Indianern hinter den Hügeln nichts zu sehen. Wir würden sie vermutlich erst wieder sehen, wenn wir das Tal verließen, aber dann sicherlich deutlicher, als uns lieb war. Kann sein, dass der Gedanke Cole zu schaffen machte, aber er ließ sich nichts anmerken. Er schien auch nicht in Eile zu sein. Er ging dahin, wo er hingehen wollte. Er ging so schnell oder langsam, wie er wollte. Und ich folgte ihm.

36

Wir kampierten am Fuß der Berge, kurz vor dem Tiefland, neben dem Fluss, zwischen ein paar Bäumen. Noch gab es Tageslicht und wir aßen früh unser kaltes Abendbrot. Heute tranken wir keinen Whiskey.

«Ich brauch Kaffee», raunte ich.

«Ja», sagte Cole.

«Wenn das alles hinter uns liegt», sagte ich, «trinke ich zehn Tassen zum Frühstück.»

«Dann kriegst du kein Auge zu», sagte Cole.

Die Tiere grasten im Schatten. Wir wuschen uns und unsere Kleider im Fluss, wobei einer von uns immer Wache hielt. Die nassen Kleider breiteten wir im Gras nahe den Bäumen aus, abseits vom Fluss, damit sie trocknen konnten. Ich hatte noch zusätzliche Klamotten dabei, aber Cole nicht. Bis seine Sachen trocken waren, lief er mit einer Unterhose rum, die ich ihm geliehen hatte. Darüber trug er seinen Pistolengürtel.

«Wenn die Indianer sich jetzt zeigen», versicherte ich ihm, «musst du sie nicht erschießen. Die lachen sich tot.»

Als die Sonne unterging, waren Coles Kleider fast wieder trocken. Sauber gekleidet schlichen wir uns, so leise es ging, am Fluss entlang. Die Sonne war untergegangen, aber der Mond stand noch nicht am Himmel. Noch gab es etwas Tageslicht. Cole ging vor. Die Leine des gesattelten Pferdes war an seinem Sattel festgebunden. Seine Winchester war griffbereit und durchgeladen. Ich ritt ihm nach, samt Esel. Ich lauschte so aufmerksam, dass es mich auslaugte. Als wäre es körperlich anstrengend. Rechts von uns strömte der Fluss aus den Bergen. Vor uns im Tiefland, das wusste ich, würde er breiter und ruhiger werden. Außer dem Fluss waren die einzigen Geräusche, die wir hörten, unsere eigenen. Wir gingen südlich des Flusses in Richtung Westen. Das Land wurde flacher, und statt der Pinien sahen wir am Ufer nun Pappeln. Nachdem wir etwa eine Stunde vorsichtig geritten waren, hielt Cole an und rührte sich nicht. Ich rückte neben ihm auf.

«Riech mal», sagte er leise.

«Feuerholz», meinte ich.

Wir ritten weiter, aber langsamer. Wir hielten uns nah am Fluss und an den Pappeln. Im Mondlicht sahen wir eine Flussbiegung vor uns, die fast wie ein U wirkte. Und am weitesten Punkt der Biegung, auf einer Landzunge, sahen wir das Lagerfeuer. Wir hielten an. Gelegentlich sahen wir Bewegungen, wenn jemand zwischen uns und dem Feuer hin- und herging. Wir banden die Tiere an und gingen so leise wie möglich weiter. Das Laubdach über uns endete etwa fünfzig Meter vom Lagerfeuer entfernt. Aber es war nah genug. Wir konnten sehen, dass es die Sheltons waren. Ich nahm das Fernglas und reichte es Cole. Er klappte es aus und hielt es an sein Auge. Langsam richtete er es auf das Lager. Selbst ohne das Fernglas konnte ich sehen, dass drei Leute mit einer Flasche am Lagerfeuer saßen. Allie schien nicht dabei zu sein. Ich blickte mich um. Nahe am Fluss waren einige Büsche, und dahinter, im flachen Wasser des Flussufers, nahm ich Bewegungen wahr. Cole richtete das Fernglas darauf. Ich wartete ab. Während Cole das Gebiet betrachtete, hörte ich, wie eine Frau lachte. Das Geräusch war so unerwartet, dass ich es zuerst gar nicht einordnen konnte. Cole beobachtete weiterhin die Büsche. Dann, ohne dabei ein Geräusch zu machen, reichte er mir das Fernglas. Ich drehte daran, bis Allie und Ring Shelton klar vor mir zu sehen waren. Sie standen bis zu den Hüften im Fluss. Beide waren nackt. Ich ließ das Fernglas sinken und schob es zusammen. Ich wagte nicht, Cole anzusehen. Wieder hörten wir Allie lachen. Wir sahen undeutlich, wie sie aus dem Wasser kamen und sich hinter den Büschen auf den Boden fallen ließen. Dann sahen wir sie nicht mehr. Aber wir konnten sie in der ruhigen Nachtluft hören. Ich drehte mich um und ging ein paar Meter auf die Pferde zu. Dann ging ich zurück und stellte mich neben Cole.

«Am Fluss», sagte Cole. «Hinter dem Lager.»

Die Indianer hatten die Sheltons gefunden.

«Flussabwärts muss es eine Furt geben», meinte ich. «Sie sind zur Nordseite des Flusses, haben übergesetzt und sind dann wieder zurück.»

«Hol die Tiere», wies Cole mich an.

«Den Esel auch?»

«Ja.»

Ich drehte mich um und ging. Es war nicht leicht, drei Pferde und einen Esel leise durch die Baumgruppe zu bugsieren. Doch das Rauschen des Flusses übertönte die Geräusche, die wir machten. Als ich wiederkam, waren die Indianer im Lager. Sie waren bewaffnet. Die meisten hatten Winchester-Gewehre. Sie saßen auf ihren Pferden und blickten schweigend auf die drei Männer am Lagerfeuer. Cole war ein paar Meter zurückgewichen und hatte sich unter den Bäumen versteckt. Drei der Indianer trennten sich von der Gruppe und führten ihre Pferde zu den Büschen, wo Ring Shelton und Allie waren. Sie blickten mit ernsten Gesichtern nach unten, dann richtete einer ein paar Worte an die anderen beiden und alle drei brachen in Gelächter aus. Der erste Reiter hatte ein altes Sharps-Gewehr. Damit musste er den Büffel, den wir gefunden hatten, erschossen haben. Er gab Ring Shelton und Allie French mit seinem Gewehr zu verstehen, dass sie zu den anderen gehen sollten. Ring Shelton beugte sich vor und griff nach seiner Hose. Er stieg erst in das eine, dann das andere Hosenbein, dann knöpfte er die Hose zu. Dabei schaute er schweigend den Indianer mit dem Sharps-Gewehr an. Allie beugte sich vor, um ihr Kleid hochzuheben. Der Indianer beugte sich aus dem Sattel vor, hatte dabei aber sein Gewehr noch immer ruhig auf Ring Shelton gerichtet. Er schnappte sich Allies Kleid und warf es in den Fluss. Als Ring Shelton seine Hose fertig zugeknöpft hatte, deutete der Indianer erneut mit seinem Gewehr in Richtung des Lagerfeuers. Einer der anderen Indianer sprang von seinem Pferd und nahm Allies Unterwäsche in die Hand. Er band die Unterwäsche vorsichtig an seinem Speer fest und hielt sie triumphierend über seinem Kopf hoch. Die Indianer lachten. Ich war mir ziemlich sicher, dass es Kiowa waren. Ring Shelton und Allie French gingen zum Lagerfeuer. Allie stand splitternackt zwischen vier Weißen und einem guten Dutzend Rothäuten.

«Wir warten ab», sagte Cole. «Ich will wissen, ob sie schlechte Absichten haben.»

«Und falls ja?»

«Erschießen wir ein paar», meinte Cole. «So viele, wie's geht. Der Rest wird dann schon das Weite suchen.»

«Und die Weißen?», fragte ich.

«Die werden hinter den Bäumen Schutz suchen», erwiderte er. «Ring Shelton und sein Bruder wissen sicher, dass wir es sind.»

«Und was dann?»

«Dann sehen wir weiter», sagte Cole. «Sorg dafür, dass das Pferd gut festgebunden ist, bevor's losgeht.»

Ich band das Pferd fester an, dann ging ich wieder zu Cole zurück. Bragg hielt den Whiskey in der Hand. Einer der Indianer beugte sich aus dem Sattel, nahm die Flasche aus Braggs Hand, führte sie an die Lippen und trank. Dann reichte er sie an den nächsten weiter.

«Spricht vielleicht einer der Herren Englisch?», fragte Bragg.

Der Indianer mit dem Sharps-Gewehr wandte sein Pferd in Braggs Richtung. Er hielt den Lauf des Gewehrs an Braggs Stirn, dann hob er einen Zeigefinger an seine Lippen. Bragg stand wie angewurzelt da. Vier der Indianer stiegen von ihren Pferden ab und durchwühlten die Sachen ihrer Gefangenen.

Ich flüsterte zu Cole: «Wenn wir schießen, werden sie sich in alle Himmelsrichtungen verteilen.»

«Aber sie werden uns nicht angreifen.»

«Indianer sind nicht dumm. Sie können uns nicht sehen. Sie wissen nicht, wie viele wir sind. Sie werden abhauen und sich auf der anderen Seite des Bergrückens neu sammeln.»

«Und sie werden nicht einfach abhauen», sagte Cole.

«Nein», stimmte ich ihm zu. «Hier gibt es viel, was sie haben wollen. Unter anderem Allie. Sie sammeln sich hinter dem Bergrücken und dann warten sie.»

Cole und ich schauten zu dem Hügel, der knapp einen Kilometer vom Fluss entfernt war.

«Glaub nur nicht, dass sie nicht gut kämpfen können», sagte ich. «Sie können verdammt gut reiten, sie können schießen und sie haben keine Angst vor dem Tod. Der mit dem Sharps-Gewehr scheint der Anführer zu sein.»

«Sie können alles mitnehmen, was sie wollen», sagte Cole. «Außer Allie.»

Ich nickte, was eigentlich überflüssig war. Cole schaute mich ohnehin nicht an. Sein Blick war auf die Indianer gerichtet, die die Waffen und den Whiskey einsammelten. Sie stopften alles, auch etwas Proviant, in zwei große Säcke, die sie auf ein Lasttier banden. Dann trieben sie die Pferde zusammen. Der mit dem Sharps-Gewehr sagte etwas zu einem der Indianer, die die Pferde antrieben. Der, den er angesprochen hatte, nickte und sattelte eines der Pferde. Der Rest der Pferde wurde wieder zu der Gruppe zurückgebracht, wahrscheinlich würden sie sie vor sich hertreiben, wenn es losging. Das gesattelte Pferd blieb bei dem Indianer mit dem Sharps-Gewehr. In einer Hand hielt er die Leine, in der anderen sein Gewehr. Mit den Knien führte er sein Pferd von Bragg weg auf Allie zu. Mit einem raschen Kopfnicken deutete er auf das Pferd.

«Nein», sagte sie.

Ihr Körper wirkte klein und blass, wie sie so dastand, völlig nackt unter all diesen Männern. Der Indianer gestikulierte mit seinem Gewehr. Allie schien sich noch kleiner zu machen. Sie ging einen Schritt zurück, als wolle sie sich hinter Ring Shelton verstecken. Er bewegte sich nicht. Er schaute reglos zu den Indianern. Wieder sagte der mit dem Sharps-Gewehr etwas, und zwei der Indianer sprangen von ihren Pferden. Einer der beiden legte Allie eine Decke über die Schultern. Sie klammerte sich daran fest, als sei es eine Rüstung. Dann hoben die beiden Indianer sie hoch und setzten sie auf das Pferd.

«Knall das Lastpferd ab», flüsterte Cole zu mir. «Die Waffen brauchen wir noch.»

Dann hob er sein Winchester-Gewehr und erschoss Allies Pferd. Es brach unter ihr zusammen. Noch bevor das Tier auf dem Boden aufkam, hatte er schon den Indianer mit dem Sharps-Gewehr mit einem Schuss in die Brust getötet. Ich tötete das Lastpferd und dann verpasste ich dem Mann, der es an der Leine geführt hatte, ebenfalls eine Kugel. Der Rest der Bande klammerte sich flach an die Hälse ihrer Pferde, sodass die Pferde einen Schutz gegen die Kugeln abgaben, und trieb sie im Galopp auf den kleinen Hügel zu. Cole und mir gelang es, jeweils noch ein Pferd zu erschießen, aber in beiden Fällen sprang der Reiter schnell bei einem der anderen Indianer auf, noch bevor das eigene Pferd tot war.

Die Pferde der Sheltons, die darauf gewartet hatten, weggetrieben zu werden, waren vor Angst durchgedreht und galoppierten nach Westen, am Fluss entlang. Die Sheltons warfen sich hinter dem toten Lastpferd flach zu Boden. Mackie Shelton zog ein Messer aus einem Stiefel und schnitt die Säcke los. Bragg und der andere Mann rannten genau auf die Bäume zu, wo wir uns versteckt hielten. Allie machte sich von ihrem toten Pferd frei und rannte ihnen hinterher. Sie hatte noch immer die Decke fest an sich geklammert. Mackie und Ring Shelton nahmen jeweils einen der Säcke in die Hand, dann rannten sie auch auf die Bäume zu. Die Indianer schossen nicht, sie hielten auf den Berg zu. Sie würden später noch genug Zeit haben, uns zu töten.

Die Indianer verschwanden hinter dem Hügel und waren nicht mehr zu sehen.

Mackie schnitt die Säcke auf. Zusammen mit Ring Shelton kramte er die Waffen raus, ihre Gewehre und Pistolen. Auch Bragg und der vierte Mann nahmen ihre Waffen an sich.

Als sie fertig waren, richtete Ring Shelton sich gerade auf und schaute zu uns.

«Ich wusste, dass ihr uns verfolgt», sagte er.

Cole nickte.

«Kiowa?», fragte Cole.

«Glaub schon», sagte Ring Shelton. «Diese seltsamen kleinen Schilde. Wie viele Pferde habt ihr?»

«Drei. Und ein Esel», erwiderte Cole.

Ring Shelton schaute zu mir.

«Everett», sagte er.

Mackie nickte mir zu.

Allie kauerte in unserer Nähe, sie war noch immer in ihre Decke gewickelt. Bragg lag flach auf dem Boden, in seiner Hand eine Winchester. Er schaute zu dem Hügel, hinter dem die Indianer verschwunden waren.

«Das ist mein Cousin Russell», sagte Ring Shelton. «Russell kann ganz gut schießen.»

Russell nickte. Auch er blickte in die Richtung, in die die Indianer geritten waren. Er war ein kleiner, drahtiger Mann mit einem großen Adamsapfel und schütterem Haar.

«Als Erstes», sagte Cole, «sollten wir uns nicht gegenseitig abknallen. Ist keine gute Idee, solange wir's mit Rothäuten zu tun haben.»

«Wir wollten zur nächsten Stadt reiten», sagte Ring Shelton. «Wir sind etwa zwei Tagesritte weit weg. Ich würde sagen, wir legen unsern Streit bei bis zum Tag nach unserer Ankunft.»

«Hab ich darauf dein Wort?», fragte Cole.

«Hast du.»

Cole nickte.

«Everett?», sagte er.

«Waffenruhe», sagte ich. «Bis vierundzwanzig Stunden nachdem wir da ankommen?»

Ring Shelton nickte.

«Gut», meinte ich.

«Okay», sagte Cole. «Mackie, hast du irgendwo noch Kleider für Allie?»

«Nicht ihre eigenen», sagte Mackie Shelton. «Sie kam etwas überstürzt mit uns mit.»

«Ich hab irgendwo noch eine Hose», warf Russell ein. «Ich hab gesehen, wie die Indianer sie in den Sack gestopft haben.»

Er kramte in dem Sack rum und holte schließlich eine Hose für Allie heraus. Ich gab ihr mein sauberes Hemd. Sie stand da und klammerte sich noch immer an der Decke fest. Sie schaute sich nach einem Platz um, wo sie sich umziehen konnte.

Cole sagte: «Wir haben sowieso schon alles gesehen. Musst dich nicht verstecken.»

Ohne ihn anzuschauen, ging sie hinter einen Busch. Ein paar Minuten später kam sie wieder. Sie sah etwas albern aus, aber immerhin war sie bekleidet. Die Hose war zu groß. Sie krempelte die Hosenbeine hoch. Ich schnitt ihr ein Stück Seil zurecht, damit sie es wie einen Gürtel tragen konnte. Mein Hemd schien sie wie ein Zelt einzuhüllen, immerhin war ich etwa doppelt so groß wie sie. Die Ärmel waren zu lang, sie konnte sie nicht hochkrempeln, also schnitt ich sie an den Ellbogen ab.

«Das Feuer geht gleich aus», sagte Russell. «Und es gibt wenig Mondlicht. Ich kann mich rausschleichen und einem der Rothäute, die ihr abgeknallt habt, die Mokassins abnehmen.»

«So was kann ich doch nicht tragen», protestierte Allie.

Ich sagte: «Du kannst auch nicht barfuß rumlaufen, Allie.»

«Wir können keinen Schützen entbehren», meinte Ring Shelton.

«Ich kann sie holen», sagte Russell. «Mich treffen die bestimmt nicht.»

Er ließ sich auf den Boden gleiten und krabbelte hinter einem der Bäume hervor. Auf dem Bauch kroch er auf eine der Leichen zu. Er war verdammt schnell. Als er wiederkam, hatte er die Mokassins dabei.

«Die passen jedem», meinte Russell. «Du musst dir nur die Schnürsenkel ums Bein wickeln.»

Die Mokassins waren mit Fett eingeschmiert, damit sie biegsam blieben und sich nicht mit Wasser vollsaugen konnten. Zuerst sah es aus, als wolle Allie sie nicht nehmen, aber dann tat sie es doch. Sie wickelte sich die Schnürsenkel um die Waden. Sie sah lächerlich aus, aber immerhin war sie angezogen. Sie wirkte erleichtert.

«Was machen wir jetzt?», fragte sie.

Ihre Stimme klang nicht gerade selbstbewusst und das hatte natürlich seine Gründe. Mir fiel auf, dass sie mit ihrer Frage weder Ring Shelton noch Virgil direkt ansprach.

«Das überlegen wir uns gerade», sagte Ring Shelton. «Setz dich.»

Allie schaute zu Cole. Er blickte woanders hin. Allie setzte sich an einen Baum nahe den Pferden und dem Esel. Mackie Shelton nahm seine Winchester in die Hand und ging zum Rand der Baumgruppe, weg von Bragg. Russell blieb in der Mitte unseres kleinen Lagers. Cole und Ring Shelton und ich saßen in der Hocke, zwischen Russell und Mackie, und schauten zu den Bäumen am Hang des Hügels. Sie waren nicht weit weg.

«Glaubst du, sie greifen uns an?», fragte Ring Shelton.

«Nein», sagte Cole. «Was meinst du, Everett?»

«Nein», stimmte ich zu. «Sie warten ab. Sie müssen erst wissen, wie viele wir sind. Sie werden zwei Leute am Fluss postieren, einen flussaufwärts und einen flussabwärts, in Rufweite. Und sie werden uns weiterhin beobachten.»

«Sie wissen, dass wir nicht genügend Pferde haben», sagte Ring Shelton.

«Nein, wissen sie nicht. Vielleicht haben wir ja noch welche mitgebracht. Morgen früh werden sie uns einen Spurenleser hinterherschicken, um zu sehen, wie viele es sind. Dann werden sie merken, dass uns die Pferde weggelaufen sind.»

«Vielleicht kommen sie wieder», meinte Cole.

«Dann knallen die Indianer sie ab», merkte ich an.

«Vielleicht sehen sie sie nicht», sagte Ring Shelton.

«Und ob sie die sehen», sagte Cole.

Ring Shelton nickte.

«Stimmt», meinte er. «Werden sie wohl.»

«Spätestens morgen Mittag, wenn die Spurenleser wieder da sind, wissen sie genau, wie viele wir sind und wie viele Pferde uns noch bleiben.»

«Kein Mensch kann so gut Spuren lesen wie ein Indianer», sagte Cole.

«Außer sie trinken heute Nacht den ganzen Whiskey», knurrte Shelton.

Ich schüttelte den Kopf.

«Everett hat recht», meinte Cole. «Das sind Krieger. Die werden sich nicht mitten im Kampf die Kante geben.»

«Also bleibt uns wohl nichts anderes übrig, als abzuwarten», meinte Ring Shelton.

«Weiß jemand, ob sie Proviant dabeihaben?», fragte ich.

«Keinen gesehen», meinte Ring Shelton.

Cole schüttelte den Kopf.

«Die haben den Büffel geschlachtet», sagte er. «Wenn sie das Fleisch gekocht haben, dürfte noch was übrig sein.»

«Sie müssen zehn Mäuler stopfen», merkte ich an.

«Dreizehn», verbesserte mich Ring Shelton. «Als ihr ankamt, waren es fünfzehn Indianer. Zwei habt ihr getötet.»

«Die Sache mit den Vorräten kann ein Vorteil oder ein Nachteil sein», meinte Cole. «Wenn sie Hunger kriegen und woanders hingehen, haben wir Glück. Oder sie bleiben hier, weil sie uns die Provision abnehmen wollen.»

Ich nahm an, er meinte «Proviant». Aber ich und Ring Shelton, wir beide wussten, wie's gemeint war.

«Hinter uns ist der Fluss», sagte Shelton. «Wenn wir uns auf die Landzunge zurückziehen, sind wir von drei Seiten geschützt.»

«Nur können wir sie von da nicht sehen», warf ich ein.

«Beim Esel ist eine Schaufel», sagte Cole. «Wir können uns auf der Landzunge eingraben. Wenn wir ein paar Bäume fällen und die Äste nehmen, können wir die Pferde besser schützen. Ein paar von uns bleiben hier, und wenn sie kommen, ziehen wir uns hinter den Graben zurück.»

«Wollen wir anfangen?», fragte ich.

«Würde ich sagen», meinte Cole.

37

«Wir könnten ruhig ein Feuer machen», sagte Bragg. «Ist ja nicht so, als ob sie nicht wüssten, dass wir hier sind.»

Wir hatten am Fluss eine kleine Mulde gegraben und mit Baumstämmen und Ästen getarnt.

«Klar, können wir», sagte Ring Shelton. «Und dann können wir überm Feuer vielleicht was braten.»

«Ich könnte etwas Kaffee gebrauchen», sagte Bragg.

«Dann mach ein Feuer und etwas Kaffee», sagte Shelton. «Falls sie sich anschleichen oder durchs Wasser auf uns zuschwimmen und von hinten auf das Feuer schießen, haben wir vielleicht Glück und sie schießen daneben.»

«Meint ihr, so was würden die tun?», fragte Bragg.

Shelton warf Cole einen Blick zu.

«Was war das noch, was du immer gesagt hast, Virgil? Aus dem Buch?»

«Clausewitz», erwiderte Cole. «Clausewitz sagt, man soll sich auf das vorbereiten, was der Feind alles anrichten kann, und nicht nur auf das, von dem man hofft, dass er es anrichtet.»

«Scheiß auf Clausewitz», knurrte Bragg.

Aber ein Feuer machte er nicht.

«Everett und ich gehen nach vorne.»

«Sagt Mackie Bescheid, dass ihr das seid», warnte uns Ring Shelton. «Ihr wisst, wie schnell er zur Waffe greift.»

Cole und ich rannten vornübergebeugt durch die Pappeln bis zu einem umgekippten Baumstamm, hinter dem Mackie und Russell Wache hielten.

Als wir etwa dreißig Meter weit weg waren, sagte Cole: «Ich bin's, Mackie. Virgil Cole.»

«Kommt her», erwiderte Mackie.

Wir krochen auf den Knien zu seinem Posten.

«Ihr Jungs könnt zurückgehen und euch etwas Schlaf gönnen», sagte Cole.

Ohne ein weiteres Wort zu verlieren, gingen sie. Beide schlichen sehr leise durch den Wald.

Vor uns waren keine Bäume. Das Lagerfeuer der Sheltons war völlig erloschen. Der Mond ging bereits unter, aber er war immer noch hell genug, um das Land zwischen den Bäumen und dem flachen Hügel mit bleicher Leere zu füllen. Nichts regte sich. Das einzige Geräusch war das Rauschen des Flusses hinter uns. Der Himmel war gewaltig und dunkel. Die wenigen Sterne, die ich sah, leuchteten mitleidlos auf uns hinab.

«Sie werden am Morgen angreifen», sagte Cole.

«Aber nicht direkt von vorne», sagte ich.

«Nein. Ich nehme an, einige der Reiter werden außer Schussweite den Fluss überqueren und sich von hinten anschleichen. Dann warten sie, bis die Spurenleser sich flussaufwärts bewegen und unsere Fährte aufnehmen. Sie müssen wissen, wer wir sind und wie viele Leute wir haben.»

«Besonders dicht ist der Wald nicht», meinte ich. «Bei Tageslicht können sie sich auch ohne die Spurenleser einen ganz guten Eindruck verschaffen.»

«Wir können uns versteckt halten», sagte Cole. «Uns nicht so viel bewegen.»

«Wenn die Spurenleser zurückkommen, wissen sie's sowieso», warf ich ein.

«Trotzdem», sagte Cole. «Das Schlachtfeld ist ungünstig für sie. Sie müssen das offene Land zwischen uns und dem Hügel durchqueren.»

«Oder den Fluss.»

«Egal wie, sie haben dann keine Deckung und sechs Leute schießen auf sie.»

«Das wissen sie», sagte ich.

«Nehme ich auch an.»

«Wenn sie das wissen», meinte ich, «kann es passieren, dass sie abwarten. Wir haben Wasser und sogar noch was zu essen.»

«Wäre vielleicht klug, es zu rationieren», sagte Cole.

«Kann sein.»

«Wir wissen nicht, was sie so alles haben», meinte Cole.

«Oder wie weit sie reiten müssen, um Nachschub zu holen.»

«Wasser ist für sie auch kein Problem.»

«Nein», sagte ich. «Sie können einfach außer Schussweite zum Fluss gehen und sich bedienen.»

Hinter uns sagte eine zaghafte Stimme: «Virgil.»

«Ja, Allie», erwiderte Cole.

«Kann ich mich zu dir und Everett setzen?»

«Ja.»

Sie kam gebückt angelaufen, in ihren lächerlichen Klamotten. Sie wirkte sehr klein. Sie setzte sich im Schneidersitz zu uns.

«Hast du jemals eine Pistole abgefeuert?», fragte Cole.

«Nein.»

«Dann wird's Zeit, dass du's lernst. Everett, hast du dieses kleine Ding dabei, das du für Notfälle bei dir trägst?»

«Habe ich», sagte ich und zog eine Doppelpistole der Marke Deringer aus der Seitentasche meiner Hose.

Ich klappte sie auf, nahm zwei .45er-Kugeln heraus und ließ sie wieder zuschnappen.

«Sie ist jetzt nicht mehr geladen», sagte ich. «Aber tu so, als sei sie's noch.»

Ich gab sie ihr. Sie hielt die Waffe, als sei sie ein ekliges Reptil.

«Ist nur ein Gerät, Allie», versicherte ich ihr. «Wie ein Entsteiner für Kirschen. Das Ding tut erst dann was, wenn du was tust.»

«Sie ist gar nicht so schwer», sagte sie.

«Wenn sie geladen ist, wiegt sie etwas mehr.»

Sie feuerte ein paarmal ohne Munition ab, dann nahm ich die Waffe an mich, lud sie und gab sie ihr zurück.

«Ich … was soll ich denn damit machen?»

«Halt sie griffbereit», schlug ich vor.

«Falls die Indianer gewinnen», sagte Cole, «spannst du den Hahn an, steckst dir den Lauf in den Mund und drückst ab.»

«Ich soll mich umbringen?»

«Außer du willst als Squaw im Harem von einer Rothaut enden», sagte Cole.

«Oh Gott, nein», sagte sie.

Weder Cole noch ich sagten etwas. Was hätte er auch sagen sollen? Ihm fiel sicher genauso wenig ein wie mir. Allie schob die Waffe umständlich in ihre übergroße Hosentasche. So saßen wir drei da und schauten auf die leere Prärie, die sich vor uns auftat.

Schließlich sagte Allie: «Es tut mir leid, Virgil.»

Cole sagte nichts.

«Ich weiß nicht, was ich sagen soll, Virgil. Ich ... wie kriegen wir das wieder hin?»

Cole schwieg noch immer und schaute auf die Ebene, wo vor wenigen Stunden noch die Indianer weggeritten waren.

«Ich war so alleine», sagte Allie. «Und Bragg war ... Ring Shelton hat mich beschützt und er hat seinem Bruder gesagt, dass er mich auch beschützen soll. Und das haben sie auch getan, alle beide.»

Cole starrte weiterhin in die Ferne.

«Hast du Mackie auch gefickt?», fragte er.

«Ich ... nein ... nur Ring Shelton. Er war der Boss», sagte Allie. «Was hätte ich denn tun sollen?»

Cole sagte nichts mehr. Ich hatte auch nichts zu sagen und ich wollte nichts damit zu tun haben.

«Ich war alleine ... ich will das wieder in Ordnung bringen, zwischen dir und Ring Shelton.»

Cole drehte langsam seinen Kopf und schaute sie im grauen Morgenlicht an.

«Ein andermal», sagte er. «Das Einzige, was jetzt zählt, sind die Indianer.»

38

Kaum ging die Sonne auf, sahen wir den Spurenleser. Er kam in einem weiten Bogen hinter dem Hügel hervor. Er hielt sich außer Schussweite und bewegte sich flussaufwärts. Auf der anderen Seite des Hügels tauchte ein weiterer Reiter auf und ritt in einem ähnlich weiten Bogen flussabwärts. «Das ist kein Spurenleser», sagte Cole. «Sie sind von da gekommen, also wissen sie, dass wir dort nicht sind.»

«Er wird den Fluss überqueren und sich auf der anderen Seite umschauen», meinte ich.

«Und wir sitzen hier einfach nur rum?», fragte Bragg.

«Außer du hast einen besseren Plan», erwiderte Cole.

«Wir sollten den beiden Rothäuten jemanden hinterherschicken», sagte Bragg. «Sie sind vom Rest der Gruppe abgeschnitten, wenn wir sie töten, haben wir bessere Chancen.»

«Keine schlechte Idee», sagte Ring Shelton. «Aber natürlich werden die anderen Kiowa sehen, dass wir den Reitern Leute hinterherschicken. Also werden sie auch jemanden losschicken und dann sind unsere Männer zwei zu eins unterlegen.»

«Vielleicht kann unser Mann beide umlegen. Wir haben hier echte Pistoleros.»

«Kann sein», sagte Ring Shelton. «Welchem willst du folgen? Flussaufwärts oder -abwärts?»

Bragg sagte nichts mehr. Er schüttelte den Kopf.

«Vielleicht mache ich heute Morgen ein Feuer», sagte ich. «Bei Tag fällt's nicht so auf.»

«Bei Tag können die Indianer nicht nahe genug rankommen», fügte Cole hinzu, «um uns zu erschießen.»

Wir machten ein Feuer, tranken unseren Kaffee und aßen gepökeltes Schweinefleisch. Nach dem Kaffee ging es mir schon besser. Etwa eine Stunde später sahen wir einen der Indianer auf der anderen Seite des Flusses. Er saß neben einem großen Felsen in der Hocke und schaute auf unser Lager. Am Vormittag kam der andere Indianer wieder zurück. Er ritt einen Bogen, um nicht in unsere Schusslinie zu geraten, und verschwand hinter dem Hügel. Als wir wieder zum Felsen schauten, war der Indianer, der den Fluss überquert hatte, ebenfalls verschwunden. Danach tat sich nichts mehr. Wir saßen mit unseren Waffen da und beobachteten den Hügel. Niemand zeigte sich. Keine Geräusche drangen über das Grasland. Es tat sich nichts. Wir tranken Kaffee, aßen Pökelfleisch und Zwieback. Wir tunkten den Zwieback in den Kaffee, damit er weniger hart war. Wir schliefen abwechselnd. Zum Abendessen frittierte Allie etwas Brotteig. Wir aßen die Brotfladen mit Pökelfleisch und Zwieback. Wir tunkten den Zwieback. Wir schliefen abwechselnd.

Nachdem wir das zwei Tage lang gemacht hatten, sagte Bragg: «Woher wissen wir, dass die immer noch da sind?»

«Gar nicht», sagte Cole.

«Wie finden wir das raus?», fragte Cole.

Als niemand sich zu Wort meldete, sagte ich: «Ich reite hoch und schaue mich mal um.»

Alle schauten mich an. Ich dachte, Cole würde etwas sagen, aber er schwieg. Stattdessen nickte er. Ich stand auf und ging zu dem Gehege, das wir aus Ästen und Büschen gebastelt hatten. Dort sattelte ich mein Pferd. Ich schob die Winchester in die Satteltasche, überprüfte meinen Colt und ließ ihn in das Halfter gleiten, nahm meine Schrotflinte und setzte mich aufs Pferd.

«Geh nicht weiter, als du musst», ermahnte mich Cole. «Ich kann dir etwa für die halbe Strecke Feuerschutz geben. Wir müssen nur wissen, ob sie nicht heimlich getürmt sind.»

Cole nahm seine Winchester und legte sich auf den Bauch, das Gewehr im Anschlag. Ring Shelton tat es ihm gleich.

«Wir tun, was wir können», sagte er.

«Sobald du einen Indianer siehst», sagte Cole, «drehst du um und galoppierst in den Wald.»

Wieder nickte ich. Dann wandte ich den Kopf meines Pferds um, schnalzte mit der Zunge und stupste es mit dem Knie an. So verließen wir den Wald und ritten in die mit Gras bedeckte Tiefebene. Die Sonne stand ruhig im Himmel, weit oben. Das Pferd war verspielt, weil es so lange im Wald rumgestanden hatte. Wie wir so in die Sonne ritten, tollte es ein wenig herum. Ich ließ es langsam traben. Es gab keinen Grund zur Eile. Außer mir bewegte sich nichts. Das einzige Geräusch war das Traben des Pferds. Meine Schrotflinte ruhte auf dem Sattel vor mir. Sie war schussbereit. Als wir den Hügel hochritten, sprangen Grashüpfer frenetisch vor uns hin und her. Das Pferd schüttelte den Kopf und schnaubte ein paarmal. Ich wusste, dass es rennen wollte. Ich musste lächeln. Verdammt, ich wäre am liebsten auch gerannt. Wir hatten die Bäume lange hinter uns gelassen. Auf diese Entfernung würde selbst Cole nur mit Glück treffen. Ich ritt langsam auf den Hügel zu. Nichts bewegte sich. Immer noch sprangen Grashüpfer vor uns herum. Das Gras roch sehr stark. Den Fluss konnte ich nicht mehr riechen. Ich konnte spüren, wie mir die Sonne auf den Rücken brannte. Jetzt waren wir fast am Hügel. Außer Reichweite. Ich war auf mich selbst gestellt. Ich hielt das Pferd einen Moment an und schaute auf die leichte Steigung, die sich vor mir auftat. Nichts bewegte sich. Dann tat ich es.

Oben, auf der Spitze des Hügels, saß ein junger Indianer. Er war barbrüstig. Er trug Knieschoner und Mokassins. In seinem langen Haar waren Adlerfedern. Nicht gerade eine beeindruckende Kriegshaube. Er war noch kein Häuptling, aber er hatte sich ein paar Federn erkämpft. Er saß auf einem großen Buckskin-Pferd mit heller Mähne. Es war kein Indianerpferd, wahrscheinlich hatte er es der Army geklaut. Er trug ein enges Halsband aus weißen und bunten Perlen. Das Halsband reichte ihm in mehreren Reihen bis auf seine Brust. In der Mitte war ein nierenförmiges Medaillon aus Silber. Seine untere Gesichtshälfte war zinnoberrot bemalt. Auf seinen Wangen und unter seinen Augen hatte er schwarze Streifen. Auch seine Augenlider waren rot bemalt. Er blickte genau auf mich hinab. Ich schaute zu ihm hinauf. Mir war, als würde ich einem Wolf oder einem Puma in die Augen blicken. Ich sah nicht nur den Jäger, sondern dessen lebendiges, inneres Selbst. Ich hätte das Pferd wenden und zurückreiten sollen. Aber das tat ich nicht. Ich konnte nicht einfach so abhauen. Also blieb ich auf meinem Pferd sitzen, mit meiner Schrotflinte auf dem Sattel, und wartete ab.

In dem Moment erschienen die anderen Indianer hinter ihm auf dem Hügel. Sie bildeten eine Reihe und saßen schweigend auf ihren Pferden, hinter dem Anführer. Mein Pferd schlug mit dem Schweif nach einer Fliege. Ich wartete. Der junge Indianer kam langsam den Hügel runter auf mich zugeritten. Er saß ohne Sattel auf seinem Pferd. Er hatte kein Zaumzeug, lediglich ein Seil, das um den Kiefer des Buckskins gebunden war. Ich saß wartend da. Der Indianer kam langsam auf mich zu. Er schaute mich an und ich ihn. In seiner rechten Hand hatte er eine Winchester. Die Kugeln trug er an einem Gürtel um seine Hüfte. Am selben Gürtel hing auch ein Messer. Seine Augen waren dunkelbraun und voller Kraft. Ich sah, dass der Hahn seines Gewehrs gespannt war. Und er konnte sehen, dass meine Schrotflinte gespannt war. Die Schrotflinte, die auf dem Sattelhorn ruhte, deutete nach links. Er lenkte sein Pferd nach rechts. Ich drehte die Schrotflinte um. Fast schien es mir, als würde er lächeln. Er nahm die Winchester in seine linke Hand. Er ließ den Griff auf seinem Oberschenkel ruhen, sodass der Lauf in die Luft deutete. Ich nickte und tat es ihm mit meiner Schrotflinte gleich. Wir waren jetzt fast nebeneinander, jeder in umgekehrter Richtung. Dann erreichten wir einander. Die Pferde standen Kopf an Hinterteil. Der Indianer streckte vorsichtig die Hand aus und ließ sie auf meiner rechten Schulter ruhen. Wir saßen einen Sekundenbruchteil so da, als wäre alles nur auf diesen Moment des Kontakts hinausgelaufen.

Dann nahm er seine Hand weg, wirbelte sein Pferd herum, schrie etwas in der Sprache der Kiowa und galoppierte schnell den Hügel hinauf. Wie er auf sie zukam, brüllten die anderen Indianer und streckten ihre Waffen in die Luft. Als der junge Indianer ganz oben ankam, drehte er sein Pferd um, sodass es sich aufbäumte und mit den Hufen in die Luft trat. Dann ließ er das Pferd wieder auf dem Boden aufkommen und schaute mich an. Ein zweiter Indianer ritt auf ihn zu und stieß einen Speer in den Boden. Allies Unterwäsche hing noch immer daran. Einige der Indianer riefen etwas auf Kiowa, dann brachen sie in Gelächter aus. Der junge Indianer mit dem zinnoberroten

Unterkiefer drehte sein Pferd um und verschwand über den Bergrücken. Die anderen folgten ihm. Ich konnte ihre Hufe hören, wie sie sich entfernten.

Ich stupste mein Pferd an und wir kletterten hoch. Meine Schrotflinte zeigte noch immer in den Himmel, der Griff auf meinem Oberschenkel. Oben sah ich die flache Prärie unter mir. Sie erstreckte sich bis zum Horizont. Die Kiowa ritten davon.

39

Beauville war ein winziges Städtchen, noch kleiner als Appaloosa. Aber das Städtchen war nun mal ein Umschlagplatz für Vieh. Es gab hier einen Bahnhof, und die Rinderherden aus Texas wurden auf Züge nach Omaha oder Chicago verladen. Und da Beauville nun mal ein Umschlagplatz mit Bahnhof war, tobte hier, im Vergleich zu anderen Städten, das wilde Leben.

Zwei Tage nachdem ich auf den Indianer mit dem zinnoberroten Kinn gestoßen war, trafen wir in Beauville ein. Wir waren übermüdet, wir hatten keinen Kaffee mehr und auch sonst mangelte es uns an allem. Die Pferde waren erschöpft. Der Esel war erschöpft. Allie wirkte besonders erschöpft, mit ihrem zerzausten Haar, ihren zerlumpten Klamotten, voller Schweiß und Staub. Es gab nur eine Straße und dort befand sich ein Hotel, eine Bank, ein Restaurant in einem riesigen Zelt und nicht weniger als sechs Saloons. Am anderen Ende der Straße standen ein paar kleine Häuser, denen der Anstrich fehlte. Das größte Gebäude in der Stadt war der Bahnhof. Darum herum war ein eingezäuntes Gelände für das Vieh. Am Bahnhof stand sogar ein Turm mit einer großen Turmuhr. Sie zeigte 14:41 Uhr an. Gleich hinter dem Bahnhof war das Büro des Marshals, samt Gefängnis.

«Morgen», sagte Ring Shelton, «um diese Zeit.»

«Um diese Zeit», sagte Cole.

«Wir reiten zum Bahnhof», sagte Shelton. «Du auch, Bragg. Wenn das Geld da ist, sind wir quitt. Aber wenn es nicht da ist, haben wir ein paar Fragen an dich.»

«Das Geld ist da», sagte Bragg. Er nickte in unsere Richtung. «Was ist mit denen?»

«Sind im Preis inklusive», sagte Shelton. Er schaute zu Cole. «Oder ist das ein Problem?»

«Kann sein», sagte Cole.

Shelton nickte.

«Was ist mit der Frau?», fragte er. «Ist die ein Problem?»

«Kann sein», sagte Cole.

«Tja», meinte Shelton. «Die Probleme fangen erst morgen Nachmittag an.»

Er trieb sein Pferd nach vorne. Sein Bruder folgte ihm. Bragg trabte hinterher, dann Russell. Allie saß verunsichert auf ihrem Pferd, in meiner Nähe.

«Ich bring dich zum Hotel, Allie», sagte ich. «Du brauchst ein Zimmer.»

«Was ist mit euch beiden?», fragte sie.

«Ich schlafe bei Everett», erwiderte Cole knapp.

Zurzeit fand gerade kein Viehtrieb statt, daher war das Hotel fast leer.

Wir wuschen uns und schliefen uns aus und schickten unsere Klamotten in die chinesische Reinigung. Kurz nach Sonnenuntergang gingen Cole und ich zum Saloon runter. Allie schloss sich uns an. Die Frau des Hotelbesitzers hatte Kleider für sie aufgetrieben, die wahrscheinlich einer der Huren im Hotel gehörten. Allie sah wieder ganz passabel aus.

Einen Saloon konnte man den Raum eigentlich nicht nennen. Die Theke bestand aus zwei langen Holzbrettern, die auf Whiskeyfässern lagen. Wir gönnten uns einen Drink. Allie auch. Sie nahm nur sehr kleine Schlücke.

«Meinst du, die Sheltons halten sich an den Waffenstillstand?», fragte ich.

«Ring Shelton hält sein Wort», erwiderte Cole knapp.

«Wir auch», sagte ich.

«Ja.»

Wir schwiegen. Die Wirtin kam an den Tisch.

«Falls die Herrschaften Hunger haben», sagte sie, «haben wir Eintopf und frisches Brot. Hab ich heute gebacken.»

«Und der Eintopf?», wollte Cole wissen.

«Schmort seit sechs Jahren», sagte die Frau. «Ich schöpfe aus und gieße nach.»

Wir bestellten uns welchen.

«Was wird nur werden?», fragte Allie.

«Wir warten bis morgen Nachmittag», erwiderte Cole. «Dann holen wir uns Bragg zurück.»

«Nein, ich meinte, was wird aus uns, Virgil», sagte sie.

Ich machte Anstalten aufzustehen.

«Ich trinke am Tresen», sagte ich.

Cole legte seine Hand auf meinen Arm.

«Setz dich», sagte er.

«Muss Everett dabei sein, Virgil?», fragte Allie.

«Ja.»

Mir gefiel das ganz und gar nicht. Aber vielleicht war es doch keine so schlechte Idee zu bleiben. Vielleicht kam es Allie ja in den Sinn, über das zu reden, was sich an jenem verregneten Tag in dem halb fertigen Haus zugetragen hatte. Und dann konnte ich dafür sorgen, dass der kleine Schwank angemessen erzählt wurde.

«Ring Shelton hat mich dazu gezwungen», verkündete Allie.

«Quatsch», sagte Cole.

«Doch, Virgil, ich schwör's.»

Cole schüttelte den Kopf.

«Ich hab's doch gesehen», sagte er.

«Ich hatte Angst», sagte Allie. «Ich habe getan, was getan werden musste, um am Leben zu bleiben.»

«Er hätte dich schon nicht umgebracht», gab Cole zurück. «Er hätte dich nur so lange mitgeschleppt, bis er dich nicht mehr gebraucht hätte.»

«Kann sein, dass du das weißt», erwiderte Allie. «Aber ich wusste es nicht, Virgil. Und die anderen? Ich als Frau, allein unter vier schrecklichen Männern?»

Cole nippte an seinem Whiskey, starrte ins Glas und sagte eine Weile nichts.

Dann sagte er zu mir: «Morgen um diese Zeit ist unsere Rechnung mit den Sheltons beglichen. Angenommen, Ring Shelton tötet mich. Glaubst du, sie würde sich ihm in die Arme werfen, Everett?»

«Ich glaube, dass Allie einen Mann an ihrer Seite braucht», antwortete ich.

«Du Bastard», fauchte sie. «Hör nicht auf ihn, Virgil. An dem Tag, an dem ich ihm unser Haus gezeigt habe, da hat er mich angegrabscht.»

Cole schaute zu mir.

«Nein, Virgil», sagte ich. «Hab ich nicht.»

Cole hatte den Blick weiterhin auf mich gerichtet. Ich hielt ihm stand. Dann schaute er wieder in sein Whiskeyglas.

«Nein, Allie», sagte er schließlich. «Everett hat so was nicht gemacht.»

«Er lügt, Virgil. Glaubst du etwa ihm und nicht mir?»

Cole schaute auf die Oberfläche des Whiskeys. Dann nickte er langsam.

«Korrekt», sagte er.

«Männer! Ihr haltet immer zusammen. Als Frau hat man allein keine Chance.»

Cole trank aus und schenkte sich nach. Die Wirtin brachte uns das Essen. Wir kauten schweigend. Es schmeckte besser als Pökelfleisch und Zwieback.

«Falls es dich aufmuntert», meinte Cole schließlich, «noch hat mich niemand getötet und ich glaube nicht, dass ausgerechnet Ring Shelton es schafft.»

«Warum musst du überhaupt gegen ihn antreten?»

«Er hat meinen Gefangenen.»

«Kann dir nicht der Marshal hier helfen, oder sonst jemand?»

«Vielleicht», sagte Cole. «Aber er hat meinen Gefangenen. Vom Gesetz her gehört Bragg mir.»

«Und du musst ihn dir unbedingt wieder schnappen?», fragte Allie.

«Er ist mein Gefangener», sagte Cole. «Vom Gesetz her.»

«Und mehr ist da nicht?»

«Das Gesetz bin ich», sagte Cole.

«Und mehr bist du nicht?», fragte Allie.

«Nicht viel», gab Cole zurück.

40

Nach dem Essen gingen Cole und ich raus und setzten uns auf ein paar Stühle vorm Hotel. Es war jetzt dunkel.

Auf der Straße waren nur ein paar Schienenarbeiter und Cowboys, die zum Saloon unterwegs waren, und gelegentlich eine Hure auf dem Weg zur Arbeit. Allie war ohne ein weiteres Wort wieder auf ihr Zimmer gegangen. Die Insekten zirpten. Von irgendwoher hörte ich ein verstimmtes Klavier.

«Was ist im Haus passiert?», fragte mich Cole.

«Ich habe Allie nicht angemacht», sagte ich.

«Ich glaub dir das. Hab ich doch schon gesagt. Aber ich will wissen, was sich abgespielt hat.»

Ich erzählte ihm alles. Er hörte aufmerksam zu und nickte langsam. Er zeigte keinerlei Gefühle. Er lehnte sich mit seinem Stuhl zurück und schaute in die klare Nacht, zu den Sternen. Nach einer Weile schüttelte er den Kopf, wie als Antwort auf eine Frage, die niemand gestellt hatte.

«Ich hab noch nie eine Frau wie sie getroffen», sagte er.

Ich erwiderte nichts.

«Die meisten Frauen, mit denen ich zusammen war, waren Huren. Und ein paar Squaws.»

Cole nahm eine Zigarre und zündete sie mit einem Streichholz vorsichtig an, bis sie gleichmäßig glimmte.

«Sie ist wortgewandt», sagte Cole. «Und adrett. Und ansehnlich.»

Er atmete etwas Zigarrenrauch ein. Dann blies er ihn in die Nachtluft und schaute zu, wie er sich auflöste.

«Sie spielt Klavier, sie kocht ganz gut, sie ist sehr gepflegt.»

Im Dunkeln wirkte Coles Stimme leise. Mir kam es vor, als listete er die Vorzüge von etwas auf, das er sich vielleicht kaufen wollte. Oder vielleicht auch nicht.

«Aber», fügte Cole hinzu, «wie's scheint, fickt sie alles, was nicht kastriert ist.»

Ich schüttelte den Kopf.

«Stimmt so nicht», sagte ich.

«Ach? Wie stimmt's denn dann?»

«Ich glaube, sie muss mit dem Leithengst zusammen sein», sagte ich.

«In einer Herde gibt's nur einen Hengst», erwiderte Cole.

«Aber der kann schnell ersetzt werden», sagte ich.

Cole rauchte schweigend seine Zigarre.

«Wenn ich also da bin, dann liebt sie mich», schlussfolgerte er.

«Glaube schon», sagte ich.

«Aber wenn ich weg bin und du bist zur Stelle, dann liebt sie dich.»

«Bin mir nicht sicher», warf ich ein, «ob das Liebe ist.»

«Und wenn keiner von uns beiden da ist, dann liebt sie Ring Shelton», meinte Cole nachdenklich.

«Ob das Liebe ist?»

«Liebt sie mich?», fragte Cole.

«Scheint mir so», sagte ich. «Und dir?»

Coles Stimme klang etwas heiser. Vielleicht genierte er sich. Ich war mir nicht sicher. Ich hatte noch nie erlebt, dass er sich genierte.

«Glaube schon», sagte er.

Wieder zog er an seiner Zigarre. Er hielt die Spitze hoch und blies den Rauch dagegen, damit er ihn sehen konnte.

«Das mit Ring Shelton», sagte er, «steckt mir im Hals fest, Everett. Egal wie sehr ich schlucke, ich krieg's nicht runter.»

«Geht mir auch so», pflichtete ich ihm bei.

Er zog an seiner Zigarre.

«Wusstest du, dass sie jeden Abend badet?», fragte er. «Bevor sie ins Bett geht?»

Es war sehr dunkel. Im Licht der Öllampe im Hotel konnte ich Coles Gesicht kaum ausmachen.

«Bin gerne mit ihr zusammen», sagte er.

«Nichts gegen zu sagen», erwiderte ich.

«Nein. Muss nur die Sache mit Ring Shelton schlucken.»

«Ist vielleicht nicht das letzte Mal», warnte ich ihn.

«Mit Ring Shelton schon.»

Ein Pferd mit Reiter trottete auf der Straße vor uns vorbei. Die Hufe machten ein schlurfendes Geräusch. Der Sattel knarrte ein wenig. Das Metall des Zaumzeugs klimperte leicht im Dunkeln.

«Wollen wir morgen mit dem Marshal hier reden?», fragte ich.

«Ja. Gegen etwas Hilfe ist nichts einzuwenden.»

«Und wenn er uns nicht hilft?»

«Wir kommen auch allein zurecht», sagte Cole.

«Es ist nur wegen Bragg, dass wir gegen die Sheltons antreten müssen.»

«Es kann nicht angehen, dass einer 'nem Sheriff den Gefangenen abnimmt», meinte Cole.

«Ist also nichts Persönliches.»

«Nein. Rein geschäftlich.»

«Es hat in all den Jahren immer geklappt», meinte ich, «weil es eben nicht persönlich war. Sondern nur ein Job.»

«Leute wie du und ich, wir haben nur das Gesetz, und daran müssen wir uns halten. Du verstehst mich, Everett», sagte Cole. «Es darf um nichts anderes gehen. Ohne das Gesetz wären wir nichts als Killer. Wir würden einfach wahllos töten. Es geht ums Gesetz.»

«So ist es dieses Mal auch», sagte ich.

«So ist es jedes Mal», sagte Cole.

41

Am nächsten Morgen gingen Cole und ich zum Büro des Marshals. An einem Schreibtisch vor einer einzigen Zelle saß Russell Shelton. Er trug einen Stern am Hemd.

«Russ», sagte Cole.

«Virgil», erwiderte dieser. «Everett.»

«Wusste nicht, dass du hier arbeitest», sagte ich.

«Ist 'ne Art Familiengeschäft», antwortete Russell. «Ring und Mackie und ich, wir wechseln uns ab.»

«Wir sind hier, um nach unserem Gefangenen zu schauen», sagte Cole.

«Hier sind keine Gefangenen, Virgil.»

Cole nickte.

«Ich nehme an», sagte er, «du hilfst uns also nicht bei der Ausübung unserer Pflicht.»

«Du bist hier nicht der Marshal», sagte Russell. «Du bist nur in Appaloosa der Marshal.»

«Weißt du, wo ich Bragg finden kann?»

«Er ist bei Ring», sagte er. «Und Mackie.»

«Und wo stecken die?», fragte Cole.

«Ich will euch mal was sagen, Jungs», meinte Russell. «Ich hab nichts gegen euch, gegen keinen von euch. Ich fand's ganz vortrefflich, wie ihr Jungs uns bei den Kiowa geholfen habt.»

«Wo ist Bragg?», wiederholte Cole.

«Aber ich halte zu Ring und Mackie», fuhr Russell fort. «Wir sind blutsverwandt. Sind zusammen aufgewachsen, wie Brüder.»

«Ja. Wo sind sie?»

«Ring will die Sache nicht weiter in die Länge ziehen. Er und Mackie und Bragg sind um zwei Uhr einundvierzig am Umschlagplatz, an der Turmuhr. Und ich auch.»

«Bis dann», sagte Cole, drehte sich um und verließ das Büro.

Ich blieb noch.

«Du hast dich in Allie verguckt», sagte ich.

Russell nickte. Ich streckte über dem Schreibtisch meine Hand aus und wir schüttelten uns die Hände.

«Wäre besser», sagte Russell, «wenn ihr Jungs wieder nach Appaloosa geht.»

«Ich weiß», sagte ich und ging aus dem Büro, Cole hinterher.

Er lehnte sich mit dem Rücken an eine Pferdestange. Er schaute auf die Straße. Dunkle Wolken brauten sich über der Stadt zusammen.

«Wir könnten hingehen», sagte er, «uns die Gegend ansehen.»

«Könnten wir.»

Wir gingen die ungepflasterte Straße zum Umschlagplatz entlang. Beauville war ein ziemlich heruntergekommenes Nest, das vorwiegend aus Bretterbuden und Zelten bestand. Die einzigen soliden Gebäude waren das Hotel und der Bahnhof. Selbst die Bank sah aus, als würde sie nur von Spucke zusammengehalten werden.

«Sie könnten ein paar Schützen hinter den Bretterbuden verstecken», sagte ich. «Und uns abschießen, wenn wir die Straße entlanggehen.»

Cole schüttelte den Kopf.

«Die Sheltons werden sich uns direkt stellen», sagte er.

«Und Bragg?», fragte ich.

«Den müssen wir im Blick behalten.»

Die Viehgehege waren größtenteils leer. Ein paar Rinder mit weißen Gesichtern rempelten sich in einem Pferch am Bahnhof gegenseitig an. Zwei Farmarbeiter lehnten an einem Geländer, kauten Tabak und schauten ihnen zu. Am anderen Ende des Geländes drehte sich eine Windmühle und pumpte so Wasser in die Tröge. Daneben stand eine abgewetzte Bretterbude mit breiten Lücken zwischen den Bohlen. Darin wurde das Futter aufbewahrt. Das Holz war dürftig vernagelt und von der Sonne gebleicht.

«Wir kommen von da», sagte Cole. «Die Sheltons werden an dem Schuppen fürs Futter auf uns warten.»

«Woher weißt du das?», wollte ich wissen.

«Wenn ich sie wäre», meinte Cole, «würde ich dort warten. Wenn sie uns mit der ersten Salve nicht umnieten, können sie dahinter Schutz suchen.»

Er schaute zum Himmel.

«Die Sonne wird kein Problem sein», meinte er.

«Wahrscheinlich wird's regnen», merkte ich an.

Cole ignorierte mich.

«Sie haben Colts», sagte er. «Und Pistolen mit langem Lauf. Eine Schrotflinte ist bestimmt auch dabei. Ich würde auf Mackie tippen.»

Wir gingen weiter, an den Gehegen vorbei. Es kam Wind auf, passend zu dem düsteren Himmel. Er trieb die Windmühle hart an und wirbelte vor unseren Füßen Staub auf. Wir machten an den Pferchen Halt. Die zwei Farmarbeiter schenkten uns keine Beachtung. Sie unterhielten sich, schauten zu den Rindern und spuckten vorsichtig Tabak gegen den Wind.

«Wenn wir hier entlanggehen», meinte Cole, «sind die Rinder im Weg, bis wir näher dran sind.»

Der Wind nahm zu. Der Staub wirbelte bis zu unseren Augen hoch. Die Steppenläufer wurden lebhaft vorangetrieben.

«Ob heute ein guter Tag zum Sterben ist?», fragte ich.

«Wir sterben heute nicht», sagte Cole.

«Gut zu wissen», gab ich zurück.

Cole erwiderte nichts. Er schaute sich alles an, er ging den Kampf im Kopf durch, als wäre es eine Generalprobe. Er hielt inne.

«Wenn es anfängt, sind wir hier», sagte er. «Sie sind dann dort drüben. Sie werden sich weit verteilen. Wenn's losgeht, nehme ich Ring Shelton ins Visier und du Mackie. Keine Ahnung, ob Russell halbwegs schießen kann, aber die beiden anderen sind Profis.»

«Und Bragg?», fragte ich.

«Den erschießen wir als Letzten», sagte Cole. «Ich nehme an, er ist ein guter Schütze. Hat vermutlich schon eine Handvoll Männer das Leben gekostet. Kann aber auch sein, dass er das Weite sucht.»

«Du und ich, wir wollen vier Männer erschießen?», fragte ich zweifelnd.

«Falls Bragg nicht abhaut. Dann wären's nur noch drei.»

«Wenn nicht», meinte ich, «werden wir's wohl nie wissen.»

«Wahrscheinlich nicht», sagte Cole.

«Also ist es ohnehin egal», erwiderte ich.

«Wahrscheinlich», sagte Cole.

Der Wind trieb einen trockenen Wüstenbusch an uns vorbei in Richtung Schuppen. Er federte ein wenig, als er an den Fahrspuren auf dem Weg aufprallte. Ich konnte den Regen im Wind schmecken, obwohl noch kein Tröpfchen zu spüren war.

«Wir werden's wahrscheinlich bis hierhin schaffen», sagte Cole, «ohne dass auch nur ein Schuss abgefeuert wurde. Die Kühe sind im Weg. Von hier aus, von dem Eckpfosten an, geht's richtig los. Wir gehen direkt auf sie los, und zwar schnell. Ich knöpfe mir Ring Shelton vor und du Mackie. Dann sehen wir weiter.

Ich schaute auf die Bahnhofsuhr. Es war 12:23 Uhr.

«Ich brauch einen Kaffee», sagte Cole.

Wir gingen zurück zum Hotel. Der Wind peitschte gegen uns und beinah hätten wir unsere Hüte verloren.

42

Cole und ich tranken Kaffee im Hotel. Allie kam und setzte sich zu uns. Sie hatte nicht viel zu sagen. Sie kam mir kleiner vor als sonst.

«Wenn wir gegen Russell antreten», sagte ich zu Cole, «stellen wir uns gegen das Gesetz in dieser Stadt.»

«In unserer Stadt sind wir das Gesetz», gab Cole zurück.

Cole hielt die Kaffeetasse in beiden Händen. Er stemmte die Ellbogen auf den Tisch.

«Wahrscheinlich wird er Ring Shelton und seinen Bruder zu Hilfssheriffs ernennen.»

«Wahrscheinlich», sagte Cole.

Wir schwiegen. Cole hatte noch immer die Ellbogen auf dem Tisch und seine Hände um die Kaffeetasse geschlungen. Er nahm einen weiteren Schluck. Er würdigte Allie keines Blickes.

«Die Sache mit dem Gesetz wird etwas verwirrend», merkte ich an.

Cole nickte, aber er sagte nichts.

«Vielleicht ist das jetzt nicht der ideale Zeitpunkt, um sich darüber Sorgen zu machen.»

«Er hat meinen Gefangenen. Er hat in meiner Stadt gegen das Gesetz verstoßen», knurrte Cole.

Allie saß schweigend da, wie ein Kind, das bei den Erwachsenen sitzen darf. Sie hielt ihre Hände artig im Schoß. Sie saß stocksteif auf ihrem Stuhl, die Füße brav nebeneinander. Die Wirtin kam an und schenkte uns noch mehr Kaffee ein.

Cole legte seine große Taschenuhr auf den Tisch. Es war ein Uhr nachmittags.

«Habt ihr denn keine Angst?», fragte Allie

Cole wirkte überrascht.

«Angst?», fragte er.

«Ja.» Allies Stimme wirkte so klein wie sie selbst. «Habt ihr denn keine Angst zu sterben?»

Cole machte ein mürrisches Gesicht und starrte an Allie vorbei durch die Tür des Hotels zur Straße.

«Ich weiß nicht, Allie», sagte er nach einer Weile. «Ich mache das schon sehr lange. Kann sein, dass ich Angst habe. Ich denke nicht gern an so was.»

Er schaute zu mir.

«Denkst du an so was, Everett?»

«Klar.»

«Hast du Angst?»

«Klar.»

«Ist wahrscheinlich gut so», meinte Cole. «Dann zieht man schneller.»

Ich nickte.

«Ich habe die ganze Zeit Angst», sagte Allie.

«Vor was denn?», wollte Cole wissen.

«Vor allem.»

«Was denn?»

«Allein zu sein. Mit dem falschen Mann zusammen zu sein. Kein Geld zu haben, kein Dach überm Kopf. Wenn ich keinen Mann habe, was soll ich dann machen?»

«Hast du darauf eine Antwort, Everett?», fragte mich Cole.

«Du könntest im Boston House Hotel Klavier spielen», schlug ich vor.

«Den Rest meines Lebens?»

«Ich kümmer mich schon um dich», sagte Cole.

«Aber wie lange?»

«So lange wie nötig.»

«Virgil, in einer Stunde bist du vielleicht tot.»

Cole schüttelte den Kopf.

«Lass uns zurück nach Appaloosa gehen», schlug Allie vor. «Jetzt, auf der Stelle.»

«Ich muss erst noch schnell diese Sache mit Ring Shelton zu Ende bringen», erwiderte Cole.

«Die sind zu viert!»

Cole zuckte mit den Achseln und nahm einen Schluck Kaffee.

«Der Mann, dem das Hotel hier gehört, hat mir erzählt, dass die Shelton-Brüder berühmte Revolverhelden sind.»

«Wir müssen die Sache wieder ins Lot kriegen», meinte Cole.

«Wenn du mit mir nach Appaloosa gehst, werde ich dich immer lieben. Ich werde dich nie wütend machen. Ich werde niemals etwas tun, was dir nicht gefällt.»

«Das ist gut, Allie», sagte Cole. «Sobald Everett und ich die Sache mit Ring Shelton wieder ins Lot gebracht haben.»

«Und Mackie», fügte ich hinzu. «Und Russell. Und Bragg.»

«Ist klar.»

«Und wenn sie dich umbringen?», fragte Allie. «Was wird dann aus mir?»

«Dann kümmert sich Ring Shelton um dich», beruhigte sie Cole.

Allie ließ den Kopf in ihre Hände sinken und beugte sich über den Tisch.

«Oh Gott», rief sie und fing an zu weinen. «Allmächtiger Gott.»

43

Um zehn nach zwei gingen wir in unsere Zimmer, um uns fertigzumachen. Ich zog eine Jacke über, weil ich die Taschen brauchte. Ich ließ eine fünfschüssige .32er Taschenpistole ohne Hahn in die linke Tasche gleiten. Die rechte Tasche füllte ich mit Kugeln für meine Schrotflinte. An meinem Waffengürtel trug ich einen .45er Colt. Cole trug zwei Colts an einem Gürtel, an dem auch Munitionsschleifen waren. Der Colt an seiner linken Seite deutete mit dem Griff nach vorne. Dazu nahm er sich eine .45er Winchester. Er überprüfte beide Colts, dann schaute er nach, ob in der Kammer der Winchester auch eine Kugel war. Er spannte den Hahn des Gewehrs und ließ ihn so. Es war 14:25 Uhr. Wir setzten unsere Hüte auf.

«Vergiss nicht», ermahnte mich Cole. «Wir sind das alles schon durchgegangen.»

«Ein Kinderspiel», meinte ich lakonisch. «Nur, dass sie auf uns schießen.»

«Ich hoffe doch sehr, dass wir zuerst schießen», erwiderte Cole.

«Ich auch.»

«Aber nicht vergessen», sagte Cole. «Es ist wichtiger, ruhig zu bleiben, als schnell zu sein.»

«Virgil», meinte ich entnervt. «Das sagst du mir vor jeder Schießerei.»

«Gibt's noch was zu besprechen?», fragte Cole.

«Nein.»

Cole nickte und schaute auf seine Uhr.

«Will nicht zu früh ankommen», meinte er. «So was hat seinen eigenen Ablauf, weißt du, seinen eigenen Rhythmus. Wie ein Tanz oder so. Wir gehen pünktlich hin, halten auf sie zu und feuern. Ohne stehen zu bleiben.»

Ich nickte, als hätte ich das noch nie gehört. Ich konnte spüren, wie in mir ein unangenehmes Gefühl aufkam. Wie eine kleine, harte Klaue in meinem Magen, die immer fester zugriff. Meine Kehle war wie zugeschnürt und ich musste um Atem ringen. Mein Mund war ausgetrocknet. Ich wollte mehr Luft einatmen, als überhaupt möglich war. Ich konnte meinen Herzschlag spüren.

«Okay», sagte Virgil. «Es geht los.»

Der Regen, den ich zuvor nur schmecken konnte, war nun da. Er prasselte schräg und hart im Wind auf uns herab. Die Straße war voller Schlamm. Ich zog meinen Hut tiefer ins Gesicht.

«Bei der Entfernung, aus der wir schießen», meinte Cole, «sollte uns der Wind keine Probleme machen.»

Wir hatten beim Gehen Rückenwind, was bedeutete, dass der Regen unseren Gegnern ins Gesicht prasseln würde. Wenn der Wind weiter so blies.

«Wäre kein Fehler, nach Bragg Ausschau zu halten», schlug Cole vor. «Ich nehme an, dass er sich an Ring Shelton halten wird. Glaube nicht, dass er das Zeug dazu hat, so was allein zu machen. Aber falls ja, ist er mit Sicherheit einer, der einem in den Rücken schießt.»

Wir kamen an der Bank vorbei. Die Straße war menschenleer. Alle waren vor dem Regen geflüchtet.

Ich musste an Allies Fragen denken.

«Fühlst du das auch?», fragte ich Cole. «Trockener Mund? Mulmiges Gefühl im Bauch? Nicht genug Luft?»

«Klar fühle ich das. Wenn man nichts fühlt, hat es keinen Sinn, überhaupt was zu machen.»

«Magst du das Gefühl?», fragte ich ihn.

Cole sagte so lange nichts, dass ich schon dachte, er würde mir überhaupt nicht antworten. Auch er hatte seinen Hut tief in seine Stirn gezogen, damit er nicht weggeweht wurde. Wir stapften durch den immer tiefer werdenden Schlamm auf die Gehege zu.

«Danach schon», sagte Cole.

«Wenn du vorher dieses Gefühl nicht hättest, würde es sich danach nicht so gut anfühlen», meinte ich.

«Kann sein», sagte Cole.

44

Sie waren genau da, wo Cole sie vermutet hatte. Alle vier. Bragg stand nah am Schuppen. Wir hatten den Wind im Rücken und der Regen peitschte gegen sie. Die Rinder kauerten sich in ihrem Gehege dicht aneinander.

«Sobald wir an der Ecke sind», sagte Cole, «schießen wir. Und zwar schnell. Und immer auf sie zugehen.»

Ich sagte nichts. Mein Mund war staubtrocken. Die meisten Schießereien, die wir überlebt hatten, waren mehr oder weniger zufällig ausgebrochen. Es blieb nicht viel Zeit, darüber nachzudenken. Aber diese hier war mit der Formalität eines Festzugs über mehrere Tage vorangeschritten. Und jetzt war es so weit, im strömenden Regen.

Wir gingen um die Ecke und Cole schoss Ring Shelton in die Brust und das Feuerwerk ging los. Ich fühlte, wie etwas meine linke Seite rammte, und im selben Moment feuerte ich meine Schrotflinte ab, beide Läufe. Mackie Shelton wurde getroffen und nach hinten geschleudert. Ich schaute nach links und sah Cole am Boden liegen. Ich wurde am rechten Bein getroffen und konnte spüren, wie es nachgab. Cole drehte sich im Schlamm auf die Seite und feuerte seine Winchester ab. Er schoss drei Mal und betätigte den Hahn, so schnell er konnte. Russell taumelte und machte zwei Schritte nach vorne, um sich wieder aufzurichten. Er hob seinen Colt und fiel mit dem Gesicht zuerst in den Schlamm. Ich ließ meine Schrotflinte fallen und zerrte den Colt aus dem Halfter. Ich richtete mich im Schlamm auf und hielt nach Bragg Ausschau. Er war weg. Cole lag auf dem Bauch und ich saß auf meinem Hintern und gemeinsam feuerten wir auf den Schuppen. Nach knapp einer Minute hörten wir, wie ein Pferd durch den Schlamm galoppierte. Dann sahen wir Bragg, wie er davonritt. Er war zu weit weg, um ihn zu erschießen.

Es war vorbei.

Ich versuchte aufzustehen, aber es gelang mir nicht. Eine der Kugeln musste mir ein paar Rippen auf der linken Seite gebrochen haben. Die andere Kugel hatte mich in den Oberschenkel getroffen. Er blutete stark. Der Schmerz in meinen Rippen machte jede Bewegung zur Hölle, aber ich musste die Blutung stoppen. Ich zog meine Jacke und mein Hemd aus. Ich faltete das Hemd, zog meinen Gürtel aus der Hose und machte einen großen, unbeholfenen Druckverband für meinen Oberschenkel.

«Virgil?», fragte ich. Cole lag still auf dem Bauch. Der Hahn seines Gewehrs war noch immer gespannt. Er schaute zu den beiden Männern, die vor uns im Schlamm lagen.

«Beide Beine sind getroffen», sagte er. «Das rechte ist gebrochen.»

«War 'ne lange Schießerei», sagte ich.

«Die Jungs waren gut», meinte Cole.

Seine Stimme klang angespannt. Meine auch. Der Schalterbeamte vom Bahnhof kam raus und schaute uns vom Eingang aus an. Die beiden Farmarbeiter waren auch da. Ich rief ihnen zu: «Gibt's einen Arzt in der Stadt?»

«Ja. Der arbeitet für die Bahn», rief der Schalterbeamte. «Wohnt im Hotel.»

«Geh ihn holen», rief ich.

Das ganze Rumgebrülle tat mir in den Rippen weh. Atmen auch. Der Beamte tauschte ein paar Worte mit einem der Farmarbeiter aus, dann rannte er los in Richtung Hotel. Ich biss die Zähne zusammen und ließ mich nach hinten in den Schlamm fallen. Der Regen prasselte hart und kalt auf mein Gesicht. Mir war heiß. Ich atmete, so flach ich nur konnte.

«Virgil?», fragte ich.

«Bin noch da», sagte er.

«Tja», sagte ich. «Entweder wird der Arzt uns retten oder nicht.»

Und dann schloss ich meine Augen und ließ den Regen weiter auf mich tropfen, und dann ließ das Gefühl nach, und schließlich war es ganz weg und ich nahm gar nichts mehr wahr.

45

Die Pferde und den Esel gaben wir dem Arzt als Honorar. Er bandagierte unsere Wunden und schiente unsere Brüche. Er gab uns genug Laudanum, dass wir die Zugfahrt nach Yaqui überstehen würden. Dort stiegen wir in eine Bahn nach Appaloosa. Und als wir in Appaloosa ausstiegen, vollkommen benebelt vom Opium, Cole auf Krücken und ich am Stock, mit Allie im Schlepptau, fühlte sich bei unserem Anblick vermutlich niemand besonders gut behütet. Wir waren länger außer Gefecht, als uns lieb war. Allie umsorgte Cole wie ein rohes Ei. Ab und zu schaute sie auch nach mir.

Solange wir weg waren, hatte Stringer sich als Marshal um die Stadt gekümmert, und das tat er auch, während wir uns noch erholten.

Binnen weniger Tage hatte Cole keine Schmerzen mehr und konnte auf den Krücken ganz gut laufen. Ich hatte auf meiner linken Seite ein paar gebrochene Rippen und es dauerte eine Weile, bis die verheilten. Aber nach und nach brauchten wir das Laudanum nicht mehr. Wir konnten wieder auf der Veranda des Boston House Hotels sitzen und zuschauen, wie das Leben auf der Straße vorbeizog.

Das war verdammt viel mehr, als die Sheltons tun konnten.

Eines Morgens kam Stringer aus dem Büro des Marshals und setzte sich eine Weile zu uns.

«Wir hatten ein paar Leute zusammengetrommelt und sind zurück nach Chester, aber wir haben eure Spur verloren, als ihr den Arroyo verlassen habt.»

«War mir klar», meinte Cole.

«Was? Dass ich Leute zusammentrommele oder dass wir die Spur verlieren?», fragte Stringer.

«Beides.»

Stringer nickte. Er nahm eine Zigarre aus der Tasche, bot uns keine an, biss das Ende ab und zündete sie an. Als sie zu seiner Zufriedenheit glimmte, lehnte er sich zurück, stemmte einen Fuß gegen das Geländer und schob seinen Hut nach vorne, um seine Augen zu schützen.

«Du hast einen Marshal erschossen», sagte Stringer. «In Beauville.»

«Musste sein», erwiderte Cole.

Stringer schaute zu einer Frau mit einem großen Hut, die auf der schattigen Straßenseite ging. Er lächelte.

«Schon klar», sagte er.

Wir alle schauten zu der Frau. Sie schaute ins Schaufenster des Ladens neben dem Silver Spur Saloon. Einen Moment später ging sie hinein.

«Du hast alle drei getötet», sagte Stringer.

«Ja.»

«Ich wusste, dass du gut bist, Virgil», sagte Stringer. «Everett auch.» Der Gedanke war ihm nachträglich gekommen.

«Ich hätte gedacht, dass die Sheltons nicht zu schlagen sind, besonders nicht zu zweit gegen drei.»

«Vier», fügte ich hinzu.

«Richtig», sagte Stringer. «Bragg. Was ist eigentlich mit Bragg?»

«Wir können ihn nicht durchs ganze Land verfolgen», erwiderte Cole.

«Natürlich nicht», sagte Stringer. «Schon komisch, was? Ihr habt drei Männer getötet und wärt selber fast draufgegangen. Alles nur, um Bragg wiederzukriegen. Und nun ist er weg.»

«Brüllend komisch», sagte ich. «Wenn meine Rippen nicht so wehtäten, dann würd ich mich schütteln vor Lachen.»

«Dauert 'ne Weile, bis Rippen verheilt sind», meinte Stringer trocken.

Es war ein heller, warmer Tag. Ein paar kleine, hohe, weiße Wolken standen am Himmel und es wehte ein leichter Wind, der ein wenig nach Gras und Salbei roch. Die Lady mit dem großen Hut kam aus dem Laden und ging weiter die Straße entlang. Sie bog an der Ecke ab und war nicht mehr zu sehen.

«Der Sheriff wird euch keine Schwierigkeiten machen wegen der Sache in Beauville. Nicht mal wegen Russell.»

«Haben wir das dir zu verdanken?», fragte Cole.

«Ich hab dem Sheriff nur erklärt, was Sache ist.»

«Sehr aufmerksam», meinte Cole.

«Ich hatte keine Lust, euch Jungs verhaften zu müssen», gab Stringer zurück.

«Wäre gar nicht so schwer momentan», erwiderte Cole.

«Ist aber nicht nötig. Bleibt ihr in der Stadt, wenn's euch wieder besser geht?»

Ich schaute zu Cole.

«Klar», sagte er. «Ich hab hier ein Haus.»

«Du ziehst mit Allie zusammen?», wollte Stringer wissen.

«Gewiss doch», meinte Cole.

46

Nachdem all unsere Zipperlein endlich verheilt waren und das Haus fertig gestellt worden war, kam ich bei Virgil und Allie vorbei, um gemeinsam mit ihnen zu Abend zu essen. Es war das erste Abendessen in Allies neuem Haus. Sogar ein Tischtuch lag auf dem Tisch. Dazu ein Service aus gutem Porzellan. Die meisten Teller passten sogar zueinander. Wir aßen Suppe und eine Pastete mit irgendeinem Fleisch und dazu tranken wir Wein. Ich war kein Weinkenner, aber ich nippte daran, um die Gastgeberin nicht zu verärgern. Zum Nachtisch gab es trockenen Apfelkuchen, der mir sehr viel besser schmeckte als der Wein.

«Everett», sagte Allie. «Ich glaube, ich habe mich noch nicht angemessen bei dir bedankt, dass du mich gerettet hast.»

«Die Rettung geht auf Virgils Konto», sagte ich. «Ich habe nur geholfen.»

«Du hast viel dazu beigetragen. Ich werde nie vergessen, wie du alleine losgeritten bist und der Indianer ankam und dich berührt hat und er dann das Weite gesucht hat.»

«Mir ist nichts passiert», sagte ich. «Und der Indianer ist jetzt sicher ein Held.»

«Das habe ich nie verstanden», sagte Allie. «Was war da eigentlich los? Warum hat er nicht versucht, dich zu töten? Warum sind sie alle fortgeritten?»

«Er war nah genug am Feind dran, um ihn zu berühren. Dann ist er davongaloppiert. Er ist jetzt ein größerer Held, als wenn er mich getötet hätte. Und er hat mich nicht mal mit seinem Speer berührt, sondern mit seiner Hand. Und er hat einen Moment so verharrt, vor den Augen der anderen Krieger. Der Mann ist jetzt ein großer Held.»

«Und die Indianer waren damit aus dem Schneider», fügte Cole hinzu. «Sie wussten, dass wir zu sechst waren, schwer bewaffnet, hinter unserer Verteidigungslinie eingegraben und mit viel Proviant.»

«Dadurch, dass er mich berührt hat, konnten sie davon reiten, ohne ihre Ehre zu verlieren.»

«Oh Gott», stöhnte Allie. «Ehre! Es macht wohl keinen Unterschied ob Indianer oder Weiße. Männer sind albern.»

Sie schüttelte den Kopf.

«Ehre!», sagte sie erneut.

Cole schwieg und nippte an seinem Wein. Ich konnte ihm anmerken, dass ihm der Wein auch nicht schmeckte. Ich kannte mich mit Wein nicht aus, aber ich war mir relativ sicher, dass es ein gutes Tröpfchen war.

«Ich wollte mich richtig bei dir bedanken», sagte Allie.

«Ist nicht nötig», sagte ich.

«Und», fügte sie hinzu, «ich wollte nur sagen, dass es mir sehr, äh, unangenehm war, dass du mich so gesehen hast … du weißt schon … mit Ring Shelton.»

«Du hast getan, was du tun musstest», gab ich trocken zurück.

Cole schien das zu amüsieren.

«Mir ist es peinlich», fuhr sie fort, «dass du mich unbekleidet gesehen hast.»

Gütiger Himmel!

Ich schaute zu Cole. Sein Gesicht gab nichts preis.

«Allie», sagte ich. «Es war mir ein Vergnügen.»

«Oh Everett», stieß sie hervor und lief hellrot an.

Cole lächelte ein wenig.

«Du hast damit angefangen», sagte er.

«Ich weiß», gab Allie zu. «Ich bin euch beiden nun mal sehr dankbar. Ich weiß, was ihr alles für mich getan habt, der lange Ritt, die vielen Gefahren! Nur für mich.»

«Du bist es gewiss wert», sagte ich.

«Tatsache ist», warf Cole ein, «dass wir's nicht nur wegen dir getan haben. Wir waren auch hinter Bragg her.»

«Virgil, ich weiß, dass ihr diese Männer nur meinetwillen umgebracht habt.»

Cole lehnte sich zurück und schaute mich an. Dann schaute er zu Allie.

«Wir haben getan, was getan werden musste», sagte er schließlich. «Und, Everett, du auch. Ich werde dir ewig dankbar sein. Du hast mich nicht im Stich gelassen.»

«Nein, habe ich nicht», gab ich zu. «Aber weißt du, ich bin hier der Deputy. Das ist nun mal mein Job, entlaufene Sträflinge finden, entführte Frauen retten. Gehört alles dazu.»

«Ach, redet ihr nur», meinte Allie. «Ihr beide. Ihr seid zu bescheiden. Ihr tut so, als hätte jeder beliebige Marshal so was gemacht. In meinem Herzen kenne ich die Wahrheit und ich werde sie immer in mir tragen. Ihr habt es für mich getan.»

Cole schaute wieder zu mir. Aber er sagte nichts. Ich wusste, dass da etwas war, was ihn störte. An mir nagte es auch. Wenn Allie recht hatte und wir die Sheltons nur deshalb verfolgt und umgebracht hatten, weil sie Coles Freundin nicht anständig behandelt hatten, dann machte uns das vielleicht zu anständigen Männern, aber nicht zu anständigen Marshals. Gut, vielleicht war es das Richtige gewesen. Aber es war nicht das Gesetz.

Und was waren wir ohne das Gesetz?

47

Zwei Nächte später lag ich in meinem Zimmer im Boston House Hotel im Bett und sprach mit Katie Goode, nachdem wir das Geschäftliche beendet hatten, über Allie.

«Siehst du denn nicht, was sie da macht?», fragte Katie.

«Sie verhätschelt den besten Freund ihres Mannes», erwiderte ich.

«Ihr Mann? Die haben geheiratet?»

«Ich glaube nicht. Aber so kommt's mir fast vor.»

Katie zuckte mit den Achseln.

«Wie nennt man das noch mal», fragte sie, «im Krieg, wenn ein General nicht alle seine Truppen einsetzt?»

«Die Truppen sind in Reserve?»

«Ja. Das meinte ich. Allie hat dich in Reserve.»

«Reserve? Wofür?»

«Falls Virgil umkommt.»

«Du meinst, ich soll vielleicht Virgil ersetzen?»

«Falls Virgil stirbt, sollst du seinen Platz einnehmen. Dann bist du der Leithengst. Nur deswegen ist sie so nett zu dir. Deswegen redet sie nicht mehr davon, wie du in dem halb fertigen Haus angeblich über sie hergefallen bist.»

«Gott sei Dank», merkte ich an.

«Aber sie konnte es sich nicht verkneifen, zu erwähnen, dass du sie nackt gesehen hast.»

«Ja», meinte ich. «Das hat sie gesagt.»

«Sie wollte nur kokettieren, du dummer Kerl.»

«Aber Virgil war doch auch da!»

Katie musste lächeln. «Er ist auch ein dummer Kerl.»

«Und warum behauptet sie steif und fest, dass wir das alles nur für sie getan haben sollen?»

«Oh Everett», sagte Katie. «So dumm kannst du doch nicht sein.»

«Nicht?»

«Natürlich nicht. Denk doch mal nach.»

Ich schwieg und tat, wie mir geheißen, ich dachte nach.

«Sie fühlt sich dadurch wichtig», sagte ich nach einer Weile.

«Genau», sagte Katie.

«Und das hast du alles gelernt, weil du eine Hure bist?», fragte ich verblüfft.

Katie lächelte.

«Meine Arbeitszeit gehört den Männern», sagte sie. «Aber meine Freizeit den Frauen.»

«Wissen alle Frauen so gut Bescheid wie du?», fragte ich.

«Wenigstens wissen wir über solche wie Allie French Bescheid», erwiderte Katie.

«Was gibt's da genau zu wissen?»

«Sie ist nicht anders», erwiderte Katie, «als wir Damen vom Gewerbe. Sie fickt, wen sie ficken muss, damit sie kriegt, was sie kriegen muss.»

«Und die Liebe?», fragte ich. «Hat so was nicht auch mit Liebe zu tun?»

«Hier im Westen haben wir Frauen keinen Platz für Liebe», sagte Katie. «Es sind eher Männer, die sich über so etwas Gedanken machen. Hast du eine Ahnung, wie viele Minenarbeiter, wie viele Cowboys mir gesagt haben, dass sie mich lieben, bevor sie ihr, äh, Pulver verschossen haben?»

«Ehrlich gesagt, Katie», meinte ich, «will ich's gar nicht so genau wissen.»

«Von mir aus können sich die Herren der Schöpfung um die Liebe sorgen», meinte Katie, «aber wir Frauen müssen uns um ganz andere Dinge Gedanken machen.»

«Warst du jemals verliebt?», fragte ich.

Katie musste lachen.

«Ich liebe dich nicht, Everett», sagte sie. «Aber es ist so ähnlich.»

«Wie meinst du das?»

«Ich kann dich gut leiden», sagte sie. «Du bist nicht bösartig. Und du bist nicht völlig ungebildet. Ich bin immer froh, wenn du an meine Tür klopfst, und ich bin immer froh, dass du ohne Murren für die Nacht zahlst.»

«Glaubst du, dass es für Allie so ähnlich ist? Also mit Virgil?»

«Ich habe keine Ahnung, was sie empfindet», meinte Katie. «Sie weiß es wahrscheinlich selbst nicht. Sie weiß nur, dass Virgil die Nummer eins ist und sie wird so lange mit ihm zusammen sein, bis er das nicht mehr ist.»

«Also, da ich für diese Nacht ohnehin schon gezahlt habe, will ich lieber keine Zeit mehr verschwenden.»

«Ich wollte nur warten, bis du dich erholt hast», sagte Katie.

Sie fühlte mit ihrer Hand unter der Bettdecke.

«Und wie ich sehe, hast du das», sagte sie.

48

Ich hatte eine Narbe am rechten Oberschenkel, die aussah, als hätte mich dort jemand mit einem heißen Schüreisen berührt. Aber es tat nicht mehr weh und meine Rippen auch nicht mehr. Auch Cole war genesen, er hinkte nur ein wenig. Stringer konnte wieder zurück nach Yaqui und wir zogen wieder ins Büro des Marshals ein.

Als ich eines Tages kurz vor Mittag nach einem Spaziergang durch die Stadt wieder ins Büro kam, stellte ich fest, dass sich die Stadträte dort versammelt hatten. Cole saß an seinem Tisch und paffte seine Zigarre. Abner Raines stand vor ihm. Earl May saß auf der Kante meines Schreibtischs und Phil Olson saß in meinem Stuhl. Ich schaute zu Cole.

«Komm rein, Everett», sagte Cole. «Die Stadträte wollen was mit uns besprechen.»

Alle drei wirkten recht nervös. Ich warf Olson, der in meinem Stuhl saß, einen bösen Blick zu. Er stand hastig auf und lehnte sich gegen die Wand neben der Tür. Ich setzte mich an meinen Tisch und legte beide Füße hoch, um meine Sporen abzunehmen. May stand auf und stellte sich neben Olson.

«Zuallererst wollten wir sagen», begann Raines, «dass alle in der Stadt Ihnen zu Dank verpflichtet sind. Immerhin haben Sie Bragg die Stirn geboten.»

«War nun mal der Job», erwiderte Cole.

«Wir werden das nicht vergessen», sagte Raines. «Sie haben ihn verhaftet und vor Gericht gezerrt.»

Niemand sagte etwas. Raines trat von einem Fuß auf den anderen.

«Und ich weiß, wir alle wissen, dass Sie ihn verfolgen mussten, als er abgehauen ist.»

Cole schaute ihn interessiert an, aber sein Gesicht gab nichts preis. Ich wusste, dass gleich ein «aber» kommen würde, und ich fragte mich, was es wohl war.

«Und es steht außer Frage, dass Sie Mrs. French retten mussten.»

Cole nickte.

«Auch deswegen sind wir stolz auf Sie, auf Sie beide. Und wir sind höchst erfreut, dass Sie sich so vortrefflich von Ihren Verwundungen erholt haben.»

«Wollt ihr Jungs uns etwa eine Medaille geben?», fragte Cole.

Sie lachten, aber es war ein freudloses Lachen.

«Du warst doch mal Soldat, Everett», sagte Cole zu mir. «Wie wär's mit 'ner hübschen Medaille?»

«Hatte mal eine», erwiderte ich. «Hab sie eingetauscht, in Nogales. Aber, Gott verdamm mich, ich kann mich beim besten Willen nicht mehr erinnern für was.»

«Everett scheint Medaillen nicht so sehr zu schätzen wie ich», meinte Cole.

Niemand wusste, was er als Nächstes sagen sollte. Schließlich wagte Olson sich vor.

«Virgil», sagte er, «wir sind alle einer Meinung mit Abner, aber ...»

Da war es also.

«Die Dinge ändern sich und wir müssen darüber reden.»

Cole nickte, schaute mich an und grinste.

«Keine Medaille?», sagte er.

«Wahrscheinlich nicht», meinte ich.

Olsons hellhäutige Bäckchen waren schweinchenrosa angelaufen.

«Wir haben Sie und Everett als Marshals eingestellt, damit Sie uns vor Bragg und seiner Bande beschützen», sagte Olson. «Und das haben Sie so gut gemeistert, dass er das Weite gesucht hat, und seine Leute auch.»

Cole paffte still an seiner Zigarre. Er rollte sie mit dem Daumen und drei seiner Finger im Mund hin und her. Dann nahm er sie aus dem Mund, um die Glut zu bewundern.

«Und wir verstehen natürlich, dass Sie ihm hinterherreiten mussten. Aber in dieser Zeit gab es in der Stadt keinen Marshal. Wir mussten uns an den Sheriff wenden und ihn bitten, uns jemanden zu schicken. Und das hat uns gutes Geld gekostet.»

«Nicht zu vergessen die ganzen Kugeln, die wir abgefeuert haben», meinte Cole. «Das war auch kostspielig.»

«So haben wir das nicht gemeint», sagte Olson. «Wirklich nicht. Aber wir sind nun mal die Stadträte, wir müssen die Stadt so leiten, als wäre sie ein Geschäft.»

Cole kommentierte das mit keinem Wort. Ich legte meine Hände über dem Bauch zusammen, stemmte den rechten Fuß gegen die Kante meines Schreibtischs, kippte meinen Stuhl ein wenig nach hinten und schaute an die Decke.

«Und Sie haben viele Leute umgebracht», sagte May.

Es war der erste Laut, den er von sich gab.

«Das ging wahrscheinlich nicht anders», stotterte er, «aber es, äh, na ja, es beunruhigt die Bürger dieser Stadt ein wenig. Einer der Männer in Beauville war ein Marshal.»

Cole rauchte seine Zigarre und verbiss sich jeden Kommentar. Die Stadträte schwiegen. Cole und ich auch. Die Stille hing schwer in dem Raum. Dann meldete sich Olson wieder zu Wort.

«Wir haben uns überlegt, ob wir wirklich zwei Leute als Marshals brauchen», meinte er.

«Beide oder keinen», sagte Cole.

«Vielleicht möchten Sie etwas mehr Geld verdienen, jetzt wo Sie und Allie in ein Haus gezogen sind. Wir dachten uns, dass wir den Job vielleicht Everett anbieten.»

«Beide oder keinen», sagte ich.

Olson krümmte sich.

«Schon klar», sagte er. «Ich verstehe. War nicht bös gemeint. Wir gehen wieder heim und schlafen drüber.»

Cole erwiderte nichts. Die Stadträte warfen sich hilflose Blicke zu.

«Wir wissen das sehr zu schätzen, was Sie alles getan haben», sagte Raines. «Wollte ich nur gesagt haben.»

Die Stadträte wandten sich ab.

«Und ihr seid sicher, dass Bragg nicht wiederkommt?», fragte ich.

Keiner antwortete darauf. Das Thema war vom Tisch.

49

Ich ritt mit Allie und Cole in die Berge hinter Braggs verlassener Ranch, um nach dem Appaloosa-Hengst zu suchen, den wir hier damals gesehen hatten.

«Ich will, dass Allie ihn sieht», meinte Cole.

«Aber warum, Everett?», fragte Allie. «Ist ja nicht so, als ob ich noch nie einen Hengst gesehen hätte.»

«Das stimmt allerdings», erwiderte ich.

Cole grinste. Allie senkte ihren Blick.

«Everett, du sollst nicht so mit mir reden. Ich bin nicht eines deiner leichten Mädchen.»

«Verdammt, Allie, ich wollte doch nur Virgil ein Kompliment machen.»

Braggs Ranch war wie ausgestorben. Kein Vieh. Keine Arbeiter. Kein Rauch, der aus dem Kamin stieg. Vermutlich war das Vieh verkauft worden, um die Sheltons zu bezahlen. Und die Farmarbeiter sind wohl einfach weitergezogen. Auf dieser Ranch hatten Ereignisse ihren Lauf genommen, die vielen Menschen das Leben gekostet hatten. Aber was das genau für Ereignisse gewesen sind und warum sie außer Kontrolle geraten sind, das war nicht mehr so leicht nachzuvollziehen. Es war viel Zeit vergangen. In den leeren Ställen und Pferchen wucherte das Gras. Zwischen den Bohlen der Veranda vorm Haus wuchs Unkraut. Irgendwo, weit weg, lagen die Shelton-Brüder unter der Erde. Von Bragg hatte niemand mehr etwas gehört. Cole humpelte immer noch ein wenig, aber alle anderen Wunden waren verheilt.

«Ist 'ne Weile her», sagte ich zu Cole.

Er nickte.

«Glaubt ihr, wir sehen das Pferd bald?», wollte Allie wissen.

«Bald», sagte Cole.

Wir ritten neben der Ranch einen Abhang hoch, ganz langsam, damit Allie mithalten konnte. Oben angekommen, ließen wir die Pferde ausruhen und schauten nach Westen. Und da war er, nicht weit weg von dem Ort, wo wir ihn das erste Mal gesehen hatten. Er trabte auf dem Bergrücken zwischen seinen Stuten umher. Seine Ohren waren nach vorne gerichtet. Er warf den Kopf vor und zurück und schnupperte in der Luft. Er hielt die Herde dicht zusammen und sorgte dafür, dass alle sich bewegten. Ab und zu biss er die Stuten leicht in die Seite, um sie nah beieinanderzuhalten. Gelegentlich hielt er inne und blickte umher, um eine Witterung aufzunehmen, den Kopf stolz erhoben.

«Irgendwas geht hier vor sich», meinte Cole.

«Warum beißt er die Stuten?», fragte Allie.

«Er will, dass sie nah beieinanderbleiben», erwiderte Cole.

«Warum?»

«Vielleicht ein Puma?», merkte ich an.

«Oder ein anderer Hengst», sagte Cole.

«Bist du sicher?», fragte Allie.

«Ja.»

«Woher willst du das wissen?», fragte Allie.

Cole zuckte mit den Achseln.

«Ich weiß es halt. Hier ist noch ein Hengst.»

Und dann sahen wir ihn. Er war groß und nussbraun. Er bewegte sich am Abhang entlang auf die Herde zu.

«Du hast es gewusst», sagte Allie erstaunt zu Cole.

«Ja», sagte Cole nur.

«Aber woher?»

Wieder zuckte Cole mit den Achseln.

«Virgil hat ein Gespür für so was», merkte ich an.

Der nussbraune Hengst näherte sich der flüchtenden Herde. Er konnte frei rennen, aber der Appaloosa-Hengst musste die Herde beieinanderhalten und war dadurch langsamer. Dann hielt der Appaloosa inne, drehte sich um und gab ein Geräusch von sich, das wie ein Knurren klang. Die Stuten hörten auf zu laufen und sammelten sich. Der Nussbraune bäumte sich auf und knurrte den Appaloosa an. Dann standen sie beide einen Moment reglos da und starrten sich an. Die Stuten blieben dicht zusammen. Der Nussbraune ließ seinen Schweif hin- und hersausen, bleckte die Zähne und wieherte laut. Der Appaloosa preschte vor. Er galoppierte mit vorgestrecktem Kopf auf den Nussbraunen zu und verbiss sich in seiner Seite. Der Nussbraune biss zurück. Der Appaloosa richtete sich auf den Hinterbeinen auf und versuchte, seinen Gegner mit den Hufen zu erwischen. Auch der Nussbraune stieg hoch. Beide Pferde wieherten schreiend und sie fingen an, miteinander zu ringen. Dann trennten sie sich für einen Moment. Beide bluteten. Der Nussbraune wich zur Seite aus. Der Appaloosa folgte ihm, blieb jedoch immer zwischen ihm und seinen Stuten. Der Nussbraune versuchte, an ihm vorbeizukommen, woraufhin der Appaloosa wieder auf ihn losging.

«Oh mein Gott», sagte Allie. «Oh mein Gott.»

Als die beiden Hengste schrien und bissen und traten, fingen unsere Pferde – alle drei waren Wallache – nervös an, hin- und herzutrampeln.

«Oh mein Gott», sagte Allie erneut.

Sie hielt sich die Ohren mit den Händen zu.

Der Nussbraune unternahm einen letzten Versuch, an dem Appaloosa vorbeizukommen und so an die Stuten zu gelangen. Doch dann scheute er. Der Appaloosa fing an, ihn zu verdrängen. Wieder scheute der Nussbraune und trat mit den Hinterbeinen nach dem Appaloosa. Dann galoppierte er. Der Appaloosa verfolgte ihn und versuchte, ihm in die Hüften zu beißen. Der Nussbraune rannte über den nächstgelegenen Hügel und verschwand dahinter. Der Appaloosa folgte ihm bis ganz nach oben, dann hielt er an. Er wollte die Stuten nicht aus dem Blick verlieren. So stand er auf der Kuppel und schaute zu, wie der Nussbraune wegrannte. Alle paar Sekunden blickte er wieder zu seinen Stuten.

Allie nahm ihre Hände von den Ohren.

«Ist es vorbei?», fragte sie.

«Ja», sagte Cole.

«All das wegen der Stuten?»

«Ja.»

«Machen die das immer?»

«Ja.»

«Warum?»

«Wenn ein Hengst Stuten will, muss er gegen andere Hengste kämpfen.»

«Was interessiert es den Hengst, wenn ein anderer Hengst eine seiner Stuten besteigt?»

«Musst du ihn fragen», sagte Cole.

«Aber sie kennen doch keine Liebe.»

«Wahrscheinlich nicht.»

Der Appaloosa kam zu seinen Stuten zurückgetänzelt. Er hielt seinen Kopf und seinen Schweif stolz in die Luft. Er wirkte noch immer ganz aufgewühlt, voller nervöser Energie. Die Stuten fingen an zu grasen und er trabte rastlos um sie herum.

«Vielleicht ist er eifersüchtig», meinte Allie. «Aber es ist doch nur ein Pferd.»

«Diese Stuten», sagte Cole, «gehören dem Appaloosa-Hengst. Zumindest, solange er die Kraft hat, für sie zu kämpfen. Für ihn ist das wohl wichtig.»

«Und was ist mit den Stuten?», fragte Allie. «Haben die nichts zu sagen?»

«Die Pferde tun, was getan werden muss», erwiderte Cole. «Everett, du warst doch auf der Militärakademie. Weißt du, warum die Stuten bei dem Hengst bleiben?»

«Nein», sagte ich. «Und der Hengst und die Stuten wissen es wahrscheinlich auch nicht.»

«Besonders klug sind Pferde nicht gerade», meinte Cole.

50

Im Frühling tauchte Bragg wieder auf. Er kam an einem verregneten Aprilnachmittag einfach so in unser Büro reinspaziert. Er trug einen Regenmantel und darunter einen Anzug, wie ein Bankier.

«Ich nehme jetzt ein Blatt Papier aus meiner Innentasche», kündigte er an.

Ich zog meine Waffe und ließ den Lauf auf der Tischkante ruhen. Bragg zog eine Begnadigung des Präsidenten aus seiner Tasche und legte sie vor mir auf den Tisch.

«Von allen Anklagepunkten freigesprochen», sagte Bragg.

Ich nahm das Dokument in die Hand und schaute es mir eine Weile an. Es war im Juristenjargon geschrieben, aber bereits im ersten Absatz sah ich die Worte: «Von allen noch offenen Anklagepunkten freigesprochen.» Ich gab Bragg das Schreiben zurück.

«Du bist wohl an Geld gekommen», meinte ich.

«Wo ist Cole?», fragte Bragg.

«Er ist in der Stadt unterwegs», antwortete ich. «Er ist bald wieder da.»

«Dann warte ich auf ihn.»

«Nicht hier.»

«Warum nicht?»

«Weil ich dich nicht leiden kann.»

«Ich will nicht, dass Cole mich sieht und einfach zu schießen anfängt», warf Bragg ein, «bevor er die Begnadigung gesehen hat.»

«Ist nicht sein Stil», sagte ich, ging zur Tür und hielt sie auf.

Bragg zögerte. Dann schüttelte er den Kopf, ging hinaus und setzte sich in einen der Stühle auf der Veranda, unterhalb des Überbaus. Ich ließ die Tür offen stehen, setzte mich wieder an meinen Schreibtisch und schaute zu, wie der Regen auf der Straße Pfützen bildete.

Etwa anderthalb Stunden später kam Cole wieder. Ich wusste, dass er Bragg schon frühzeitig von der Straße aus gesehen hatte. Und ich wusste auch, dass er sich nichts anmerken lassen würde. Ich sah ihn am Fenster vorbeigehen. Sein Regenmantel war offen, damit er schnell zur Waffe greifen konnte, falls es zum Äußersten kam. Er hatte den Kragen hochgestellt, um sich vor dem Regen zu schützen, und seinen Hut tief ins Gesicht gezogen. Ich stand auf und ging zur Tür. Cole war vor Bragg stehen geblieben und schaute ihn ausdruckslos an. Braggs Mantel war offen.

«Ich bin unbewaffnet», sagte er.

Cole nickte. Bragg hielt das Blatt Papier hoch, das er mir bereits gezeigt hatte. Ich wusste, dass es Cole nichts sagen würde. Er würde beim Lesen viel Zeit brauchen, um die Worte zu entziffern.

«Ich wurde begnadigt», sagte Bragg. «Ich hab's Hitch schon gezeigt.»

Ich trat ins Freie und setzte mich auf den Stuhl neben Bragg. Cole schaute zu mir. Ich nickte. Dann wandte er seinen Blick wieder zu Bragg.

«Du bist der Einzige, der weggerannt ist», meinte Cole. «In Beauville.»

«Die, die geblieben sind, sind tot», erwiderte Bragg.

Cole sagte nichts.

«Ich bin ein gesetzestreuer Bürger», sagte Bragg. «Du hast nicht das Recht, mich weiter zu belästigen.»

Cole schwieg eine Weile und schaute Bragg ausdruckslos an.

Dann sagte er: «Außer, du stellst wieder was an.»

Bragg grinste breit.

«Dann ist ja alles bestens», sagte er. «Ich kehre nach Appaloosa zurück. Aber erst musste ich diese Sache mit euch aus der Welt schaffen.»

Cole antwortete nicht.

Bragg zog ein hellbraunes Zigarrenetui aus der Innentasche seines Mantels. Er bot Cole und mir eine Zigarre an. Wir lehnten ab. Er zündete sich eine an und paffte daran, bis sie ordentlich glühte.

«Ich bin an Geld gekommen», sagte Bragg. «Und ich habe vor, an noch mehr zu kommen.»

Bragg hielt uns seine Hand hin.

«Wollen wir die Vergangenheit ruhen lassen?», fragte er.

Cole ignorierte ihn und ging an ihm vorbei in sein Büro. Bragg schaute ihm einen Moment hinterher, dann wandte er seinen Blick mir zu.

«Ihr solltet euch auf meine Seite stellen», sagte er. «Ich habe viel vor in Appaloosa.»

Ich schüttelte den Kopf.

Jetzt, da er sich sicher war, dass Cole ihn nicht erschießen würde, war Bragg wieder sehr von sich eingenommen. Er war nicht mehr ein zwielichtiger Rancher, der gerne zur Waffe griff, oder andere zur Waffe greifen ließ. Er war jetzt ein wichtiger Mann, ein bedeutender Mann. Er sah aus wie ein Politiker und er redete auch so. Er verteilte Zigarren und erzählte von seinen großen Plänen. Er trug einen Anzug mit Weste. Der neue Bragg gefiel mir keinen Deut besser als der alte.

«Ich werd dir auch nicht die Hand schütteln», sagte ich.

Bragg stand auf und knöpfte seinen Mantel zu.

«Die Dinge werden sich ändern in Appaloosa», sagte er. «Ihr könnt davon profitieren. Oder ihr bleibt auf der Strecke.»

Er schlug seinen Kragen hoch, zog seinen Hut ins Gesicht und trat von der Veranda in den Regen. Ich schaute ihm zu, wie er die Straße entlangging. Der Duft seiner teuren Zigarre blieb noch lange in der Luft.

51

An einem Morgen im Mai ritt ich zu Braggs Ranch, um mich ein wenig umzusehen. Ich konnte das Feuerholz und den gebratenen Speck aus der Küche riechen, noch bevor ich auf der Bergspitze oberhalb der Ranch angekommen war und sie mir von oben anschaute. Im Pferch standen Pferde, und soweit ich das sehen konnte auch im Stall. Auf der Veranda wuchs kein Unkraut mehr. Die Ranch sah gepflegt aus und es schien, als würde hier gearbeitet werden. Ich sah nur zwei Arbeiter, die ihre Sättel über des Geländer des Geheges gehängt hatten. Aber es waren so viele Pferde im Pferch und im Stall, dass sicherlich mit noch mehr Arbeitern zu rechnen war. Von Rindern keine Spur. Die zwei Jungs am Zaun des Geheges sahen nicht aus wie Cowboys. Eine Weile lang blieb ich auf meinem Pferd sitzen und schaute einfach nur zu. Weitere Arbeiter kamen und gingen. Von und zum Plumpsklo, von und zur Schlafbaracke, von und zum Kochschuppen. Keiner von ihnen trug die Art von Kleidung, die man fürs Kuhtreiben brauchte. Ich fing an, mich zu langweilen, also wendete ich mein Pferd und ritt wieder in die Stadt.

Cole saß im Saloon des Boston House Hotels und trank Kaffee. Vor ihm lag ein offenes Kinderbuch über König Artus. Ich hielt kurz inne und schaute ihm zu. Er las, wie immer, sehr langsam. Seine Lippen formten die Worte, die er las. Bei besonders schwierigen Sätzen fuhr er mit dem Finger über die Seite.

Ohne aufzublicken, sagte er: «Komm und setz dich, Everett.»

Ich tat, wie mir geheißen. Tilda kam und schenkte mir Kaffee ein.

«Bragg wohnt wieder auf seiner Ranch», sagte ich.

Cole legte das Buch zur Seite.

«Ich weiß.»

«Und er hat ziemlich viele Arbeiter», fuhr ich fort.

«Aber keine Kühe», ergänzte Cole.

«Du warst also auch schon da oben?», sagte ich.

«Ist doch klar.»

«Was meinst du, was wird hier gespielt?»

«Er hat Earl May beide Saloons abgekauft.»

«Ach?», fragte ich. «Und was macht Earl May jetzt?»

«Will sich zur Ruhe setzen. Will zu seiner Tochter nach Denver ziehen.»

«Sollten wir vielleicht auch machen», schlug ich vor.

«Hast du irgendwo eine Tochter?», fragte Cole.

«Nein.»

«Ich auch nicht.»

«Dann können wir genauso gut hierbleiben», meinte ich. «Was meinst du, woher hat Bragg all das Geld?»

«Ich hab nur Gerüchte gehört», sagte Cole. «Zum Beispiel, dass Bragg in Nevada auf Silber gestoßen ist. Oder dass er mit ein paar anderen Jungs einen Goldzug in Mexiko überfallen hat.»

«Ich habe gehört, er hat mit seinen Leuten den Rio Grande überquert und in Mexiko Pferde und Kühe gestohlen», sagte ich. «Und die soll er dann an die Army verkauft haben.»

«Bin mir nicht sicher, ob man so zu Geld kommt», meinte Cole zweifelnd.

«Aber man kann leicht ins Grab kommen.»

Cole nickte.

«Klingt irgendwie nicht nach Bragg», merkte er an.

«Klingt nach Knochenarbeit.»

Cole grinste.

«Wie gesagt. Ist eher nichts für Bragg», sagte er.

«Ich hab gehört, er habe bei einem Pokerspiel in Abilene, in Texas, einem besoffenen Minenarbeiter einen Haufen Goldnuggets abgenommen», sagte ich. «Entweder das oder er hat bei Clovis eine Postkutsche von Wells Fargo ausgeraubt.»

Tilda kam und schenkte uns noch mehr Kaffee ein. Cole trank. Dann musste er grinsen.

«Vielleicht hat er sich sein Geld hart erarbeitet und ehrlich verdient», sagte er.

«Das wird's sein», erwiderte ich.

«Eines wissen wir», fuhr Cole fort. «Nämlich, dass er auf seiner Ranch einen ganzen Haufen Reiter fürs Nichtstun bezahlt.»

«Und er hat zwei Saloons gekauft», fügte ich hinzu. «Hat Earl einen guten Preis dafür bekommen?»

«Er wirkte ganz zufrieden.»

«Meinst du, Bragg hat ihn gezwungen?»

«Glaube ich nicht», sagte Cole. «Kannst ihn ja mal fragen.»

«Klar», gab ich zurück. «Was meinst du, warum ist er wieder hier?»

«Er hat Land hier», meinte Cole.

«Kann man schnell verkaufen.»

«Und wir sind auch hier», sagte Cole.

«Glaubst du, es hat was mit uns zu tun?»

«Kann sein. Bragg war hier die Nummer eins, bis wir ihn vertrieben haben.»

«Es geht also um seinen Stolz?»

«Stolz», sagte Cole, «ist 'ne komische Sache.»

Ich trank noch einen Schluck Kaffee und schaute Cole lange an.

«Woher willst du das wissen?», fragte ich.

52

Zweimal im Jahr gab es in Appaloosa eine Stadtversammlung. Die erste fand am ersten Juni statt, bevor es für solche Versammlungen zu heiß wurde. Das zweite Treffen fand jeweils am ersten Dezember statt, denn danach wurde der Winter zu hart. Meistens wurden die Treffen in einer Kirche an der Second Street abgehalten. Sie dauerten meistens einen ganzen Tag, und in der Regel waren Cole oder ich mit dabei, nur für den Fall, dass eine brenzlige Debatte zu einer Prügelei ausartete.

Diesen Juni war ich auch mit dabei. Ich saß ganz hinten in der Kirche, nahe der Tür, auf einem Hochstuhl, wie sie in Saloons für die Türsteher verwendet wurden. Der Hochstuhl war extra angeschleppt worden. Die Stadträte saßen in der ersten Reihe, nahe der Kanzel, wo der Pastor heute die Versammlung leitete. Wie immer nach der Mittagspause roch es im Saal nach Whiskey. Während die Zuspätkommenden sich setzten, kam Randall Bragg herein und ging allein den Mittelgang entlang. Er nahm in der ersten Reihe Platz. Er trug einen dunklen Anzug. In seiner Westentasche steckte eine Taschenuhr mit einer langen Goldkette. Als er die Kirche betrat, nahm er seinen Hut ab, und als er sich setzte, legte er ihn vorsichtig in seinen Schoß.

Niemand in der Stadt hatte einen Richterhammer, als die Versammlung also weitergehen sollte, trat der Pfarrer an sein Pult und schwieg so lange, bis der Lärm im Saal abgenommen hatte. Ich war immer wieder überrascht, dass das funktionierte. Aber so war es nun mal.

«Bevor wir mit der Versammlung heute Nachmittag weitermachen», sagte der Pfarrer, «hat einer unserer Mitbürger darum gebeten, ein paar Worte an die hier Versammelten richten zu dürfen.»

Der Pastor war ein strammer Kerl und er wirkte so, als sei er von seinem Platz im Himmel fest überzeugt.

«Mit der Zustimmung unserer Stadträte», fuhr der Pfarrer fort, «habe ich dieser Bitte stattgegeben. Mr. Bragg?»

Bragg stand auf, legte seinen Hut auf seinen Platz und trat an die Kanzel. Er war rasiert und sein Haar war ordentlich geschnitten. Hätte der Saal nicht so sehr nach Whiskey gestunken, hätte ich sicher den Lorbeerspiritus riechen können, den er als Haarwasser verwendete. Er schaute kurz zur Decke, dann wandte er sich an die Zuhörer.

«Ich hab schon befürchtet», sagte er, «dass ich vom Blitz getroffen werde, als ich an die Kanzel kam.»

Das Publikum lachte höflich.

«Und wenn der Herr einen Blitz geschickt hätte», fuhr er fort, «nun, wer könnte es ihm verdenken?»

Wieder lachten die Leute. Bragg lächelte sie an.

«Die meisten unter Ihnen wissen, wer ich bin», sagte er. «Mein Name ist Randall Bragg und ich war viele Jahre lang ein höchst durchtriebener Kerl.»

Jetzt breitete sich Schweigen aus.

«Vor etwa einem Jahr blickte ich, mehr als nur einmal, dem Tod ins Angesicht. Aber ich kam mit dem Leben davon. Und dann fragte ich mich warum. Warum bin ich noch am Leben und so viele andere nicht?»

Ich hatte darauf eine Antwort, nämlich dass er in zumindest einem dieser Momente die Füße in die Hand genommen und die Flucht ergriffen hatte. Aber ich verkniff mir jeden Kommentar.

«Und eines Tages wurde mir klar, so wie die Sonne durch die Wolken scheint, dass alles in Gottes Hand lag. Gott war noch nicht fertig mit mir. Er wollte, dass ich an den Ort, an dem ich so viel Schlechtes getan hatte, zurückkehren sollte, um Gutes zu tun.»

Niemand wagte zu atmen. Neben Bragg stand der fette Prediger und strahlte vor Stolz.

«Nun», sagte Bragg und senkte demütig den Kopf, «bin ich also hier.»

Eine Art langer Seufzer ging durch den Raum.

«Der Herr hat mich gesegnet», fuhr Bragg fort. «Im letzten Jahr bin ich zu Geld gekommen. Und jetzt bin ich hier, um mit diesem Geld

Gutes zu bewirken, um die Stadt neu aufzubauen. Die Stadt, in der ich noch vor nicht allzu langer Zeit nur Ungemach gesät habe.»

Vereinzelt wurde geklatscht. Bragg hielt die Hände hoch, um die Zuhörer um Ruhe zu bitten.

«Ich habe Earl May einige Häuser in der Stadt abgekauft», sagte Bragg. «Und die werde ich renovieren. Und dann wollte ich Ihnen allen noch sagen, dass ich Abner Raines das Boston House Hotel abgekauft habe.»

Im Publikum wurde geflüstert.

«Ich werde daraus das beste Hotel zwischen St. Louis und Denver machen», sagte er, «und mit Gottes Hilfe mache ich aus Appaloosa die schönste und wohlhabendste Stadt zwischen den Rocky Mountains und dem Mississippi River. Es wird eine Stadt werden, in die die Leute angereist kommen, um ihr Geld zu verprassen. Eine Stadt, in der jeder, der hart zu arbeiten bereit ist, nicht nur wohlhabend werden kann, sondern regelrecht reich!»

Als Bragg anfing, Gottes Hilfe zu beschwören, dachte selbst ich einen Moment lang, es müsste ihn gleich der Blitz treffen. Aber es kam keiner. Stattdessen fing das Publikum an zu klatschen. Einer stand auf und jubelte, und kurz darauf taten es ihm alle gleich. Bragg stand schweigend da, das Haupt demütig gebeugt, die Hände vor seinem Körper verschränkt. So nahm er den Jubel dankbar und bescheiden an.

Er hatte nicht ganz klargemacht, wie er das alles zu bewerkstelligen gedachte, aber das fiel keinem weiter auf. Den Leuten gefiel der Gedanke, hart zu arbeiten und gleich danach reich zu werden. Als der Applaus abflaute, hob Bragg den Blick wieder an.

«Wenn hier jemand ist, dem ich ein Unrecht getan habe, so bitte ich um Verzeihung. Und ich möchte mich bei Ihnen allen bedanken, dass Sie mich hier wieder aufnehmen.»

Dann senkte er den Blick wieder. Seine Hände waren weiterhin vor ihm verschränkt, wie bei einem Mönch. Er ging den Mittelgang entlang zur Tür. Als er an mir vorbeikam, hob er den Kopf leicht an, lächelte mir zu und nickte.

Eine verdammt gute Show.

53

Der Bulle kam in einem Güterwagen, mitten in den heißen Tagen des Juli. Zwei von Braggs Arbeitern nahmen ihn am Bahnhof in Empfang und führten ihn langsam durch die Stadt, in Richtung der Ranch. Es war ein kleiner, gedrungener Bulle mit schwarzem Fell. Er hatte keine Hörner.

«Hast du so was schon mal gesehen?», fragte ich Cole, als der Bulle durch die Main Street getrieben wurde.

«Nein.»

Ein paar Jungen liefen hinterher und bestaunten den schwarzen Bullen. Aus den Geschäften kamen Leute und blieben in den Türrahmen stehen. Auch an den Türen der Saloons, die jetzt Bragg gehörten, standen Schaulustige.

«Olson sagte, Bragg hat das Vieh aus Schottland kommen lassen. Die Rasse nennt man Aberdeen Angus.»

«Olson und Bragg sind jetzt wohl beste Freunde», sagte Cole. «Oder?»

«Olson sagte, dass Bragg eine ganze Herde davon haben will. Er hat wohl auch schon Angusrinder gekauft.»

«Ziemlich kleiner Bulle», meinte Cole.

«Olson sagte, die Rinder schmecken vorzüglich», fuhr ich fort. «Angeblich gibt's an der Ostküste teure Restaurants und Hotels, die für das Fleisch ganz schön was hinblättern.»

Am Ende der Straße bogen die Farmarbeiter mit dem Bullen um die Ecke und wir konnten sie nicht mehr sehen. Die Kinder folgten ihnen um die Ecke.

«Bragg hat alle Hände voll zu tun», merkte Cole an.

«Teure Rinder», stimmte ich zu, «Saloons, Hotels.»

«Ich hab gehört, dass Abner Raines die Stadt verlassen hat», sagte Cole.

«Und wo ist er hin?»

«Nach Kansas. Ackerbau betreiben.»

«Ackerbau?»

«Hat er gesagt.»

«Und wer kümmert sich um das Hotel?»

«Einer von Braggs Leuten», sagte Cole.

«Mich würde interessieren, wo Bragg sein Geld herhat», meinte ich.

«Mich würde noch viel brennender interessieren», fügte Cole hinzu, «was er damit vorhat.»

«Stimmt», pflichtete ich ihm bei. «Ist im Grunde egal, wo er es herhat.»

Cole nickte.

Wir schwiegen. Von unseren Stühlen aus konnten wir den Bullen wieder sehen. Er stapfte den Hügel zu Braggs Ranch hoch und wirbelte dabei Staub auf.

«Also ist Olson der einzige Stadtrat», sagte ich.

«Ja.»

«Und er scheint sich mit jedem Tag besser mit Bragg zu verstehen.»

«Ja.»

«Bei der nächsten Versammlung», sagte Cole, «müssen sie ein Datum für die Wahl festlegen. Im Oktober müssen dann neue Stadträte gewählt werden.»

«Dann hat Bragg drei Monate Zeit», sagte ich.

«Ja.»

«Glaubst du wirklich, Bragg hat sich verändert?»

«Unsinn.»

«Ich auch nicht», meinte ich. «Also was will er.»

«Ich glaube, er will die Stadt», erwiderte Cole. «Und alles, was dazugehört.»

«Und was dann?»

«Weiß ich nicht», sagte Cole. «Er weiß es wahrscheinlich auch nicht.»

«Tja», sagte ich. «Immerhin macht er uns keinen Ärger wie beim letzten Mal.»

«Noch nicht.»

«Wir können nichts tun», sagte ich.

«Er hat nichts Illegales getan», fügte Cole hinzu.

«Kommt noch.»

«So lange müssen wir warten», sagte Cole.

«Er hat Jack Bell und einen Deputy erschossen.»

Cole nickte.

«Und er hat Ring und Mackie Shelton dafür bezahlt, ihn zu befreien.»

Cole nickte.

«Und dann haben sie Allie entführt.»

«Er wurde begnadigt», sagte Cole.

«Nicht von uns», merkte ich an.

«So geht das nicht», sagte Cole. «Wir müssen uns an die Regeln halten. Nur so bleiben unsere Hände sauber.»

Es war eine Diskussion, die wir schon oft geführt hatten. Das Ergebnis war immer dasselbe.

«Tja», sagte ich nach einer Weile. «Dieses Mal geht er wohl etwas geschickter vor.»

«Dieses Mal hat er mehr Geld.»

«Wenn man Geld hat, kann man auch geschickter vorgehen», sagte ich.

«Keine Ahnung», sagte Cole. «Ich hatte nie Geld.»

«Ich auch nicht», gab ich zu. «Also kann ich's eigentlich auch nicht wissen. Aber mir scheint, als ob es dadurch einfacher wird.»

«Vielleicht wird's auch schwieriger», sagte Cole.

«Kann sein. Im Grunde braucht man nicht viel.»

«Wenn man alleine lebt», ergänzte Cole.

«Ja, wenn man alleine lebt.»

«Allie hat ein Herz für schöne Dinge», sagte er.

«Sie spielt Klavier. Sie wird bezahlt», meinte ich. «Sie kriegt Trinkgeld.»

«Sie will mehr.»

«Ihr habt ein hübsches Haus», sagte Cole.

Cole schwieg eine Weile.

«Mir hat das, was ich habe, immer gereicht», meinte er nachdenklich.

Ich nickte.

Dann sagte er zu mir: «Und du, du hast auch genug.»

«Ja», erwiderte ich. «Ich hab ein Dach überm Kopf, ich kann mir Whiskey und Essen leisten, und wenn mir der Sinn danach steht auch mal eine Nacht mit Katie Goode. Ab und zu gibst du mir eine Zigarre. Wenn ich mehr Geld hätte, wüsste ich nicht, was ich damit anfangen sollte.»

«Gib's Allie», knurrte Cole. «Sie wüsste sicher, was sie damit anfangen will.»

Ich musste grinsen.

«Sie will, dass ich diese Art von Arbeit an den Nagel hänge.»

«Und was meinst du dazu?»

«Ich mag meine Arbeit», sagte er. «Mir liegt das, was ich tue.»

Der schwarze Bulle war jetzt kaum mehr zu sehen. Er verschwand hinter einem Bergrücken. Da, wo er verschwunden war, hing noch etwas Staub in der Luft, dann verstreute ihn der Wind und nichts bewegte sich mehr.

«Ja», sagte ich. «Tut es.»

54

Wir hatten einen Minenarbeiter in unserem Gefängnis eingesperrt, der eine Hure namens Big Ass Sally Lowe verprügelt hatte, und ich hatte mir den ganzen Tag sein Gequatsche anhören müssen. Jetzt war Cole an der Reihe und ich ging zum Abendessen und auf einen Drink in den Saloon des Boston House Hotels.

Der Saloon machte mittlerweile ganz schön was her. Es gab einen neuen, großen Tresen aus dunklem Mahagoniholz mit einem großen, goldgerahmten Spiegel dahinter. In der Mitte des Raums hing ein großer Kerzenleuchter mit vielen Glasstücken. Hinten standen vier Kartentische. Sogar einen Croupier gab es. Bragg hatte sich mit Phil Olson, dem letzten Stadtrat, darauf geeinigt, dass ein Deputy angestellt wurde, der ausschließlich für die Sicherheit im Hotel verantwortlich war. Er saß mit einer Schrotflinte auf einem Hochstuhl bei den Kartentischen.

Allie durfte auf einem neuen Klavier rumklimpern, was im Grunde Geldverschwendung war. Sie war gerade dabei, hart in die Tasten zu hauen, als ich mich an die Theke setzte. Bragg war auch da. Dunkler Anzug, weißes Hemd, Goldkette, teure Zigarre. Er kam an meinen Tisch.

«Wie wär's mit 'nem Drink, Everett?»

«Hab schon», sagte ich.

Bragg hielt die Handflächen nach oben.

«Fein», sagte er. «Kein Problem. Zigarre?»

Ich schüttelte den Kopf.

«Fein», sagte er wieder. «Ich kann schon verstehen, warum ihr Jungs mir nicht sonderlich gut gesonnen seid. Aber ich sage euch eins, ich bin nicht mehr der, der ich früher war. Und ich hoffe, dass wir eines

Tages zusammenarbeiten können. Wenn ihr erkannt habt, dass ich die Wahrheit sage.»

«Die Wahrheit? Dass du ein geläuterter Mann bist?»

«Bin ich.»

«Dem jetzt zwei Saloons, ein Hotel und ein teurer, schwarzer Bulle gehören», fügte ich hinzu.

«Und sechs Kälber», fügte Bragg mit einem Lächeln hinzu. «Ich züchte hier Rinder, die in diesen Gefilden noch völlig unbekannt sind. Aber wenn die Leute das Fleisch erst mal schmecken, werden sie nicht genug davon bekommen können.»

«Mit nur einem Bullen und sechs Kälbern?»

«Die Kühe sind erst der Anfang. Ich will dafür sorgen, dass auch andere Rancher die Angus-Kälber bekommen. Und mein Bulle wird sie dann begatten.»

«Ich dachte, du bist schon reich», meinte ich.

«Ich hatte Glück», sagte Bragg. «Und jetzt will ich, dass auch in dieser kleinen Stadt das Glück Einzug hält, nach all dem Unglück, das ich ihr dereinst gebracht habe.»

«Ausgerechnet du willst jetzt den Glücksbringer spielen?»

«Ich werde Appaloosa berühmt machen, wegen des Fleisches. Ich will aus den Kupferminen mehr rausholen. Es soll eine Stadt werden, die die Leute anzieht, wo man sich vergnügen kann. Und wo sie ihr Geld investieren.»

Ich nippte an meinem Whiskey und lehnte mich in meinem Stuhl zurück. Ich stemmte meinen Fuß gegen den Tisch und ließ den Stuhl ein wenig kippen.

«Bragg», sagte ich. «Damit das klar ist. Ich glaube dir kein einziges beschissenes Wort. Du willst aus Appaloosa deine private Spielwiese machen und du reißt dir den Arsch auf, um Virgil und mich auf deine Seite zu kriegen. Damit wir dir nicht im Weg stehen.»

Ich nahm noch einen Schluck Whiskey.

«Aber das werden wir.»

Einen Moment lang schien sich etwas in Braggs Gesicht zu verändern. Doch dann war es wieder verschwunden. Als er weitersprach, klang seine Stimme fröhlich, gerade so, wie er es sich in letzter Zeit angewöhnt hatte.

«Tut mit leid, das zu hören, Everett. Ich hatte gehofft, ich könnte mit dir und Virgil zusammenarbeiten.»

Ich erwiderte nichts.

«Na ja», sagte er mit einem freundlichen Grinsen. «Abwarten und Tee trinken.»

Ich sagte nichts. Bragg ging rüber zum Klavier, wo Allie «My Old Kentucky Home» spielte. Glaubte ich zumindest.

«Kannst du auch ‹Old Folks at Home›, Allie?», fragte Bragg.

«Natürlich, Mr. Bragg.»

«Sag doch einfach Randall», meinte Bragg. «Das Lied habe ich schon immer geliebt.»

Allie fing an zu spielen und Bragg stand wie verzückt da. Ich fand, es klang genau wie «My Old Kentucky Home».

«Magst du Stephen Foster, Randall?»

«Ja.»

«Ich auch», sagte Allie.

Bragg ging zum Barkeeper, holte einen Drink, kam zurück und stellte ihn auf dem Klavier ab.

«Wir hatten gar nicht die Gelegenheit zu reden, nachdem uns die Indianer fast erwischt hätten.»

Allie nickte.

«Ich wollte nur sagen, dass ich deinen Mut bewundere.»

«Oh, Gott segne dich, Randall, aber ich war fast verrückt vor Angst.»

«Tja, also, ich fand, du warst sehr tapfer.»

Er nippte an seinem Drink.

«Kann ich dir was Gutes tun? Wir haben hier seit Neustem auch Sherry.»

«Ein Sherry, das wäre schön», schwärmte Allie.

Da war etwas in ihrer Stimme, was ich schon kannte. Und es gefiel mir nicht. Bragg ging ihr ein Glas Sherry holen und kam damit zurück. Sie nippte daran, stellte es auf dem Klavier ab und spielte «Camptown Races». Bragg lehnte sich an das Klavier und hörte aufmerksam zu, als ob sie Talent hätte.

Ohne aufzublicken, sagte Allie: «Mir ist es immer peinlich, wenn jemand darüber spricht. Immerhin habt ihr alle mich unbekleidet gesehen.»

«Es soll nicht ungehörig klingen, Allie», meinte Bragg, «aber das sind schöne Erinnerungen.»

Allie kicherte.

«Randall, ich bitte dich!», sagte sie.

«Musst dich nicht schämen, Allie. Wenn ich mich recht entsinne, kannst du sogar stolz sein.»

«Oh», sagte Allie.

Ich stand auf und ging hinüber. Ich lehnte meine Arme auf das Klavier, sagte aber nichts. Allie spielte weiter.

«Wir sprachen gerade darüber, wie fürchterlich das damals war, mit den Indianern», sagte Allie.

«Hab ich gehört.»

«Und Randall hat mir ein Glas guten Sherry spendiert, Everett.»

Ich nickte. Bragg sagte gar nichts. Allie fing an, «Oh! Susanna» zu spielen. Bragg und ich standen wie angewurzelt da und hörten zu.

Als Allie fertig war, sagte Bragg: «Danke für den hübschen Liederabend, Allie.»

«Ich danke *dir*, Randall», erwiderte Allie. «Für den Sherry.»

Bragg nickte, dann trollte er sich. Ich blieb noch, aber ich wusste nicht, was ich sagen sollte.

«Ich muss nett zu ihm sein, Everett», sagte Allie. «Seit er das Hotel gekauft hat, ist er mein Boss.»

Ich nickte, trank noch etwas Whiskey und ging. Ich wusste jetzt, was ich sagen wollte, aber ich wusste nicht, wie ich es sagen sollte. Und selbst wenn. Es hatte keinen Sinn.

55

Bragg hatte einen guten Sommer. Er und zwei Investoren kauften die beiden Kupferminen auf, denen Appaloosa seine Existenz zu verdanken hatte. Dann baute er sie aus. Das Hotel war jetzt immer voll, die Saloons auch. Er machte immer mehr Casinos auf und in jedem saß ein Deputy im Hochstuhl. Ende August kaufte Bragg die Pferdestation und den Gemischtwarenladen von Olson. Seine Kühe waren trächtig.

An einem verregneten Spätnachmittag im September kam ein schlanker Mann mit einem jugendlichen, glatt rasierten Gesicht aufs Revier. Cole und ich saßen da und schauten dem Regen durch das offene Fenster zu. Jeder von uns hatte eine Kaffeetasse. Der Mann hatte einen offenen Regenmantel und darunter sah ich einen .44er Colt mit Perlmuttgriff.

Cole schaute ihn vorsichtig an.

«Hayes», sagte er.

«Hallo, Virgil», sagte der Mann.

Er nahm seinen Hut ab und schlug damit gegen sein Bein, damit er abtropfte. Dann legte er den Hut auf die Kante von Coles Schreibtisch. Sein Haar war grau. Ohne Hut wirkte er älter.

«Mein Deputy», sagte Cole. «Everett Hitch. Und das hier ist Hayes Hatfield.»

Wir begrüßten uns.

«Ich hab von der Schießerei zwischen euch und den Sheltons gehört», sagte Hatfield.

«Ist gegen die Stadtverordnung», ermahnte ihn Cole, «bewaffnet hier rumzulaufen.»

«Ist immer so in deinen Städten, Virgil», sagte er. «Ich hatte gehofft, du könntest mal ein Auge zudrücken.»

Cole nickte.

«Kann ich», sagte er. «Wie lange bist du in der Stadt?»

«Morgen geht's weiter», antwortete Hatfield.

«Ich wär dir verbunden», meinte Cole, «wenn du das mit der Waffe nicht an die große Glocke hängst. Sonst ist das Gesetz witzlos.»

«Ich lasse meinen Mantel zu», bot Hatfield an.

«Aber nicht zugeknöpft», schlussfolgerte Cole.

«Hat keinen Zweck, mit einer Waffe rumzulaufen», meinte Hatfield, «wenn man nicht rankommt.»

«Stimmt», sagte Cole.

«Ich wollte sowieso nur was essen und dann schlafen gehen», erklärte Hatfield.

«Bist du geschäftlich hier in Appaloosa?», wollte Cole wissen.

Hatfield grinste breit. Wenn er keine grauen Haare hätte, könnte man ihn für zwanzig halten.

«Ich hatte Besuch. In Yaqui. Ich arbeite da in einem Casino, Crystal Palace, als Croupier. Hab auch für Wells Fargo gearbeitet. Der Kerl, der mich besucht hat, meinte, dass er bald zum ersten Bürgermeister von Appaloosa gewählt wird, und er hat mich gefragt, ob ich Marshal werden will.»

«Ich wusste gar nicht, dass der Job zu haben ist», sagte Cole.

«Doch, hat der Kerl gesagt. Sobald er Bürgermeister ist.»

Cole erwiderte nichts.

«Er meinte, die Stadt wächst so schnell, dass sie bald eine echte Polizei brauchen, und sobald das der Fall ist, kann ich Polizeichef werden.»

«Davon wusste ich nichts», sagte Cole.

«Also hab ich ein wenig rumgefragt», fuhr Hatfield fort. «Und hab gehört, dass du hier der Marshal bist. Da dachte ich mir, ich komm dich mal besuchen und rede mit dir.»

«Wer ist denn der Kerl, der dich in Yaqui besucht hat?», fragte Cole.

«Typ namens Olson», erwiderte Hatfield.

Cole warf mir einen Blick zu.

«Steckt also mit Bragg unter einer Decke», sagte Cole.

«Allerdings», pflichtete ich ihm bei.

«Bragg?», fragte Hatfield. «Ist das nicht der Kerl, der die Schießerei in Beauville überlebt hat?»

«Weil er abgehauen ist», sagte Cole.

«Und jetzt ist er wieder da?»

«Mit einem Sack voll Geld», sagte ich. «Hat die Stadt weitgehend aufgekauft.»

«Und ihr wollt ihn daran hindern, auch den Rest zu kaufen?»

«Ja.»

«Aber er ist wohl zu feige, um euch Mann zu Mann entgegenzutreten», schlussfolgerte Hatfield.

«Scheint so», meinte Cole.

«Also dachte er sich, das könnte genauso gut ich machen», überlegte Hatfield.

«Könntest du sicher», erwiderte Cole. «Wenn du einen Grund hättest.»

«Und wenn ich von diesem Kerl, diesem Olson, Geld annehmen würde …»

«Hättest du einen Grund», führte Cole den Gedanken zu Ende.

Hatfield nahm seinen Hut vom Tisch und hielt ihn gegen seinen linken Oberschenkel. Er stellte sich einen Moment in den Türrahmen und schaute dem Regen zu.

«Wird 'n nasser Herbst», meinte er.

«Scheint so», erwiderte Cole.

Hatfield setzte seinen Hut auf und schob ihn ein wenig nach vorne, sodass seine Augen halb verdeckt waren.

«Ich hab das Gefühl, dass wer für Olson arbeitet, in Wirklichkeit für Bragg arbeitet.»

«Korrekt», sagte Cole. «Olson ist nur der Laufbursche.»

Hatfield nickte. Er hatte uns noch immer den Rücken zugewandt und schaute hinaus in den Regen. Dann drehte er sich um und ließ seinen Blick durch das kleine Büro wandern.

«Bin mir nicht sicher, ob ich hier arbeiten will», sagte er.

Cole und ich nickten beide.

«Wenn ich an deiner Stelle wär», meinte Hatfield, «würd ich mich von dem Kerl nicht aus der Stadt vertreiben lassen.»

«Ich hab ein Haus hier», pflichtete Cole ihm bei. «Und eine Frau.»

«Selbst wenn nicht. Du bist nicht der Typ, der sich einfach so vertreiben lässt.»

«Nein», pflichtete Cole ihm bei. «Bin ich wohl nicht.»

«Aber», fuhr Hatfield fort, «ich bin nicht hier, ich bin nicht an deiner Stelle. Und ich sehe keinen Grund, hierherzukommen.»

«Korrekt», sagte Cole.

Hatfield drehte sich um und streckte die Hand aus. Cole schüttelte sie, dann tat ich es ihm gleich.

«Morgen steige ich in den Zug zurück nach Yaqui», sagte Hatfield.

Dann wandte er sich um und ging durch die offene Tür. Er hielt seinen Mantel zu und hastete zum Boston House Hotel.

56

Als ich am nächsten Morgen wieder aufs Revier kam, regnete es noch immer und es war eiskalt. Cole saß unter dem Vordach, damit er nicht nass wurde. Trotzdem, das Wetter verleitete nicht gerade zum Draußensitzen.

Ich sagte: «Morgen, Virgil.»

Cole nickte. Ich ging hinein und schenkte mir etwas Kaffee ein, der auf dem Ofen stand. Dann setzte ich mich mit meiner Tasse in den freien Stuhl neben Cole. Er sagte nichts. Sein Blick ging ins Leere und ich konnte unmöglich sagen, was in ihm vorging. Er saß einfach nur da. Ich leistete ihm Gesellschaft und schlürfte meinen Kaffee. Es regnete nun schon seit drei Tagen. Die Main Street war voller Matsch. Ein paar gesattelte Pferde stapften durch den Schlamm, aber ich sah keine Kutschen.

«So leicht werden die mich nicht los», sagte Cole.

«Sie haben uns den Job gegeben», meinte ich, «und sie können uns jederzeit entlassen.»

«Ich und Allie, wir haben hier ein Haus. Ich bleibe hier.»

«Als was?», fragte ich.

«Weiß ich noch nicht», sagte Cole.

«Wenn sie uns feuern, müssen sie uns auch nichts zahlen.»

«Ist mir schon klar.»

Ich nippte an meinem Kaffee.

«Wäre vielleicht keine so schlechte Idee, woanders hinzugehen», sagte ich.

Cole schüttelte den Kopf.

«Hast du's mit Allie besprochen?», wollte ich wissen.

Er nickte.

«Und sie weigert sich zu gehen», schlussfolgerte ich.

«So ist es.»

Ich schloss meine Augen, dann öffnete ich sie langsam und schaute mir eine Weile den Regen an.

«Und ohne sie gehst du nirgendwohin.»

«So ist es.»

Alles roch feucht. Das Holz roch feucht, der Schlamm und die Pferde auch. Und ich nahm den Geruch von Feuerholz wahr, denn bei den eisigen Regenschauern im Herbst entfachten die Leute ihre Öfen, um es warm zu haben. Ich atmete tief durch.

So ist das also.

«Ich muss dir was sagen, Virgil.»

Er nickte.

«Wenn ich hierbleibe», sagte er, «kann ich mir meinen Lebensunterhalt nicht verdienen.»

«Sobald Olson Bürgermeister ist, wird er uns entlassen. Und dann gibt uns keiner einen Job.»

«Ist mir klar», sagte Cole.

Er saß reglos da. Er schaute ins Nichts. Er dachte an nichts. Als wäre er nicht da.

«Da wäre noch was», sagte ich.

«Kann sein, dass sie mich verlässt», meinte Cole, als hätte er meine Gedanken gelesen.

Ein Reiter auf einem fuchsfarbenen Pferd trabte vorbei. Ich sah, wie sich in den Hufabdrücken im Schlamm der Regen sammelte. Wieder atmete ich tief ein, spannte die Muskeln in meinem Magen an, verkrampfte meine Schultern und rückte raus mit der Sprache: «Ja, wird sie», pflichtete ich ihm bei. «Du hast ja gesehen, wie es mit Ring Shelton war. Wenn du nicht mehr der Leithengst bist …»

Cole lehnte seinen Stuhl nach hinten und schaute in den Himmel. Er lehnte seinen Kopf an die verwitterte Wand des Gefängnisses.

«Ich werde sie nie verlassen», sagte er.

57

Es war der Spätnachmittag des zweiten Montags im Oktober. Cole war gerade unterwegs, er musste einen Gefangenen nach Yaqui bringen. Er würde erst am Mittwoch wiederkommen und so lange sollte ich auf die Stadt aufpassen.

Ich ging durch die Stadt. Das Wetter war kühl. Ich betrat den Saloon des Boston House Hotels, um mich aufzuwärmen und einen Kaffee zu trinken. Es war laut hier drinnen. Allie spielte Klavier, was alles noch lauter machte. Ich bestellte mir einen Kaffee und lehnte mich an die Theke, um ihn zu trinken. Ich sah, wie Bragg den Saloon durch die Tür zur Hotellobby betrat. Er ging an die Theke, kaufte eine Flasche Brandy, dann ging er zu Allie und flüsterte ihr etwas zu. Sie warf den Kopf zurück und lachte. Er flüsterte weiter und sie nickte. Dann verschwand er wieder durch die Tür zur Lobby.

Allie spielte noch zwei Songs, dann stand sie auf, klappte das Klavier zu und verschwand in der Lobby. Ich wartete einen Moment, dann stellte ich meine Tasse ab und ging ebenfalls in die Lobby. Sie war nicht da.

«Ist Mrs. French hier durchgekommen?», fragte ich.

Mit einem Kopfnicken deutete der Angestellte in Richtung der Treppe nach oben.

«Sie ist hochgegangen», sagte er.

Ich nickte.

«Hat Bragg da oben ein Zimmer?»

«Darf ich nicht sagen, Everett.»

«Peter», ermahnte ich ihn. «Vergiss nicht, ich bin ein Deputy.»

«Zweihundertfünf», sagte er.

«Danke.»

Ich ging hinaus, stellte mich auf die Veranda und atmete die kühle, klare Luft ein. Dann ging ich wieder in die Lobby, an dem Angestellten vorbei die Treppe hoch in den oberen Stock. Alles war ruhig. Ich ging den Flur entlang, aber ich hörte nichts. Also lehnte ich mich mit dem Rücken gegen die Wand neben dem Fenster am Ende des Ganges und wartete. Das träge Licht der Nachmittagssonne schien den Gang entlang. Ich konnte kleine Staubpartikel darin sehen.

Ich war nicht gerade glücklich. Ich wusste genau, was hier gespielt wurde. Aber ich hoffte, dass vielleicht doch nichts gespielt wurde. Womöglich gab es hier gar nichts herauszufinden. Natürlich wusste ich, dass dem nicht so war, aber es gibt nun einmal einen Unterschied zwischen wissen und hoffen. Und wenn dann die Wahrheit ans Licht kam, was würde ich dann tun? Noch musste ich das nicht entscheiden. Ich stand still da, wartete, und ich versuchte, an nichts zu denken.

Als die Tür zu Zimmer 205 schließlich aufging und Allie hinaustrat, stand die Sonne schon um einiges tiefer. Bragg stand hinter ihr in der Tür. Sie drehte sich noch einmal um und gab ihm einen Abschiedskuss. Es war ein langer und heißer Kuss. Ich stand wie angewurzelt da. Mir war übel. Als der Kuss vorbei war und sie sich ihm entzog, sahen sie mich beide am Ende des Ganges stehen. Sie zuckte zusammen. Bragg ging wieder in sein Zimmer und knallte die Tür zu. Es war so still auf dem Gang, dass ich hörte, wie der Bolzen vorgeschoben wurde. Allie starrte mich an. Ich hielt ihrem Blick stand. Dann schenkte sie mir ein verdrehtes, gehässiges Lächeln, warf den Kopf zurück und stolzierte davon. Ich blieb eine Weile auf dem leeren Gang stehen. Ich spielte mit dem Gedanken, Braggs Tür einzutreten. Aber was dann? Oder ich könnte Allie zur Rede stellen. Aber was dann? Bald würde Cole aus Yaqui zurück sein. Und dann, Gott im Himmel, was dann?

58

Cole kam am Morgen an, der Zug war die ganze Nacht durchgefahren. Er war erst seit einer halben Stunde wieder in Appaloosa. Allie war nirgends zu sehen. Cole und ich nahmen im Café Paris ein spätes Frühstück zu uns. Genau genommen frühstückte Cole spät, ich hatte bereits gefrühstückt, aber ich aß trotzdem mit. Ich frühstückte nun mal gerne.

«Virgil», fragte ich, «wie bist du überhaupt zu dieser Art von Arbeit gekommen?»

«Ich konnte schon immer gut schießen», sagte Cole. «Klar, ich habe auch viel geübt, aber größtenteils kam es wie von selbst.»

«Hast du jemals einen Kerl erschossen, wenn es nicht rechtmäßig war?», wollte ich wissen.

«Was meinst du damit?», fragte Cole.

«Hast du jemals einen erschossen, weil er dir was angetan hat? Oder du ihn nicht leiden konntest? Oder er dich wütend gemacht hat?»

«Kommt drauf an», meinte Cole. «Das erste Mal war Notwehr. Ein Kerl hat mir in einem Saloon in Las Cruces Ärger gemacht. Er wollte es vor der Tür austragen und das haben wir auch getan. Ich hab ihn getötet.»

Er musste lächeln.

«So fing es an», sagte er. «Der Marshal hat mir den Job angeboten.»

«Hat es dir was ausgemacht?»

«Beim ersten Mal?», fragte Cole. «Nein. Dir?»

«Auch nicht», erwiderte ich. «Und seitdem, hat es dir jemals was ausgemacht?»

«Mir war sofort klar, als ich Marshal wurde, dass es Regeln geben musste. Ich habe niemals jemanden getötet, der sich an die Regeln gehalten hat.»

«Nie?»

«Nein. Wer gegen das Gesetz verstoßen hat, den habe ich verhaftet. Und wenn sie nicht mitkommen wollten, habe ich sie getötet. Aber das kam immer ganz zum Schluss.»

«Manchmal», sagte ich, «hast du sicher gewusst, dass sie nicht in den Knast gehen werden.»

«Trotzdem, sie hatten immer die Wahl.»

«Auch wenn sie mit dem Rücken zur Wand standen?»

«Sie hatten immer die Wahl, sich verhaften zu lassen und ins Gefängnis zu gehen», sagte Cole. «Das weißt du genauso gut wie ich, Everett. Was zur Hölle soll das eigentlich?»

«Ich musste halt daran denken», erwiderte ich.

«Denk nicht zu viel», warnte mich Cole. «Mach es nicht so kompliziert. Du sollst nur das Gesetz durchsetzen.»

«Auch wenn das Gesetz von dir zu Papier gebracht wurde.»

«Gesetz ist Gesetz», sagte Cole. «Und daran halten wir uns.»

Ich nickte.

«Was für ein Mensch wärst du sonst?»

«Einer wie Ring Shelton», sagte Cole.

«Er hat sich immer an sein Wort gehalten», warf ich ein.

«Stimmt», erwiderte Cole. «Und er hätte niemals jemandem in den Rücken geschossen. Aber ihn interessierte das Gesetz nicht. Für Geld hätte er jeden getötet.»

«Vielleicht war genau das sein Gesetz», warf ich ein.

Cole gab dem chinesischen Jungen ein Zeichen. Er wollte mehr Kaffee.

«Ist nicht genug», meinte Cole.

«Ich dachte immer, dass Leute wie du und ich, Virgil, diese Art von Arbeit machen, weil wir sie nun einmal machen können. Wir sind besser als die meisten und wir können damit leben. Ist besser, als Kühe zu treiben oder in Kupferminen zu ackern oder Soldat zu sein. Und als Marshal wird man immerhin regelmäßig bezahlt. Man weiß, was man zu tun hat und wann.»

«Stimmt», sagte Cole.

«Aber ich habe das ganze Gerede über das Gesetz nie allzu ernst genommen. Mir hilft es, besser damit zu leben.»

«Ich nehme es ernst», gab Cole zurück. «Wer zum Teufel wäre ich, wenn ich das nicht tun würde?»

«Und wenn du eines Tages gegen das Gesetz verstoßen müsstest?», fragte ich.

«Gott verdamm mich, Everett», stieß Cole hervor. «Geht es hier um irgendwas oder willst du mich nur zu Tode langweilen?»

«Ich denke nur laut nach», erwiderte ich.

«Denk lieber übers Ficken nach oder was weiß ich», knurrte Cole.

«Gerne.»

59

Am Morgen patrouillierte Cole durch die Stadt. Ich hatte die Nachmittagsschicht.

Gegen Mitte meiner Schicht band ich mein Pferd vor dem Boston House Hotel an und ging hinein. Wie üblich saß Allic am Klavier und Bragg lehnte dagegen. Falls das Cole jemals aufgefallen war, hat er es zumindest mir gegenüber nie erwähnt.

Ich nahm meinen Stern, der mich als Deputy auswies, von meinem Hemd ab und ging damit an den Tresen.

«Willis», sagte ich zu dem Barkeeper, «gib das Virgil Cole, wenn du ihn das nächste Mal siehst.»

McDonough schaute erst auf den Stern und dann zu mir, als wolle er etwas sagen. Ich nahm eine Pistole aus meiner Jackentasche und legte sie auf die Theke.

«Und die ist für Bragg, wenn er danach fragt», sagte ich.

«Everett …»

«Tu es einfach», herrschte ich ihn an und drehte mich um.

Ich ging durch den Raum auf das Klavier zu und sagte: «Bragg.» Er drehte sich mir zu, ich boxte ihm ins Gesicht und er fiel zu Boden. Allie atmete scharf ein und starrte mich mit großen Augen an. Aber sie sagte nichts und in ihrem Gesicht sah ich so etwas wie Erregung. Bragg versuchte, sich vom Boden aufzurappeln.

«Was zum Teufel soll das?», rief er.

«Du bist ein Lügner, ein Feigling und ein Hurensohn. Du fällst Leuten in den Rücken.» Ich sprach so laut, dass alle im Raum mich hören mussten.

Bragg richtete sich auf.

«Was soll das, was soll das denn?», wollte er wissen.

«Ich warte draußen auf dich, auf der Straße», sagte ich. «Hast du ’ne Waffe?»

«Nein», sagte Bragg.

«Willis gibt dir eine. Ich warte draußen.»

«Das kannst du doch nicht machen. Verdammt, du bist ein Deputy. Du kannst mich doch nicht einfach zum Duell rausfordern!»

Ich gab ihm eine Ohrfeige, mitten ins Gesicht.

«Ich warte draußen», sagte ich. «Wenn du nicht mit ’ner Knarre rauskommst, dann töte ich dich eben hier drinnen.»

Die meisten Männer können es nicht ertragen, wenn man sie ohrfeigt, besonders nicht in einem Raum voller Leute, die sie gerne beeindrucken würden. Und ganz besonders, wenn sie sich monatelang eingeredet haben, sie seien der Zuchtbulle der ganzen Stadt.

«Du Hurensohn», sagte Bragg. «Du glaubst, du kannst mich fertigmachen. Ohne dass Cole dir das Händchen hält! Geh nur raus, du Bastard. Ich bin gleich da.»

Ich drehte mich um und ging auf die Straße. Ich zog meine Pistole aus dem Halfter und hielt sie an meiner Seite. Ich wartete. Dann hörte ich Coles Stimme an meiner linken Seite.

«Everett», sagte er.

Ich starrte weiterhin auf den Saloon.

«Katie Goode kam angerannt und hat mir erzählt, was los ist», sagte Cole.

«Lass gut sein, Virgil.»

Bragg kam aus dem Saloon und warf einen ängstlichen Blick auf Cole.

«Cole hat damit nichts zu tun», rief ich Bragg zu.

«Warte», sagte Cole. «Was soll das, Everett?»

«Hab ich dich jemals um etwas gebeten, Virgil?»

«Nein.»

«Dann tue ich es jetzt. Lass mich das machen. Nur Bragg und ich.»

«Everett, ich kann nicht …»

«Nur dieses eine Mal, Virgil. Nur diesen einen Gefallen.»

Cole war still. Bragg stand auf dem Bohlenweg vorm Boston House Hotel. Er war ganz in Schwarz gekleidet, mit einem hohen, schwarzen

Hut. Er hatte die Waffe dabei, die ich für ihn hinterlegt hatte. Es war so still, dass ich neben mir Coles Atem hören konnte.

«Okay», sagte Cole.

Das Schweigen wurde immer bedrückender. Ich schaute Bragg an. Das hatte ich von Cole gelernt. Man soll immer die ganze Person anschauen. Nicht nur die Augen oder die Schultern oder die Hände. Den ganzen Menschen. Nur so kann man auf jede Bewegung reagieren. Ich wartete. Nichts bewegte sich. Ein Lufthauch kam auf und war dann sofort wieder weg. Ich wartete noch immer. Ich wusste, dass Bragg irgendwann nachgeben würde. Und dann war es so weit. Er hob seine Hand, in der er die Pistole hielt. Seine Bewegungen waren langsam, fast lyrisch, wie es oft ist, wenn ein Unglück seinen Lauf nimmt. Ich feuerte und traf ihn genau in der Mitte seines Körpers. Bei dem Treffer zuckte er zusammen, dann fiel er langsam zu Boden. Er wollte noch einen letzten Schuss abgeben, aber er fiel mit dem Gesicht zuerst auf die Bohlen. So lag er tot vor dem Saloon. Ich ließ meine Pistole aufschnappen, nahm die leere Hülse raus, schob eine neue Kugel rein und ließ die Waffe wieder in mein Halfter gleiten. Dann ging ich zu Cole, umarmte ihn, stieg auf mein Pferd und ritt am Büro des Marshals vorbei aus der Stadt hinaus.

In den Bergen hinter Braggs Ranch sah ich den Appaloosa-Hengst. Er trieb seine Herde auf eine frische Weide. *Er hat seine Stuten*, dachte ich, *und seine Stuten haben ihn*.

Dann wendete ich mein Pferd direkt in die Nachmittagssonne und ritt gemächlich Richtung Westen. Ich hatte eine lange Reise vor mir und es gab keinen Grund zur Eile.

ENDE